BERND SIEGEL

Willkommen in der Helix 7
oder
wie Gott in die Maschine kam

Buch

Elie wird von einem bösen Traum aus dem Schlaf gerissen. Mit dem ersten Augenaufschlag wird sein Kaffeeautomat aktiviert und fängt an, eine Tasse zu brühen. Daran ist auch nicht das Geringste auszusetzen. Es ist nur ein Beispiel unter zahllosen, das stellvertretend für die ständige Wunscherfüllung in der durchtechnisierten Lebenswelt der Helix 7, seiner Heimat, steht. An jenem Morgen schafft es die Utopie aber nicht, über Elies Zerschlagenheit hinwegzutäuschen. Der Grund ist der Traum, der zwei Angelegenheiten, die ihm schon lange auf der Seele brannten, zurück in sein Leben brachte: seinen Freund Haidar und seine totgeglaubte Mutter. Von hier aus beginnt eine Entdeckungsreise durch eine scheinbar perfekte Zukunft, die viele Fragen aufwirft. Vor allem, wer darüber entscheidet, ob und für wen sie perfekt ist...?

Mit dem Roman ‚Willkommen in der Helix 7' legt der junge Autor Bernd Siegel sein Debüt-Werk vor. Es ist ein klassischer Science-Fiction-Roman in der Hinsicht, dass er den Blick auf die Gegenwart schärfen soll. Zu diesem Zweck wird auch nicht mit humoristischen Passagen gespart. Wer aber auf der Suche nach großen menschlichen Regungen und einer spannenden Handlung ist, wird auch hierbei nicht enttäuscht werden...

Bernd Siegel

Willkommen in der Helix 7

oder

wie Gott in die Maschine kam

Roman

Dieses Buch ist auch als E-Book erhältlich

Bibliografische Information der Deutschen Nationalbibliothek:
Die Deutsche Nationalbibliothek verzeichnet diese Publikation in der Deutschen Nationalbibliografie; detaillierte bibliografische Daten sind im Internet über http://dnb.dnb.de abrufbar.

1. Auflage

Herstellung und Verlag: BoD – Books on Demand, Norderstedt
ISBN: 978-3-7526-6059-3

Dieses Buch widme ich
meinem PC, meinem Smartphone,
sowie meinem eBook Reader.
Danke für die kleinen Erleuchtungen.

Aber ernsthaft: Thx Mom.

1

Elie musste sich auch an diesem Morgen ernsthaft die Frage stellen, woher es kam, dass er immer öfters von dunklen und bedrohlichen Orten träumte. Immerhin lebte er – und davon hatte er völlige Gewissheit – in einem Habitat von Licht und Freude; einem Ort von noch nie da gewesener technischer und gesellschaftlicher Raffinesse; in einer architektonischen Funktionseinheit, die, und das nicht nur sprichwörtlich, sondern tatsächlich, stetig hin zur Sonne wuchs.

Kurz er war Helixianer. Und als Helixianer war er ein Teil der unumkehrbaren Krönung des menschlichen Fortschritts. Und an diesem Punkt der Geschichte war das eben kein falsches Versprechen mehr. Trotzdem fühlte er sich heute Morgen nicht dementsprechend. Vor allem nicht nach diesem Traum.

Elie war erst einen Moment wach gewesen, als er das unverkennbare aber durchaus minimale Surren und Blubbern seines Kaffeeapparats vernahm. Es störte ihn nicht sonderlich, dass er den betriebsamen Barista hören konnte. Dennoch war er gerade davon überzeugt, dass in der Reklame zu diesem Gerät eindeutig die Rede davon war, dass man das Teil wirklich *gar nicht* bei seiner Arbeit hören sollte.

Vielleicht täuschte er sich aber auch. Viel wichtiger war eben, dass der Kaffee schon gemacht wurde. Denn in der Werbung war nachweisbar die Rede davon, dass die Maschine in Verbindung mit einem Versprechen kam, ein Versprechen, das besagte, dass an jedem Tag der Woche mit dem ersten Augenaufschlag bereits eine fertige Tasse Kaffee auf einen wartete.

Und genauso war es auch heute wieder.

Doch am heutigen Tag brachte ihn der bereits fertiggebrühte Kaffee, der nur fünf Meter von ihm entfernt unaufhaltsam sein herrlich frisches Aroma durch die halbe Wohnung versprühte, in eine missliche Lage. Es war nämlich so – er wusste aber eben nicht genau, warum es so war, wie es war – dass er an diesem Tag wahrscheinlich noch gerne einfach im Bett liegen geblieben wäre, sich also am liebsten einfach umgedreht hätte und noch ein, oder auch zwei Stunden weitergeschlafen hätte. Oder auch gleich den ganzen weiteren Tag, oder auf sonst unbestimmte Zeit.

Diese Unentschlossenheit konnte für seinen Kaffeeautomaten nicht gut sein, dachte er sich daraufhin.

Als ihm dieser mitfühlende, aber völlig unnötige Gedanke gekommen war, hatte er sich schon ein halbes Dutzend Mal unter der Decke umgedreht und war dabei immer wieder kurz eingedöst. Folglich ging er davon aus, dass der Kaffee, den er sich nun aus der Küche holen würde, kalt sein musste. Das war er aber nicht. Die gleichmäßig aufschwingenden Dampfschwaden und das versprühte Frischearoma gaben ihm unmissverständlich zu verstehen: Dieser Kaffee war eben erst gebrüht worden.

„Natürlich war er das", räumte er ein und nahm einen ersten Schluck aus dem kleinen warmen Gefäß.

Einmal mehr hatte er die ausgeklügelte Technik hinter einer der Gerätschaften, die sein Leben Tag für Tag besser erscheinen ließ, unterschätzt. Und wieder einmal, im Moment als der innovative Ausdruck der Vollkommenheit sich am deutlichsten zeigte, blieb er unbeeindruckt.

Der allCoffee-Automat, wie er hieß, und deren neueste Ausführung er erst vor ein paar Tagen erhalten hatte, musste wohl jedes Mal, wenn er eingedöst war, den gerade gebrühten Kaffee weggeschüttet und bei jedem Aufwachen sofort durch einen frischen ersetzt haben. Zu einer derartig simplen und schlichtweg primitiven Schlussfolgerung wäre Elie womöglich gekommen, wenn er denn darüber nachgedacht hätte. Es war aber ganz anders. In Wirklichkeit war dieser neueste

Geniestreich der Marke allCoffee in der Lage, Kaffee ‚rückwärtszubrühen'. Er konnte also nicht konsumierten Kaffee wieder zu Pulver und Wasser aufspalten, ohne dabei beim erneuten Brühen an Aroma und Geschmack einzubüßen.

Fraglos eine Revolution in der Welt der Kaffeeautomaten. Elie fehlte diese Information, weil es nicht wichtig war, sie zu wissen. Wenn er sich aber auch nur ein bisschen mehr für diese Maschine interessiert hätte, könnte er des Weiteren in Erfahrung bringen, was die Zurück- und Vorwärtsspuhltasten am Bedienfeld bedeuteten. Das tat er aber nicht. Er verschwendete keinen weiteren Gedanken mehr an die Produktionsweise seines Kaffees; er sehnte sich nur nach dem Produkt.

Seine Gedanken kreisten gerade um etwas anderes: Es war immer noch der Traum. Der Traum, der ihn am Morgen angstbesetzt aus dem Schlaf riss, ihn aber auch in den darauffolgenden Schlummerphasen immer wieder unruhig werden ließ und bis zu diesem Moment als schwer zuordenbare Bildfetzen nachstellte.

Der Traum trug etwas sehr Bedrohliches in sich, gut möglich aber auch etwas Enthüllendes. Was genau, wusste er nicht. Die Bilder, oder die Erinnerung an die Bilder, die doch nur erträumt waren, schwanden dahin – und da verfluchte er die Eigenart von Träumen, so unzuverlässlich zu sein. Aber es stand hier genauso wie um seinen magisch zubereiteten Kaffee: Er machte sich keinen Kopf darum, wie der Traum im Schlaf zustande gekommen war, er wollte nur wissen, was er davon hatte. Oder, wenn er schon nichts davon hatte, wollte er wissen, was der Traum von ihm wollte.

Eine Rewind-Taste gab es da keine. So dachte Elie zumindest.

Wenn er also dem Traum mehr abluchsen wollte als dieses beklemmende Gefühl früh am Morgen, musste er schnell machen. Vielleicht gab es ja etwas zu erfahren – etwas über sich selbst, oder über ein anderes Problem.

Darüber nachzudenken, würde wohl kaum schaden. Elie entschied sich kurzerhand dafür, drei charakteristische Punkte des Traums im Geiste zu manifestieren. Warum es nur drei Punkte sein sollten, hatte damit zu tun, dass er sich so früh am Morgen nicht mehr Denkarbeit zutraute. Er war bei Gott kein Morgenmensch.

Er rekapitulierte also angestrengt den Traum und kam auf folgende drei Eckpfeiler der Traumsequenz:

Der erste Punkt war sein alter Freund Haidar, ein guter Freund, ja, aber immer auch unberechenbar und egoistisch. Darüber hinaus hatte er ihn schon seit einer Ewigkeit nicht mehr gesehen, oder sonst irgendwie mit ihm zu tun gehabt, wenn er sich nicht irrte.

Der zweite Punkt war die Umgebung beziehungsweise die widergespiegelte Atmosphäre im Traum. Es war ein dunkler Ort, aber eindeutig ein Ort, wie er in der Helix zu finden war. Was zu seinem ausgestrahlten Unbehagen führte, war wohl tatsächlich bloß das fehlende Licht, so seine Einschätzung. Die Dunkelheit reichte aus, um den Ort zu einem unheilvollen Ort zu machen.

Der dritte Punkt war am uneindeutigsten. Es war keine Person, kein Ding und keine Umgebung. Es war viel mehr eine Idee, die im Traum an ihn herangetragen wurde. Er glaubte zu wissen, dass diese Idee von seinem Freund Haidar in der bedrohlichen Traumwelt angesprochen wurde; dass dieser überaus erpicht auf dieses etwas hinweisen wollte.

Die Idee war die Idee seiner Mutter.

Wenn er auch nur das Geringste von Traumdeutung verstanden hätte, würde er wissen, dass Träume über die eigene Mutter immer etwas Wichtiges über einen selbst verbargen und es würden bei ihm sofort die Alarmglocken läuten. Das taten sie aber nicht.

Anstelle der autoanalytischen Alarmglocken durchbrach ein anderes, ein reales Geräusch die Stille in seiner Wohnung.

Ein Werbeclip erschien am großen Bildschirm an der Wand. Das bedeutete, dass sich, wie so oft, ein Helix-Angebot mit einem seiner ungestillten Wünsche überschnitt und sofort begann, um seine Aufmerksamkeit zu ringen.

Er war neugierig, was sein Wunsch war und horchte aufmerksam aber im Grunde gezwungenermaßen dem Werbetext zu:

„Na, haben Sie gut geträumt? Wissen Sie noch, von was genau? Halt! Hören Sie mir nicht weiter zu! Mit jedem Moment, in dem Sie sich auf mich konzentrieren, vergessen Sie wichtige Informationen zu Ihrem Traum – am Ende dieses Clips ist er höchst wahrscheinlich ganz weg! Ihnen bleibt nur mehr das Gefühl, einen schönen Traum gehabt zu haben…"

Die Werbung traf sein Problem ganz gut, auch wenn sein Traum, nicht unbedingt von der guten Sorte war, wie Elie meinte. Die Nachfrage war damit zumindest getroffen. Jetzt wollte er das Angebot hören.

„Kommen Sie zu *allDream*! Wir können Ihren Traum ergründen, ihn nach Ihrer persönlichen Gefühlswelt analysieren und Ihnen sogar ein ausgewertetes und kommentiertes Video davon zukommen lassen! Besuchen Sie uns einfach in unserem allDream-Store in Ihrer Helix…"

Über seinen üblichen Einwand, der sich trotz aller Dementi von offizieller Seite hielt, dass er und alle andere Helixianer unter Gedankenkontrolle standen (wie sollten sonst die Werbungen immer so passend zugeschnitten sein?!), sah er ausnahmsweise hinweg. Anders als bei vielen anderen unwillkommenen Anpreisungen von neuen Waren und Dienstleistungen ließ er sich das Angebot von allDream zumindest durch den Kopf gehen. Es war wahrscheinlich anmaßend, aber er kam trotz dieses neuartigen Traumdeutungsangebots, von dem er wieder einmal keine Ahnung hatte, wie es funktionierte – was es nur vielversprechender klingen ließ – zu dem Entschluss, selbst herausfinden zu wollen, wie weit er mit seinen eigenen Möglichkeiten der Traumanalyse kommen würde. Der Hauptgrund dafür, diesen Weg vorzuziehen, war sicherlich der, dass es in der Werbung hieß, dass er zu allDream ‚kommen' musste, sprich eine Boutique, eine Klinik oder Ähnliches ausfindig machen musste – und sich dort physisch hinbewegen musste. Dazu hatte er schlichtweg keine Lust.

Stur wiederholte er die drei Eckpfeiler des Traums, an denen er festhalten wollte: sein Freund Haidar, die Dunkelheit im Herzen der Helix, seine Mutter. Da sah Elie ein, dass es wohl das Klügste wäre, diese Dinge zu notieren. Dazu schritt er zum Bildschirm, der, nachdem der Werbeclip von allDream zu Ende war, wieder mattschwarz geworden war. Er nahm den dort befestigten Stift zur Hand und begann direkt am Monitor zu schreiben.

Er schrieb als erstes, weil er glaubte, dass dies das grundlegendste Element war: ‚Dunkler Ort Helix'.

Dort, wo er die Worte niedergeschrieben hatte, erschien sogleich ein Erklärvideo. Gemeinsam mit dem Off-Ton – eine wirklich vertrauensvolle Stimme – ergab sich für Elie bald ein klares Bild, was seiner unterbewussten Vorstellung von den ‚dunklen Orten' in seiner Heimat der Helix gleichkommen könnte.

Nach der Meinung des Erklärvideos konnte es sich dabei nur um die jungfräulichen Lebensräume der Helices, die ununterbrochen, also auch jetzt und genau unter ihm, zum Leben erweckt wurden, handeln. Bei ihrer Konstruktion wird kein Licht benötigt, da sie völlig automatisch ohne das Zutun von Menschen erschaffen werden – und ein Ausleuchten der Baustelle wäre somit reine Ressourcenverschwendung. Wenn der neue Lebensraum, meist handelte es sich dabei gleich um mehrere Etagen, fertig ist, wird die Helix ein Stück hin zur Sonne gehoben. So wächst seine Heimat, die Helix 7, kontinuierlich und im Grund, ohne dass er viel davon mitbekam Stück für Stück in den Himmel – ohne dass jemals ein Ende in Sicht wäre. Das machte eine Helix zu einem Projekt für die Ewigkeit. Das ewige Wachstum war gesichert, hörte er die nette Stimme in seinem Wohnzimmer nonchalant verlautbaren. Und auch diesmal machte sich ein wohliges Gefühl dabei breit.

„Interessant", dachte sich Elie ferner. Er wusste aber nicht wirklich, ob ihm diese Information weiterbrachte, oder ob das Erklärte überhaupt im Zusammenhang mit seinem Traum stand. Immerhin, so schlussfolgerte er, konnte er genauso von irgendeiner Etage in der Helix geträumt haben, in der, warum auch immer und obwohl es in Wirklichkeit nie vorkommen würde, das Licht ausgeschaltet wurde. Träumen konnte man ja davon.

Von seinem Fernsehgerät würde er dahingehend nichts Konkretes erfahren, wusste er. Er entschied sich daher, den nächsten Begriff aufzuschreiben. Er hatte keine großen Hoffnungen für neue Erkenntnisse, dafür aber eine klare Vorstellung davon, was passieren würde.

Er schrieb: ‚Haidar'.

Erst geschah nichts. Dann erschien ein Dropdown-Menü mit der Überschrift, „Meinen Sie eine dieser Personen?", wobei darunter eine wahrscheinlich unendliche Aufzählung mit Menschen, viele davon historischer Natur, folgte, die diesen Namen trugen oder getragen haben.

Er war verwirrt. Er kannte doch den Haidar, den er meinte und von dem der hier verantwortliche Algorithmus auch wissen sollte, dass er diesen meinte, schon seit vielen, vielen Jahren. Warum wurde hier nicht, wie zu erwarten war, einfach das Social-Media-Profil von diesem speziellen Haidar aufgerufen, oder zumindest verlinkt?

Er musste dieser Sonderbarkeit nachgehen. Dazu nahm er sein allDevice aus seiner Hosentasche und tippte in der allCommunity-App, kurz allCom, nochmals ‚Haidar' ein.

Wieder ohne das erwartete Ergebnis.

Elie konnte das nicht fassen. War sein Freund aus dem System gefallen? Jeder Helixianer war doch auf allCom – und er hatte noch nie gehört, dass irgendwer sein Profil gelöscht hätte (er bezweifelte, dass das überhaupt möglich war).

Dann fiel es ihm wie Schuppen von den Augen: Es könnte sein, dass Haidar ihn blockiert hatte. Elie wusste nicht, warum Haidar das machen sollte. Etwa nur, weil sie schon seit Monaten nichts mehr Richtiges unternommen haben? Er gab sich mit dieser Erklärung nicht zufrieden. Stattdessen entschied er sich dafür, aufgewühlt und wütend zu sein.

Wenn er etwas mehr über die Funktionsweise von allCom gewusst hätte, würde er wissen, dass man durchaus die Profile von Usern besuchen kann, die einen geblockt haben; es würden dann bloß keine Inhalte gezeigt werden. Diese Information würde Elie verdeutlichen, dass hier tatsächlich etwas Größeres nicht stimmte. Seine Empörung konnte somit als voreilige eingestuft werden, hielt aber weiterhin an.

Schnaubend setzte Elie zum letzten Schluck an. Da war der Moment gekommen, um tiefergehend an seinen alten Freund Haidar zu denken. Weil er glaubte, gerade erfahren zu haben, dass dieser ihn aus Feindseligkeit, oder aus welchem irrsinnigen Grund auch immer, geblockt hatte, poppten in seinem Bewusstsein selbstverständlich nur negative Eigenschaften von ihm auf: Haidar war verrückt. Er war leicht zu reizen, gar jähzornig. Das alles wurde nur durch seine selbst inszenierte Persona als Freidenker, Aufdecker und Nonkonformist übertüncht. Wie er sich diese Beschreibung seines alten Freundes zurechtlegte, konnte Elie unmöglich sagen, warum er jemals mit ihm abhängen hat wollen: Haidar war ein gar grotesker Kerl.

Das Schlimmste musste in diesem Zusammenhang aber sein, dass Haidar in der Vergangenheit immer wieder seine Mutter zum Gesprächsthema machen wollte. Elie redete grundsätzlich nicht gerne über seine Mutter, denn er wusste nichts über sie. Sie war seit seiner frühesten Kindheit kein Teil mehr seines Lebens, und er hegte Groll gegen jeden, der eine Erinnerung in ihm hervorrufen wollte, der er vermutlich nicht trauen konnte. Darüber hinaus brüskierte er sich im konkreten Fall von Haidar vor allem über die Art, wie dieser von ihr sprach. Sie war nicht die Pointe von pietätlosen Witzen, oder galt als Anstoß, um über Elies verkorkste Persönlichkeit zu reden. Nein, es war viel schlimmer: Haidar machte sie zum Mittelpunkt vieler seiner obskursten Verschwörungstheorien.

Elie hatte das fast verdrängt gehabt, aber da er es nun wieder am Schirm hatte, machte sein Traum auf einmal Sinn.

Haidar war auf seine Mutter versessen. Er bauschte sie zu einer Person historischer Reichweite und wissenschaftlicher Magnitude auf. Das war natürlich absolut haltlos und somit völlig hirnrissig. Haidar stand aber damit nicht allein auf weiter Flur. Er hatte die Unterstützung von zahlreichen anderen Spinnern im Netz und so bekam der Kult um seine Mutter irgendwann eine Eigendynamik, die sich Elie wohl nie hätte ausmalen können. D. h., er hatte wirklich keine Ahnung, wie ausufernd diese Theoriegebäude in jüngster Vergangenheit geworden sind. Sie reichten von der Annahme, dass seine Mutter eine tonangebende aber schlussendlich abtrünnig gewordene Konstrukteurin der Helix-Ordnung war, bis zu dem Wahnsinn, dass sie eine Superintelligenz auf die Erde losgelassen hatte, die für jede menschliche Existenz von Geburt an die Schicksalsfäden spinnt.

Elie konnte nicht mit Sicherheit sagen, wer die Helix-Ordnung und die Technik dahinter entwickelt hatte – es interessierte ihn auch nicht großartig. Noch viel weniger wollte er von einer alles steuernden Superintelligenz wissen. Er hätte keine der Theorien dazu nennen können, obwohl ihre Zahl groß war. Seine Ahnungslosigkeit in diesen Sachen kam daher, weil er dafür gesorgt hatte, davon unbehelligt zu bleiben. Alle Beiträge, Kommentare oder direkte Kontaktversuche, die das Ziel hatten, seine Mutter, oder, weil er schon dabei war, andere unbewiesene Theorien zu adressieren, wurden für ihn ausgeblendet. Das gelang so gut, dass Elie die ganze Sache mit den Konspirationen rund um seine Mutter immer mehr aus den Augen verlor. Der Umstand, dass er zu Haidar, der das Thema bestimmt immer wieder aufgeworfen hätte, nun schon seit mehreren Monaten keinen engen Kontakt gepflegt hatte, führte dazu, dass er es ganz vergessen hatte.

Bis zu diesem Traum. Der Traum wollte, dass er sich daran wieder erinnerte.

Wie dem auch sei, Elie ersparte sich, den Namen seiner Mutter hier auf den smarten Monitor zu schreiben. Er wusste, dass bloß eine lückenhafte Biografie über eine zweitrangige Technologin vor der Zeit der Helix erscheinen würde. Gefundenes Fressen für diejenigen, die diese Lücken mit ihrer eigenen Fantasie stopfen und sie mit anderen welterklärenden Gedankengebäuden erweitern wollten.

Elie trug es seinem Traum, und in letzter Konsequenz, seinem Unterbewusstsein und somit sich selbst, durchaus nach, dass er daran wieder erinnert wurde.

Dabei würde es doch für sein traumbildendes Unterbewusstsein zumindest ein bisschen Stoff geben, um seine Mutter als eine etwas zugänglichere Gestalt erscheinen zu lassen. Frühkindliche Erinnerungen, die es wohl auch wert wären, aufgearbeitet zu werden, lagen da noch irgendwo tief vergraben in seinem Kopf. Vermutlich, so dachte er sich stattdessen, war es besser, sie in der Versenkung zu lassen. Die ganze Sache mit den Verschwörungstheorien reichte schon aus, um ihm das Gefühl zu geben, kein besonders gutes mutterloses Kind zu sein. Immerhin waren es andere, die sich eindeutig mehr um diese Person den Kopf zerbrachen, als er, ihr Sohn.

Nach diesen erschlagenden Gedanken ließ er die weitere Traumdeutung kurzerhand bleiben. Geistesabwesend drückte Elie auf ‚Play' und es wurde ihm eine neue Tasse Kaffee zubereitet. Sogleich bereute er diese Tat. Noch ein Kaffee würde bedeuten, dass er wohl kaum mehr zurück in sein Bett kriechen würde – in sein Bett, das er besser gar nicht erst verlassen hätte sollen.

Das Beste, was er jetzt machen konnte, war Kaffee zu trinken, bis er hungrig wurde.

2

Und da setzte auch schon der Hunger ein. Es war ein beißender Hunger, der sich tief in der Magengrube breitmachte. Gespeist wurde er nicht davon, weil er schon zu lange nichts gegessen hätte, nein, sondern allein dadurch, dass er zu viel Kaffee getrunken hatte.

Es waren vier Tassen in nicht einmal einer Stunde gewesen und nun brodelte es in seinem Inneren.

Die letzte Stunde hatte Elie also nur in seiner Küche rumgehangen, Kaffee getrunken und versucht über nichts nachzudenken. Für den letzten Punkt war er auf sein allDevice angewiesen, sein kleiner persönlicher Helfer für alle Dinge, aber in erster Linie, sein Unterhaltungsangebot, das immer an seiner Seite war. Wenn man ihm nun gefragt hätte, was er da so Unterschiedliches gelesen, geschaut oder gespielt hatte, würde er es nicht wissen. Es hatte also gewirkt.

Ein allDevice war natürlich auch die erste Anlaufstelle, wenn man Hunger hatte. Elie hätte damit seiner Küche auftragen können, dass sie dies oder das kochen sollte. Dazu hatte er aber keine Lust. Warum ihm nicht nach frisch Gekochtem war, konnte er nicht genau sagen. Vermutlich wollte er nicht die Betriebsamkeit in seiner Küche mitansehen, oder er wollte einfach keine Umstände machen. Eine überflüssige Anwandlung natürlich. Er hätte auch etwas kommen lassen können, aber entschied sich auch hier dagegen. Bevor er eine Lösung für sein Essensproblem ergründete, zwang ihn sein Magen auf die Toilette. Von der Toilette rutschte er auf die allHygiene-Vorrichtung, fühlte sich plötzlich so frisch und energiegeladen, dass er es nicht mehr abwegig fand, seine Wohnung tatsächlich zu verlassen, und sich irgendwo einfach etwas zu essen zu holen. Das war gar keine schlechte

Idee, dachte er sich. Immerhin war er, wer weiß wie lange schon nicht mehr aus seiner Wohnung raus gewesen und es fühlte sich langsam, aber sicher danach an, dass ihm die Decke bald auf den Kopf fallen würde.

Er würde also in den allShop gehen, entschied er. Dort offerierte man alles Mögliche zum Essen, und neben jeder erdenklichen Nahrung fand man auch sonst alles, was es zu konsumieren gab. Ein Ausflug in den allShop enttäuschte einen nie. Und das war ein hochheiliges Versprechen.

Dass er sich vorhin noch davor gesträubt hatte, die Wohnung zu verlassen, um in einer Filiale des neuartigen allDream-Projekts seinen sonderbaren Traum über seinen besten Freund Haidar und seine Mutter analysieren zu lassen, sah er nicht im Widerspruch zu seiner plötzlichen Entschlossenheit. Bei allDream wäre man ihm sicherlich auf die Pelle gerückt, hätte ihn zur Mitarbeit gedrängt, und gefragt, ob er denn zufrieden war. Grauenhaft. Ein Ausflug in einen allShop war da etwas ganz anderes. Dort konnte man anonym und alleingelassen die unendlichen Regalreihen durchstreifen, seine Jagdinstinkte frei walten lassen, und man würde gutmöglich dabei keinem anderen Menschen begegnen. So riesig waren die allShops.

Mit einem Gefühl, das man leicht mit Vorfreude verwechseln konnte, schlüpfte er das erste Mal seit langem aus seiner Wohnungstür. Er trat mit selbstbewusstem Schritt auf die Straße. Immerhin hat ihn vorhin sein allStyle-Spiegel, vor dem er zurechtgemacht und angezogen wurde, versichert, dass er ‚100 % schick und leger‘ aussah. So viel dazu.

Nach ein paar weiteren Schritten wurde ihm aber doch anders. Das hing damit zusammen, dass er dem Haus seines Nachbarn am Ende der Straße gefährlich nahekam.

Er hatte vergessen, dass Dienstag war.

Am Dienstag, und das trug sich schon immer, seitdem er hier wohnte, so zu, kamen im Laufe des Tages Dutzende und manchmal noch deutlich mehr Menschen in dieser Wohnung zusammen. Sie strömten wie durch ein Nadelöhr in seine Straße ein und verursachten ein unglaubliches Gedöns. Er hasste diesen allwöchentlichen Aufruhr und konnte sich auch nicht erklären, was diese sonderbaren Leute bei seinem Nachbarn, den er nicht wirklich kannte (eine Untertreibung), wollten. Daher hielt er es so, es zu vermeiden, am Dienstag das Haus zu verlassen. Weil er aber aufgrund der langen Isolation das Gefühl darüber, welcher Wochentag nun war, verloren hatte, schlitterte er geradewegs in eine Ansammlung gut gelaunter Narren.

Diese Menschen waren vom schlimmsten Schlag. Zu dieser Voreingenommenheit kam Elie, weil er beim Anblick von guter Laune immer misstrauisch wurde. Glücklichsein, und das noch dazu in Gruppen, konnte nur bedeuten, dass sie ihre Glückshormondosis aufeinander abgestimmt hatten, eine Gelage begingen, oder in einer noch viel grausameren Weisen konspirierten. Dazwischen gabs nicht viel. So seine Ansicht zumindest.

Geduckt ging er an drei Typen vorbei, die dermaßen eng umschlungen nebeneinander stolzierten, dabei immer wieder im Reigen auf und ab hüpften, dass er sich ernsthaft Sorgen machte, belästigt zu werden, was er aber natürlich nicht wurde. Was er hingegen zu spüren bekam, war ihr lautes Organ. Wie die drei Typen vor die Pforte der Nachbarwohnung einkehrten, stimmten sie ein einstimmiges Jubelgeschrei an.

„HERTHA! HERTHA! HERTHA!“, hallte es durch die Straße.

Elie hatte diesen Namen hier schön öfter gehört. Für ihn bestand kein Zweifel: Hertha war seine Nachbarin und der Grund für den wöchentlichen Radau in seinem sonst so ruhigen Eckchen der Helix.

Bei der allGo-Station am Ende seiner Straße sah er, dass noch einige mehr vom selben Temperament herbeischwärmten. Alle waren in bunte Kleidung gehüllt und ihre Gesichter hatten gleich, dass sie von einem freudigen Lachen durchzogen waren. Schrecklich. Das Gute war, dass folglich die allGo-Kapsel, die er besteigen würde, frei von irritierenden Individuen sein musste und er die Fahrt zum allShop unbeschadet überstehen würde. Ohnehin hörte er die ganze Zeit über laute Musik, und wenn er doch etwas sehen sollte, das ihm zuwider war, konnte er ja immer noch die Augen davor verschließen.

Im allShop angekommen, pausierte er die Musik jedoch sogleich und sperrte seine Äuglein weit auf. Er wollte das ganze Ambiente dieses Tempels des Konsums in sich aufsaugen. Dazu gehörten die Durchsagen der aktuellen Angebote, genauso wie der Blick, den man gezwungenermaßen auf die Reklame-Monitore werfen musste.

Er konnte nicht sagen, was genau ihm an diesem Ort so gefiel. Vielleicht einfach die Tatsache, dass er alles haben konnte, was er haben wollte. Aber das war eine Selbstverständlichkeit. Interessanter war da schon die Möglichkeit, etwas feilgeboten zu bekommen, von dem er noch gar nicht wusste, dass er es haben wollte.

Der allShop warb aktiv damit, auch die letzte unformulierte Sehnsucht seiner Kunden stillen zu wollen. Das griff mit ein, nicht vor den abwegigsten Versuchen zurückzuschrecken, früher oder später jedes Konsumgut, das erträumt werden konnte, auch mindestens einmal im Angebot zu haben. Diese Devotion ließ die angebotene Auswahl entlang einer Demarkationslinie aufteilen. Auf der einen Seite waren die ‚Hits' und ‚Basics', ohne die viele Helixianer nicht leben konnten und wollten. Die Klassiker sozusagen. Auf der anderen Seite waren Dinge, die es vorher so noch nie gegeben hatte. Sie waren mindestens genauso wichtig, auch wenn sie oft nach nur ein paar Tagen wieder verschwanden, weil sie doch niemand haben wollte.

Manche Kunden würden sogar sagen, dass sie es bereut haben die Mitochondrien-Geschmacksrichtung im Eissortiment probiert zu haben (sie schmeckte furchtbar nach Eisen und Schwefel), oder dem ‚Schuh aus Licht' eine Chance gegeben zu haben (er lief recht schnell heiß). Es waren böse Erfahrungen. Aber es waren Erfahrungen, mit denen man so nicht gerechnet hatte, und darin ließ sich doch auch ein persönlicher Mehrwert finden.

Elie gehörte sicherlich nicht zu den Kunden, die *alles* probieren wollen würden, zeigte aber dennoch immer wieder Anzeichen von Neugierde. Da er mit einem bestimmten Wunsch hergekommen war, nämlich Essen zu erbeuten, stand sein erster Weg aber fest. Es sollte in die Abteilung für Fertigmahlzeiten gehen.

Er schob seinen Einkaufswagen, der grundlegend für das Erlebnis hier war, vor sich her und hielt ihn schließlich vor einem bunten Berg an gleichförmigen Trays aus Kunststoff an.

Hier griff man zu, wenn man keine konkrete, sondern nur eine vage Vorstellung davon hatte, was man essen wollte. Eine grüne Box bedeutete etwa, dass sich etwas besonders Gesundes und auf Pflanzenbasis Zubereitetes darin befand. Bei Rot konnte man mit etwas Würzig-Scharfem rechnen. Bei Hellblau mit etwas Süßem und bei Gelb mit etwas Gebackenem. Zugegeben, die Assoziation von Essen mit den Farben des Regenbogens erschloss sich nicht jedem intuitiv, noch konnte man von der einfärbigen Verpackung unmöglich rückschließen, was nun genau darin war. Dazu zeigte sich aber wieder das allDevice als hilfreich. Ein Blick darauf schlüsselte einem genau auf, was heute in die jeweilige Farbe geflossen war, wie es fertig zusammengebaut aussehen würde (sogar wie es duften und schmecken würde), aber auch wie verträglich das Ganze für einen war. Darüber hinaus gab es minutiöse Auflistungen von Inhaltsstoffen, Allergenen, etc. Wenn man sich aber überraschen lassen wollte, war das natürlich nur unnötige Spoiler-Arbeit.

Elie sah sich ‚Lila' an und erkannte, dass es sich um eine Art Kartoffel-Auberginen-Auflauf mit Käse handelte. Das war interessant genug, und die Box landete in seinem Trolley. Essen für später war zwar seine Priorität – er wollte aber auch nicht zu viel Zeit mit der Suche danach vergeuden. Von nun an sollte es ums Entdecken gehen. Er hüpfte auf das Trittbrett seines Einkaufswagens und schaltete auf Autopiloten.

Die Tatsache, dass er von nun an auf seinem Weg quasi gelenkt wurde, bedeutete nicht zwingend, dass er sich auf eine Odyssee durch den Supermarkt begab, nein, es bedeutete, dass ein Algorithmus übernahm, der durchaus wusste, was Elie gerne haben wollte, und wo er schlussendlich am wahrscheinlichsten zuschlagen dürfte.

Der logische Weg aus dem Gebiet der Fertigmahlzeiten war über die Dessertabteilung hin zu den Snacks. Ein ganzer Kirschkuchen landete im Wagen und darauf wurden sogleich mehrere Packungen Chips und Dips verteilt. Dann kamen bunte Limonaden aus der überwältigend riesigen Getränkeabteilung daran, darunter viele Dauerbrenner, wie Cola und allOrange, aber auch viele neue Produkte, von denen sich Elie ein neues Geschmackserlebnis erwartete. Hier orientierte er sich wieder an der Farbe der Dosen und Flaschen, mied zu grelle Töne aber auch zu fade Erdtöne. Es sollte schön süß und fruchtig schmecken, dachte er sich und nahm rot, blau und gelb.

Er war gespannt, wo es nun hingehen würde, und schaute nicht schlecht, als er sich in der Abteilung für Hausschuhe wiederfand.

„Hausschuhe?“, wunderte er sich zu Recht. Er hatte in seinem Leben noch keine Hausschuhe besessen. Ihm war doch auch nie kalt in den Füßen. Jedenfalls nicht so, dass er sich nach warmen Pantoffeln sehnte.

Der Trolley sah, dass er sich vertan hatte, und zog weiter. Elie dachte an einen einmaligen Fehler, wurde aber eines Besseren belehrt. Es kam noch sonderbarer. Auf einmal wurde er in die Spielzeugabteilung und dort vor das Regal für an lebensechte Tiere angelehnte Spielkameraden manövriert. Sein smarter Einkaufswagen wollte tatsächlich, dass er einen guten Blick auf die künstlichen Katzen und auf die Hunde mit Halogenaugen warf. Elie konnte sich nicht erklären, warum sein Einkaufswagen glaubte, dass er so ein falsches Viech gerne haben wollte, und dachte bei Gott nicht daran ein Spielzeug für Kinder in seinen Wagen zu laden.

Das war zu eigenartig, befand er und entschied sich vom Trittbrett zu hüpfen und den Faxen machenden Einkaufswagen eine Weile selbst zu schieben. Doch das machte auch keinen Spaß und brachte ihn viel zu langsam voran.

Der Gedanke an Hausschuhe und Roboterhunde hing ihm nach. Er hatte sich doch vom allShop, den er schon seit so langer Zeit nicht mehr von innen gesehen hatte, versprochen, großartige neue

Kreationen zu entdecken und womöglich hätte er sogar irgendwelche Gadgets zum Ausprobieren mit nach Hause genommen. Aber keine Hausschuhe! Der Ausflug in den allShop verweigerte ihm somit bis jetzt die Einlösung seines Versprechens, ihn zufrieden nachhause zu schicken.

Für Elie war die Luft jedenfalls raus und er bat seinen Einkaufswagen ihn doch bitte wieder zum Ausgang zu bringen. Da er aber schon so weit in das Innere des allShop vorgedrungen war, hatte der Trolley noch einiges an Spielraum, um die seiner Ansicht nach beste Route nach draußen zu errechnen.

Er fuhr von der Spielzeugabteilung zur Sportabteilung, um dann von dort am Sortiment für Aufputschmittel vorbei, mitten unter den harten Drogen zu landen.

An diesem Punkt wurde der Wagen diskret langsamer.

Bei den hier angebotenen Mitteln nach Herzenslaune zuzugreifen, war im Grunde nicht verwerflich oder irgendwie mit Konsequenzen in Verbindung zu bringen. Es war rein Elies eigene Beziehung zu den psychotropen Stoffen, die ein anrüchiges Gefühl in ihm aufkommen ließ.

Er galt sicherlich nicht als süchtig, oder hatte andere Schäden davongetragen. Seine letzten Eskapaden lagen auch schon eine längere Zeit zurück. Genauso wie von allen anderen Helixianern konnte man von ihm aber nicht behaupten, dass er abstinent war. Seine aktuelle Dosis war ohne deliriöse Auswüchse und diente nur der psychischen Hygiene. Seinem Wohlbefinden. Jetzt, da er wieder das gesamte Angebot an Aufputschern und Downern vor sich sah – er musste nur die Hand danach ausstrecken –, fühlte er doch die Verführung.

Da musste er sich die zwingende Frage stellen, ob sein Einkaufswagen sich aufs Neue vertan hatte, oder diesmal sein Begehren richtig gelesen hatte.

Richtig zugedröhnt war er zuletzt vor allem in der Gesellschaft seines Freundes Haidar, erinnerte er sich. Und die Erfahrung war aus multiplen Gründen nicht immer rosig gewesen.

„Schauen, würde nicht schaden", sagte er sich und stieg vom Trittbrett.

Behutsam schob er seinen Einkaufstrolley vor sich her. Dabei machte er sich bewusst, dass er das letzte Mal tatsächlich zusammen mit Haidar hier gewesen sein musste. Die Erinnerungen an diese Zeit waren folgerichtig vernebelt und unklar. Er stellte sich gerade bildhaft vor, wie Haidar vor ihm seinen Einkaufswagen mit Schub Stück für Stück die Regalreihe entlangsteuerte und dabei mit ausgestrecktem linken Arm blindlings Schächtelchen für Schächtelchen, Pillendose für Pillendose, in den Korb des Wagens regnen ließ.

Das war eine wilde Zeit, und hätte wohl auch schief gehen können, resümierte Elie in Demut.

Er passierte einige der Evergreens. Bei den meisten Mitteln erweckte der bloße Anblick eine Assoziation zu einem bestimmten Rauschzustand. Ganz anders war es beim neueren Sortiment. Um hier einen Vorgeschmack über ihre Wirkung zu erhalten, hätte er wieder sein allDevice konsolidieren müssen. Dort würde ihm gezeigt werden, wie die Rauschmittel richtig einzunehmen waren, was zu beachten war, und wie es um mögliche Nebenwirkungen stand. Drogen ohne sein allDevice einzunehmen wäre ohnedies überaus verantwortungslos gewesen. Damit wurde nicht nur die Intensität des Trips überwacht, sondern auch sichergestellt, dass es zu keinen Langzeitwirkungen kommen konnte. Die Gefahr bestand also nicht darin, unwissend zu handeln, sondern darin, aus Absicht oder Dummheit über die Ratschläge und Direktive hinwegzusehen.

Dass der Missbrauch von Drogen an sich nichts Gutes war, davon erzählten keine ausgesprochenen Verbote, sondern in aller erster Instanz kleine Warnhinweisschildchen. So waren so gut wie alle Verpackungen hier mit solchen plakativen Warnungen versehen. Sonderbarerweise war Elies Blick gerade vor allem auf diese gerichtet. Er sah Menschen, die mit psychotischen Anfällen kämpften, Gewalt an sich und anderen ausübten und sogar tot waren. Dass er sich darauf konzentrierte, konnte nur bedeuten, dass ihm der Gusto doch nicht danach stand.

Sein Einkaufswagen hat ihn mal wieder falsch eingeschätzt. Er wollte weiterziehen.

Plötzlich schlug seine vorsichtige Haltung aus heiterem Himmel in pures Entsetzen um. Er traute seinen Augen nicht – und vermutlich war sein Eindruck auch falsch.

Er glaubte, Haidar zu erkennen.

Hundertmal Haidar. Immer, und immer wieder Haidar.

3

Was waren schon Warnhinweise? Nichts als uninspiriertes Verpackungsmaterial. Nichts, was man ohnehin schon gewusst hätte.

Dieser Warnhinweis überstieg aber seine ursprüngliche Wirkung, die, wie es üblich war, primär auf die breite Masse abzielte, und schlug Elie stattdessen direkt und ohne Vorwarnung ins Gesicht.

Erst der Traum – dann das Erwachen. Eine unschöne Fügung.

Es kam nun mal so, dass ihm hier im allShop das erste Mal seit Langem sein, ja, er würde jetzt, ohne viel drumherum zu reden, sagen, sein bester Freund Haidar wieder begegnete. Nur diesmal in der Funktion eines alltäglichen Warnhinweises. Auf einer handelsüblichen Packung *Scoto*.

Das konnte eigentlich nur eines bedeuten und genau das bedeutete es wahrscheinlich auch, dachte er sich entsetzt.

Der Zweck dieser Warnhinweise war immer der gleiche: Abschreckung durch Appetitverstimmung. Die meisten Konsumenten mit dickerer Haut sahen über diese oder ähnliche gut gemeinten Hervorhebungen der Risiken und Nebenwirkungen, die diese oder ähnliche Produkte mit sich brachten, gerne hinweg. Sie griffen weiterhin ohne Bedenken zu und verließen sich auf ihr Glück. Da Glück in der Helix eines der höchsten Rechte, und folglich stark reguliert war, setzten sie auch auf das richtige Pferd. Für Elie war das nicht anders gewesen. Bei dieser Konsumentenbelehrung war es aber anders.

Kreidebleich im Gesicht nahm er eine der Scoto-Schachteln mit zittriger Hand aus dem Regal. Er musste sich vergewissern, dass es wirklich Haidar war, der da die Leute abschrecken sollte. Er war es und es fühlte sich falsch an. Er war es auf dieser Packung und auf allen anderen Packungen.

Es war eine Wand von toten Haidars und Elie wurde von ihr erschlagen.

Haidar in der Funktion der Vernunftbelehrung und Selbstkontrolle. Ein irrer Gedanke für Elie. Ihm wurde übel.

Dabei kannte er die Droge Scoto nicht einmal. Es war auch nicht gesagt, dass Haidar diese Droge gekannt hatte, oder an ihr schlussendlich verendet war. Die Tatsache, dass es nun aber Haidar als Vorzeigejunky auf das Cover von Scoto 25 g und 50 g geschafft hatte, hieß eigentlich nur, dass Haidar vor nicht allzu langer Zeit irgendwo in der Helix als Drogentoter aufgefunden wurde.

Die Chance, dass man in so einem Fall als Warnhinweis herbeigezogen wurde, war relativ hoch. Das lag daran, dass die Chance, in der Helix überhaupt unvorhergesehen zu sterben, enorm niedrig war. Es musste etwas schrecklich schiefgelaufen sein. Davon war auszugehen. Dass in so einem Fall nicht nur keine Anonymität gewährt wurde, sondern sogar das eigene Versagen im Angesicht des Todes als Warnsignal hergenommen wurde, war Elie bis hierher nicht bekannt gewesen. Es machte wohl aber Sinn, dachte er sich und wollte sich damit selbst über seine Verwirrung hinwegtäuschen.

Elie schluchzte unmerklich. Eigentlich wollte er schreien. Keiner dieser Impulse nahm überhand. Hingegen verharrte er gespenstisch ruhig. Er stellte das Schächtelchen, dessen Oberfläche gleichzeitig Haidars Totenzettel war, zurück ins Regal.

„Warum muss man so vom Tod seines besten Freundes erfahren?“, fragte er sich erschüttert. Elie wollte nicht an einen fiesen Streich des Schicksals denken. In solchen Kategorien dachte er einfach nicht. Doch der Gedanke, dass er das gerade verdiente, weil er seine Freundschaft zu Haidar vernachlässigt hatte, ließ sich nicht völlig unterdrücken.

Doch stimmte das? Hatte er ihre Freundschaft tatsächlich vernachlässigt? Hatte er Haidar in irgendeiner Weise im Stich gelassen? Er beantwortete diese Fragen insgeheim mit Nein, was dazu führte, dass er sich erst mal nicht die Schuld, oder auch nur eine Teilschuld, an dieser Tragödie gab. Und überhaupt hatte er Haidar nicht als die Art Kerl in Erinnerung, die ihre Gefühlslage davon abhängig machen wollten, was so „kleine Geister" (ja, so hatte er ihn einmal genannt) bereit waren, ihm anzubieten. Diese Feststellung ließ Elie gezwungenermaßen über eine eigentlich leichtere Frage nachdenken: Wann hatte er zuletzt Haidars Gesellschaft geteilt?

Elie wollte partout nicht einfallen, wie lange es her war, dass sie sich das letzte Mal gesehen hatten, geschweige denn, was sie damals unternommen hatten. Diese Tatsache zu wissen, kam ihm aber gerade so unglaublich wichtig vor. Es musste tatsächlich eine Ewigkeit her sein. Sowohl Face-to-Face als auch online. Er wusste nicht genau, wer angefangen hatte, den anderen zunehmender zu ignorieren. Ihre Freundschaft schien so plötzlich zu verblassen, wie sie sich ursprünglich verfestigt hatte. So war wohl der Lauf der Dinge. Und keiner schien sich allzu sehr daran zu stören.

Das letzte echte Treffen war womöglich schon fast ein halbes Jahr her. Die Kontakte online waren meist nicht der Rede wert, denn sie waren unpersönlich und die geteilten Inhalte hätten jedem gelten können. Es gab nie einen großen, alles beendenden Streit oder dergleichen. Das hätte Elie mitbekommen, sagte er nun zu sich selbst. Irgendwann war wohl das Verlangen sich zu treffen auf beiden Seiten einfach zu gering. Und jetzt war es zu spät.

Die Tatsache, dass er ausgerechnet heute von ihm geträumt hatte, machte die Sache so unendlich unwirklicher für ihn.

Haidar hatte damals angefangen, mit einem Mädchen auszugehen, fiel ihm gerade ein. Sophie war ihr Name. Das musste etwas mit ihrer aufgebauten Distanz zu tun haben, dachte er sich, ohne dies aber als unumstößlichen Beweis gelten lassen zu wollen. Das wäre auch nicht fair gewesen, lenkte er ein. Elie hatte diese Sophie nicht oft getroffen, aber sie wirkte nett. Sehr nett sogar. Zumindest sah er das gerade in seiner beklemmenden und unvollständigen Rückschau so.

Er wollte sich nicht ausmalen, wie es ihr ging, nachdem Haidar so eine Shit-Show abgeliefert hatte und an einer Überdosis krepiert war.

„Wie konnte das nur geschehen?“, fragte er sich erneut. Es gab zwar keine Garantie ewig weiterzuleben, aber man musste sich schon richtig dumm anstellen, um in einer Helix abzukratzen. Beim Konsum von harten Drogen überwachte ständig sein allDevice die lebenswichtigen Körperfunktionen. Im Notfall wurde automatisch interveniert und selbstverständlich bevor es zu spät war.

Zu sterben war ein Systemfehler, ähnlich wie Selbstmord seit jeher ein Systemfehler war. An Absicht wollte Elie aber nicht denken. Auch so etwas abzuziehen, war schwieriger, als man glauben mochte. Vor allem, weil jedes Verhalten unter ständigem Monitoring stand und verdächtige und selbstverletzende Tendenzen sofort erkannt und unterbunden wurden. Aber wenn, so war er sich sicher, hätte Haidar es getan, um dem System eins auszuwischen. So war er nun einmal.

Er schaute sich noch einmal das Päckchen an, das gleiche, das er vorhin schon in der Hand hatte, wie wenn es die ganzen anderen völlig Identischen nicht gäbe. Haidar war eindeutig zu erkennen. Sein Kopf befand sich in der linken unteren Bildhälfte. Er lag mit dem Rücken am Boden in einem spärlich beleuchteten Raum. Vom Kopf weg erstreckte sich ein langer, fast nackter, etwas fahler und viel zu dünner Körper.

Haidar sah nicht gesund aus. Und das lag nicht nur daran, dass er augenscheinlich tot war.

Auf seinem allDevice sah er, dass die Packung Scoto vor knapp vier Monaten abgefüllt worden war. Ob man von dieser Zeitangabe auf das Aufnahmedatum des abschreckenden Fotos rückschließen konnte, wusste Elie nicht. Es schien aber auf der Hand zu liegen, dass Haidar vor mindestens vier Monaten verstorben sein musste.

Elie kannte nicht viele Leute, die tatsächlich gestorben sind. Er zählte seine Mutter dazu, doch er wusste nichts Genaues über ihren Tod. Die Möglichkeit, dass sie noch leben könnte, schloss er aus offensichtlichen Gründen aus. Ohne diesen Zweifel war es einfacher.

Da durchbrach plötzlich etwas die Stille und Elie wurde aus seiner Apathie wachgerüttelt.

„Großartig!“, hörte er. „Es freut uns, dass Sie fündig geworden sind!“

Die offensichtlich unpassenden Worte kamen aus der Sprachausgabe seines Einkaufswagens. Bevor er sie unterbinden konnte, bekam er noch einen Vorschlag zu hören: „Sie können jederzeit Ihre Shopping-Tour abbrechen. Wir würden uns in diesem Fall freuen, Ihnen Ihren Einkauf nachhause bringen lassen zu dürfen. Drücken Sie dazu bitte ‚OK‘.“

Elie schubste eine der Packungen Scoto mit Haidars gemarterten Todespose in den Wagen, drückte ‚OK‘ und zog niedergeschlagen davon.

Diesmal hat der allShop sein Versprechen nicht einlösen können.

4

Niedergeschlagenheit zu erfahren, war in der Helix ein Tabubruch. Sich mit Problemen zu umgeben, grenzte an Blasphemie. Folglich war es außerordentlich, Leute vorzufinden, nach deren Meinung es erstrebenswert war, sich regelmäßig und mit voller Absicht eigentlich unnötigen Erschwernissen zu stellen. Menschen, die so handelten, dachten tatsächlich, dass sie mit ein oder sogar zwei Komplikationen mehr ein erfüllteres Leben leben würden.

Aus dieser selbstquälerischen Grundhaltung heraus, gingen einige auf Jobsuche.

Das mag eine zu harsche Verallgemeinerung über eine kleine Randgruppe – Leute, die arbeiten wollten – darstellen. Es gab augenscheinlich auch andere Gründe dafür, sich um einen Job umzuschauen. Io zum Beispiel, sie war 17 Jahre alt, ging es gut möglich ebenfalls darum mit einer zusätzlichen Bürde mehr an Lebenssinn zu gewinnen. Ihre grundlegende Intention war aber eine andere: Sie wollte anderen helfen.

Das war aber nicht ganz so einfach. In der Helix hatte immerhin jeder alles, und wenn jemand etwas brauchte, dass er nicht hatte, wurde es ihm einfach gegeben, oder es wurde ihm etwas gegeben, das genauso gut war. Gefiel einem etwa seine alte Küche nicht mehr, sorgte die Küche selbst dafür, wieder so auszusehen und so ausgestattet zu sein, dass sie wieder gefiel. Brauchte jemand Erste Hilfe, weil er sich beim Teetrinken verbrüht hatte, stand der Erste-Hilfe-Bot bereits im Hintergrund bereit und verarztete einen ohne Zögern. Sehnte sich jemand nach seelischem Beistand, intervenierte die nie müde werdende allCare-App und kümmerte sich in holistischer Weise um einen.

Materielle und emotionale Nöte waren somit Schnee von gestern. Und das war auch gut so.

Für eine Samariterin, wie es Io gerne gewesen wäre, gab es hier kaum etwas zu tun. Sie musste ihren Blick daher nach außen richten.

Außerhalb der Helices lebten schlussendlich noch immer fast die Hälfte aller Menschen, wie allgemein bekannt war. Das Verhältnis entwickelte sich zwar kontinuierlich in die Richtung, dass tatsächlich in abschätzbarer Zeit alle einen Platz in einer Helix finden würden – aber solang das nicht gänzlich der Fall war, gab es eine deutliche Grenze zwischen denen, die privilegiert waren, und denen, die nicht so glücklich waren.

Letzteren sollte man doch helfen können. Davon war Io überzeugt.

Um diesen Drang in Io erklären zu können, reicht es nicht, auf ihre offensichtliche Nettigkeit zu verweisen. Es lag etwas Tiefergehendes, etwas durchaus Ideologisches, hinter ihren guten Absichten.

Und es handelte sich dabei wohl oder übel um Humanismus.

Als Verfechterin dieses altehrwürdigen Ideals wollte Io ihren Mitmenschen helfen. Jedem Mitmenschen. Egal wer sie waren, und unabhängig von allen Parametern, die errechnen wollten, ob sie dies auch verdient hätten, oder, was doch denkbar war, eben auch nicht. Solche Nebensächlichkeiten spielte genauso wenig eine Rolle, wie der Umstand, ob nach Hilfe gefragt wurde, oder nicht.

Um diesem hochgestochenen aber für sie natürlich daherkommenden Ideal gerecht zu werden, las Io viel über Barmherzigkeit und einiges über Nächstenliebe. Sie wollte sich aber nicht mehr ausschließlich fragen, was es theoretisch hieß, barmherzig zu sein und seinen gedacht Nächsten zu lieben, sondern endlich etwas in der Praxis in diese Richtung unternehmen. Das war, wie sie selbst feststellen musste, leichter gesagt als getan. Alle Menschen, die sie bisher in ihrem jungen Leben kennengelernt hatte, hatten eben keinen Gebrauch für aufrichtige und selbstlose Hilfe. Nebenbei teilten die Menschen in ihrem Umfeld auch nur sehr selten ihr Verständnis von Liebe, und Barmherzigkeit war für die meisten ein Fremdwort, was sie überaus schade fand.

Sie litt an diesen Umständen, und das machte Io zu einem überdurchschnittlich unglücklichen Menschen. Vor allem wenn man ihr junges Alter bedachte. Ihr Unglücklichsein rührte von ihrem Wissen her, unheimlich privilegiert zu sein, wo doch gleichzeitig andere, die nichts dafürkonnten, weniger privilegiert waren. Das war nicht fair – und daran nichts aus eigener Kraft ändern zu können, machte sie zu einem schlechten Menschen. Das war ihre Bürde.

Die Sache war einleuchtend. Zumindest für sie war es das. Sie hatte ein klares ‚Warum', nur das ‚Wie' fand sie lange nicht. Sie hatte in der Vergangenheit schon so gut wie alle karitativen Angebote in Anspruch genommen, d. h. sie hatte dort mitgewirkt. Sie hatte in einem Jugendprogramm Unterstützungspakete für die Menschen in den Flüchtlingszentren zusammengestellt, was aber im Grund nur darin bestand, mit anderen Jugendlichen ein paar Stunden im allShop rumzuhängen und diverse mehr oder weniger notwendige Items in einen Korb zu packen. Sie hatte versucht, mit gleichaltrigen Asylanten in eine Art Fern-Freundschaft zu treten, was aber nur in halbwegs netten Plaudereien und in gemeinsamem Videospiele-Spielen geendet hatte. Sie hatte wirklich schon einiges versucht, aber nichts reichte ihrem Drang nach humanitärer Hilfe.

Das alles fühlte sich wie ‚Barmherzigkeit light' an und es waren, wenn überhaupt, nur abgespeckte Handlungen der Nächstenliebe. Sie war dazu bereit, etwas zu tun, das vielleicht hässlich war, aber dafür wirklich etwas zum Besseren änderte.

Aus ihrer selbstauferlegten Not heraus entschied sich Io dafür, einen Job anzunehmen: Sie hatte sich beim Amt für Nostrifikation – kurz *allNos* – beworben.

Es war Systemarbeit, oder zumindest das, was davon übrig war.

Die Aufgabe dieser Behörde, wie der Name schon andeutete, war, Nicht-Helixianer auf dem Amtsweg zu echten Helixianern zu machen. Oder, wie es Io in ihrer arglosen Ideologie des Humanismus ausdrücken würde: Sie verhalf den unprivilegierten Weltenbürgern zu einem neuen besseren Leben in der utopischen Hochburg, wie sie selbst in bewusster Wertschätzung ihre Helix nannte. Da das Leben in einer Helix der höchste Standard für, nun ja, das Leben war, musste jedes Leben daran angeglichen werden. So war der Humanismus schon immer. Und so sah Io das schon immer.

Das Problem war nur, AllNos hatte mit einem karitativ-idealistischen Verein genauso viel zu tun, wie eine Hunderennbahn mit der Notwendigkeit des Gassigehens. Dennoch, Io hatte sich fest in den Kopf gesetzt, ein Rädchen in diesem Prozess sein zu wollen. Nein, sie wollte einen positiven Einfluss darauf haben. Ihre Logik war in diesem Fall, um eine weitere Metapher aufzuwenden, leider nicht folgerichtiger, als die Annahme, wenn man in der Kantine hilft, die Teller zu waschen, würde das Essen besser werden.

Sie war also nicht nur sehr nett, sondern auch überaus naiv. Wie Io bald erfahren würde, war es in ihrer Welt nicht so einfach möglich, einen positiven, oder der Vollständigkeit halber, einen negativen Effekt auf etwas auszuüben – egal auf was. Diese Prämisse traf selbstredend bei so etwas Systematischen wie AllNos noch stärker zu als anderswo.

Das hatte einen konkreten Grund: AllNos war ein Teil des ausgeklügelten, aber völlig undurchsichtigen Helix-Bürokratieapparats. Und die Bürokratie, obwohl historisch gesehen nachweislich von Menschen geschaffen, hatte es nie wirklich geschafft, ‚menschlich' zu sein. Ihr Ziel war es, Menschen auf ihre Variabilität und nicht auf ihre Individualität zu reduzieren. Damit war niemandem wirklich geholfen, außer eben dem System. Bei der Helix-Bürokratie, die hingegen nachweislich nicht von Menschen, sondern von selbstlernenden Programmen geschaffen wurde, gab es in dieser Hinsicht keinen Unterschied. Sie war viel mehr noch – ihre Vollendung.

Das Lustige daran, so könnte man meinen, war, dass die Helixianer gar nicht wussten, dass sie in einer lupenreinen Bürokratie lebten. Das lag einfach daran, dass ihr Luftblasen-Leben nach keinen Pflichten und Strafen verlangte. Alles, was lästig sein könnte, wie die Ausstellung eines Führerscheins der Klasse B, oder die Annullierung einer gescheiterten Ehe, wurde sowieso automatisch im Hintergrund erledigt. Die Tatsache, dass keine Nachfrage mehr nach Führerscheinen der Klasse B und nach unglücklichen Ehen bestand, tat den Rest.

Die volle Breitseite des technokratischen Bürokratiemolochs bekamen im Grunde tatsächlich nur diejenigen zu spüren, die erst Helixbewohner werden wollten. Damit waren die armen Seelen gemeint, die zu Millionen vor den Helices in riesigen Sammellagern hausten. Sie sahen zwar in den beengenden Schleusen, die hineinführten, die Lösung für all ihre Probleme, doch wussten sie auch, dass der Übergang von außen nach innen nicht mit blinder Solidarität, oder gar Humanität gesäumt war, sondern mit etwas, das am ehesten als Mathematik zu bezeichnen war. Mathematik hatte immer mit Wahrscheinlichkeiten zu tun, und zurecht setzten daher viele den Prozess der Eingliederung in eine Helix mit einer Lotterie gleich.

Das alles war sehr verwirrend und daher dachten die wenigsten, Helixianer oder nicht, darüber nach. Sie wussten überhaupt nicht, dass es ein so dermaßen gewaltiges Räderwerk im Hintergrund gab, über das es einmal wert gewesen wäre, nachzudenken. Io war in dieser Sache nicht anders. Sie dachte, wie gesagt, bloß daran, den hilflosen Neo-Helixianern zur Hilfe zu eilen. Und die von AllNos gemanagte ‚Schleuse', wie man sie tatsächlich nannte, sah sie als die vorderste Front dafür an.

Früher hatte sie darüber sinniert, dass es doch besser sein würde, den Schutzsuchenden bereits draußen zu helfen. Doch dann wurde ihr bewusst, dass das nicht möglich war. Es war schlichtweg verboten ohne spezielle Autorisierung vor eine Helix zu treten, um dort tätig zu werden. Als gebürtige Helixianerin wusste sie aber eben nichts Konkretes von Verboten, ebenso wenig von Pflichten und angedrohten Strafen. Daher war ihre Erklärung für die Unmöglichkeit draußen etwas zu bewirken sehr unbestimmt: Sie ging davon aus, es wäre sehr umständlich. Man musste bescheidener anfangen, glaubte sie. Wenn das System es irgendwann für richtig hielt, sie nach draußen zu schicken, umso besser.

Sie war also froh, als ihr allDevice ihr mitgeteilt hatte, sie könnte sich bei allNos für einen Job in der Schleuse melden. Gestern Abend noch hatte sie vorm Einschlafen daran gedacht, wie es sich anfühlen wird, wenn sie dem ersten Asylsuchenden mitteilen könnte, dass er von nun an ein willkommener Helixianer sei. Sie stellte sich vor, dass es für sie genauso emotional sein müsste, wie für diese Person.

Io war an ihrem ersten Tag pünktlich. Sie kam durch jenes Ende der Schleuse, durch das sonst nur die wenigsten wollten. An einem normalen Tag gingen hier vielleicht zehn bevollmächtigte Außendienstmitarbeiter, die meisten davon technische Aufseher, hinaus. Ios zukünftiger Zuständigkeitsbereich war rein auf die Menschenmassen beschränkt, die in die entgegengesetzte Richtung wollten. Also hinein.

Das Tagesgeschäft hier konnte von einem kleinen Team aus ungefähr fünfzehn Leuten gestemmt werden. Mehr wurden nicht gebraucht, da, wie überall in der Helix, die meisten Entscheidungen und Abläufe von dazu konzipierten und sich selbst erfüllenden Protokollen und autonomen Gerätschaften ausgeführt wurden. Die allNos-Software war mit den Verhaltens-Analysetools, mit den Bodyscans, mit sämtlichen personenbezogenen Datenbanken, den Internetfußabdrücken, welche alle Chatverläufe, up- und gedownloadete Dateien und sonstige hinterlassene Spuren der Anwärter bereithielten, vernetzt und fällte aufgrund dieses Informationscocktails, plus den Ergebnissen aus der absichtlich kurzgehaltenen ad-hoc-Befragung die Entscheidung, ob jemand dafür geeignet war, in die Helix aufgenommen zu werden, oder eben nicht. Die dazu verwendeten Anforderungsparameter änderten sich minütlich je nach aktueller Lage von selbst. War der Bescheid negativ, wurde man abgeführt. Nach außen ergab sich das Bild, dass niemand abgewiesen wurde, weil er nicht passte, oder irgendjemand etwas dagegen hätte. Man wurde abgewiesen, weil es nun einmal offensichtlich war. Und die Menschen hier? Die Menschen waren, um es realistisch auszudrücken, nur hier, so würde auch Io bald erfahren, damit das unmenschliche System ein menschlicheres Aussehen erhielt.

Davon wusste Io aber zurzeit noch nichts, jedoch, es war klar, sobald sie es herausfinden würde, war die Begeisterung für den Job bei allNos auch schon wieder verflogen. So weit war es aber noch nicht. Sie musste, wie bei so vielen Dingen, die Sache erst einmal näher kennenlernen, um dann im Anschluss davon enttäuscht sein zu können.

Und welche Menschen arbeiteten nun hier bei allNos? Das ist eine weitere berechtigte Frage. Io sollte sich bei einer gewissen Frau Eva Ngoni melden, einer Frau, die eine ernüchternde Antwort auf diese Frage bot.

Schon von Weitem stellte Io fest, dass es sich um eine absonderlich altwirkende Dame handelte. Das lag tatsächlich daran, dass sie sehr, sehr alt war. Alte Menschen durften arbeiten, ja. Daran gab es nichts auszusetzten. Unüblicher war es hingegen, sich dafür zu entscheiden, alt aussehen zu wollen und weiterhin zu arbeiten, wie es hier offensichtlich der Fall war.

Die winzige und sichtbar verbrauchte Frau mit den tiefen Tränensäcken und der silbernen Dauerwelle wurde hier nur die ‚Anakonda' genannt. Sie wurde vor allem so genannt, weil sie diesen Namen für ihr Namensschild gewählt hatte. Sie war nebenbei auch die Einzige, die hier ein Namensschild trug. Eine anachronistische Posse, die nicht wirklich lustig, geschweige denn clever war.

Die ersten Worte, die die eigenartige Frau für Io übrighatte, waren: „Na, was hast du denn angestellt?" Dabei zog sie ihre Oberlippe lächerlich stark in Richtung ihrer Nasenspitze, womit fast all ihre Zähne zum Vorschein kamen.

Io stellte fest, dass diese gerade erst erneuert worden sind und somit rein äußerlich das Schönste an ihr waren.

Überrascht über die Anfeindung, entgegnete ihr Io: „Entschuldigung, angestellt? Ich habe mich freiwillig gemeldet."

Würde ihr Gegenüber eine Person sein, die ungezwungen zu lachen vermochte, hätte sie Io jetzt wohl ausgelacht. Doch sie verzog nur noch verrückter ihre Lippen und erwiderte: „Ach, was? So eine schon wieder. Mal schauen, wie lang du bleibst." Dabei formte sie ein hämisches Grinsen, das in ihrer Grässlichkeit nicht zu übertreffen gewesen wäre, würden da nicht die makellosen Zähne sein, die das Ganze sabotierten.

Io ging darauf nicht ein. Daraufhin krächzte die Anakonda: „Gib mal dein allDevice."

Io hielt hörig ihr allDevice hin. Die silbrige Dame, die ihre Seniorität nicht nur dem Aussehen nach, sondern auch mit ihren Handlungen nach außen zu kehren beabsichtigte, nahm wiederum nun ihr eigenes allDevice und übertrug ein Programm von ihrem Gerät auf das von Io.

Nach diesem fast rituellen Akt sprudelten noch einige schnelle Wörter aus den spröden Lippen durch die perfekten Zähne: „Hier drauf hast du alle wichtigen Eckpfeiler deiner vorläufigen Tätigkeit. Du musst sie nicht lesen. Wenn du nicht weiterweißt, zeigt dir eine Mitteilung, was du machen musst. Du weißt schon. Na ja, das ist eigentlich schon alles. Du könntest dann schon am freien Schalter Platz nehmen, aber..."

Die Anakonda stoppte, atmete genüsslich und kräftig ein, hielt dann kurz die Luft an, und schaute dabei auf die große Anzeigetafel in der Mitte des überaus hohen und weiten Raumes.

Darauf stand in leuchtend roten Lettern und Ziffern geschrieben: „*Aktuelle Aufnahmerate*: 0,81".

Sichtlich zufrieden über diese Info fuhr sie fort: „...aber es sieht mal wieder so aus, als gäb's heute eine ‚Verstopfung'."

Io bekam eine Mitteilung in ihrem peripheren Sichtfeld zu lesen, die besagte: „Die *Aufnahmerate* bezeichnet, wie viele Menschen momentan vorgesehen sind, eingebürgert zu werden."

Ernüchternde 0,81, realisierte Io.

Es fehlten somit 0,19 mathematische Menschenteile, damit überhaupt eine Chance bestand, dass sich ihr aufrichtiger Wunsch, einem Schutzsuchenden mit ihrem freundlichsten Lächeln erklären zu dürfen, dass er endlich angekommen war, heute erfüllte.

Io fragte daraufhin blauäugig: „Entschuldigung, aber was macht man an so einem Tag?“

„Nicht viel, will ich meinen.“, keuchte ihre neue Vorgesetzte. „Du kannst dich ja einmal umsehen... oder auch nicht. Mir egal.“

Die Anakonda, die ihr allDevice nicht weggesteckt hatte, nachdem sie Io die Instruktionen gesendet hatte, war bereits auf irgendeiner Seite vertieft, die, wie Io sehen konnte, irgendetwas mit Zerealien zu tun hatte. Vielleicht hatte sie noch nicht gefrühstückt, folgerte Io. An ‚der Neuen‘ hatte sie zumindest ihr Interesse verloren. Vorausgesetzt sie hatte ursprünglich welches, was zu bezweifeln war.

Io wollte Frau Anakonda sodann auch nicht länger belästigen. Sie ging allein weiter durchs Schleusengelände, um sich einen besseren Überblick zu verschaffen. Hinter ihr ragte der symbolträchtige Eingangsbogen über zehn Meter in die Höhe. Das digitale Anzeigebanner, das vom rechten zum linken Ende lief, zeigte dick und in mehreren Farben: „WILLKOMMEN IN DER HELIX 7. HERZLICHEN GLÜCKWUNSCH!“ Darunter war eine kleinere Anzeige, die besagte: „Du bist der 155.573.456. Bewohner dieser Helix.“

Io wusste bereits, dass die 155.573.456 heute nicht voll werden würden. Nicht bei dieser lächerlich mickrigen ‚Aufnahmerate‘.

Geknickt fuhr sie damit fort, das Areal weiter auszukundschaften. Wenn sich etwas Ungezwungenes ergeben würde, würde sie auch gerne mit den anderen Kollegen reden, sagte sie sich selbst. Doch sie hatte nun Angst vor weiteren Schlangen.

Im Großen und Ganzen hatte die Schleusenzone, wie sollte es anders sein, Schleusencharakter: Sie war eng und regulierbar. Io ging an den vierundzwanzig Schalterstellen, jeweils zwölf links und zwölf rechts, wobei aber durchschnittlich nie mehr als fünf besetzt waren, bedachtsam vorbei. Fast friktionslos schob sie einen Schuh vor den anderen. Sie musste bemerken, dass der Boden unter ihren Füßen gefährlich glatt war. Der zurzeit menschenleere Gang war durchkreuzt von bunten Wegmarkierungen und Haltelinien. Vertikal wurde Ios

Blickfeld von reichlichen Absperrungen, Schranken und Beschilderungen gestört.

Die meisten Schilder trugen Aufschriften wie ‚Auf Anweisungen achten!', oder ‚Jede Auffälligkeit wird geahndet!'

Io wollte gerne wissen, wie genau bei einer Auffälligkeit geahndet wurde und schon bekam sie eine Mitteilung zugespielt: „Hier von Menschen verursachte Auffälligkeiten negativer Ausprägung werden automatisch erkannt (meist vor ihrem tatsächlichen Eintreten). Dies hat zur Folge, dass die Übeltäter unverzüglich und endgültig aus der Helix entfernt werden. Zur Gewährleistung der Sicherheit immer den Rettungsstreifen freihalten!"

Der Rettungsstreifen musste wohl der leuchtend rote und extraspiegelglattgebohnerte Weg sein, den Io vorhin betreten hatte. Er war nicht sehr breit, teilte aber den ganzen Raum der Länge nach in zwei gleich große Hälften. Hier patrouillierten bei regem Betrieb, oder wenn Gefahr in Verzug war, die allSecure-Bots, verstand sie nun. Überall war das allSecure Symbol zu sehen. Es war ein allseits bekanntes Symbol, das für unanfechtbare Exekutivgewalt stand, begegnete einem in der Helix selbst aber nur selten. Sie verließ doch etwas eingeschüchtert den Streifen und ging rechts davon weiter. Zur Gewährleistung der Sicherheit, versteht sich.

Ios Verlangen, sich bei ihren neuen Kollegen, die sie aus sicherer Entfernung zumindest teilweise erspähen konnte, vorzustellen, hielt sich in Grenzen. Leider gab es, wie so oft bei rein menschlichen Interaktionen, keine gut gemeinten Mitteilungen darüber, was zu tun war, und so verblieb sie ratlos. Hinter den Glasflächen der Schalter zeigten sich Io jedenfalls keine Anzeichen von kollegialer Annäherung, oder von generellem Interesse an ihrer Person. Und das, obwohl sie wirklich die einzige Seele hier draußen war.

Die vereinzelten Gesichter, die hinter dickem Glas wie in einer sehr langen, aber traurig karg ausstaffierten Vitrine für Pokale aufgereiht waren, waren alle nach unten geneigt. Sie beschäftigten sich mit ihren allDevices. Io wusste das, ohne auch nur eines davon sehen zu müssen.

Nach weiteren fünfzehn Minuten wollte noch immer niemand Io bei ihrem Erkundungssparziergang unterbrechen, geschweige denn, sie willkommen heißen. Sie blieb völlig unbemerkt. Einige qualmten Zigaretten, was Io doch wunderte. Da kam sie beim Schalter der Anakonda vorbei, der der letzte auf der rechten Seite war. Sie schien sich tatsächlich eine Schüssel Zerealien besorgt zu haben. Parallel dazu rauchte sie eine Zigarette. Der Qualm wurde sofort aus der Luft gefiltert. Io ekelte sich trotzdem davor. Sie ging weiter.

Vielleicht würden sie in der Mittagspause kollegialer sein, dachte sich Io, in vollem Bewusstsein darüber, dass sie bis dorthin noch weitere drei Stunden totschlagen musste.

Sie irrte weiter bis zum Ende der Schleuse. Anders als auf allen anderen Etagen der Helix, wurde hier nichts von der Realität Ablenkendes projiziert. Hier konnte sie ungehindert in die weite Welt starren.

Das tat sie auch. Sie blieb stehen und starrte.

5

Eines war mittlerweile völlig klar: Elie war noch nie so dermaßen unbefriedigt und gänzlich ernüchtert aus einem allShop hinausgelaufen wie an jenem Tag.

Vermutlich war noch nie jemand so unbefriedigt und ernüchtert aus einem allShop hinausgelaufen.

Auch der allShop selbst war alles andere als glücklich darüber, in welcher Verfassung sein Kunde ins Freie trat. Als er Elies neurobiologischen Glückszustand beim Hinausgehen auswertete, dachte er schon, *er* hätte irgendetwas falsch gemacht.

Das stimmte aber nur bedingt. Auch wenn der überaus smarte Kaufladen durchaus mit Absicht und Kalkül seine Kunden durch seine Regalreihen lotste, wäre es abwegig, ihm zu unterstellen, dass er es darauf angelegt hatte, Elie zu einem Produkt hinzulenken, das mit dem Abbild seines toten Freundes dekoriert war. Es war aber geschehen – und somit hatte Elie gerade nicht nur damit zu kämpfen, mit der unglücklichen Botschaft klarzukommen, sondern ihn beschäftigte auch die Frage, was er nun im Angesicht dieser neuen Tatsachen tun sollte.

Völlige Dunkelheit hätte seinen Geist eingehüllt, wäre da nicht der Gedanke an Sophie, Haidars Partnerin, hängen geblieben. Sie musste mehr darüber wissen, was mit seinem Freund geschehen war – warum er so ein Ende finden musste. Er musste sie kontaktieren.

Der alleinige Gedanke, Sophie wieder zu sehen, erhellte seine Gefühlslage auf unverhoffte Weise. Das war nicht nur seltsam, weil er gerade trauerte, und eigentlich niedergeschlagen sein wollte, sondern auch deshalb, weil er sich sonst nie besonders freute, jemanden zu treffen. Aber von einem Treffen konnte noch nicht die Rede sein. Erst musste er sich überlegen, wie er sie nach all dieser Zeit und in dieser schwierigen Situation am besten kontaktieren sollte. Eine knappe Nachricht über allCom kam nicht infrage, dachte er sich.

„Mein Beileid Sophie *trauriger Smiley*“, das ging einfach nicht.

Elie beschloss also, sie später anzurufen. Das war auch naheliegend, möchte man meinen. Nur gab es da ein Problem: Elie hatte einen Riesenbammel vor Telefonaten.

Das wurde ihm in diesem Moment erst wieder bewusst. Die eigene Telefon-Phobie war ja auch kinderleicht beiseitezuschieben; man musste nur so unbeliebt und unwichtig sein, damit niemand auf die Idee kam, einen anzurufen. Zu vergessen, dass das sonst so wertgeschätzte allDevise neben aller hochmoderner Funktionalität auch ein altmodisches Telefon war, war ausschlaggebend, um sich niemals selbst in die Lage zu bringen, ein Telefonat zu provozieren. Das gelang ihm problemlos. Es war aber nicht nur Angst, die ihm vom Telefonieren abhielt, sondern auch die Ästhetik davon. Er verabscheute es, Leuten zuzusehen und zuzuhören, wie sie da auf offener Straße, oder auf welchem öffentlichen Platz auch immer, einfach vor sich herplapperten, ohne Rücksicht auf andere und dabei so taten, als wäre es gerade sehr-sehr wichtig.

Okay, es war doch vor allem die schiere Angst.

Hier und jetzt Sophies Kontakt zu wählen, um mit ihr auf der Stelle zu reden, war ausgeschlossen. Es wäre aber doch auch viel unkomplizierter, so entsann er sich nun wieder, sich direkt ein persönliches Treffen in halbwegs vertrauter Atmosphäre auszumachen. Er tippte also „Hallo Sophie. Können wir uns treffen?“ in sein allDevice. Dann löschte er verlegen die Worte. Er könnte auch eine Sprachnachricht mit persönlichem Touch generieren lassen – doch, auch das war nicht die richtige Vorgehensweise. Er fasste sich erneut ein Herz und legte sich endgültig aufs Anrufen fest. Für sie wollte er sich überwinden.

Da gab es aber noch das grundlegendere Problem: Würde Sophie überhaupt mit ihm reden wollen? Dieser Zweifel befiel Elie kurz bevor er auf die Plattform der allGo-Station einbog. Und der Zweifel schien ihm sehr berechtigt zu sein. Das lag zuallererst daran, dass er nicht sagen würde, dass sie sich jemals näher kennengelernt hatten. Sie hatten nie etwas zu zweit unternommen, oder auch nur ein längeres Gespräch miteinander geführt. Dahinter waberte ein weiterer unschöner Verdacht: Es war davon auszugehen, dass der stets in sich zurückgezogene Elie immer extrem seltsam auf sie gewirkt hatte. Vielleicht mochte sie ihn auch einfach nicht. Warum auch immer glaubte er weiters, überaus unattraktiv in ihren Augen gewesen zu sein. Er konnte unmöglich sagen, wie er auf diesen Gedanken gekommen war, und glaubte auch nicht wirklich, dass etwas dran war. „Und auch wenn etwas dran war, was soll's?", dachte er sich weiter. Bevor er ganz abdriftete, entschied er, einstweil nicht mehr an sie zu denken. Er erinnerte sich daran, dass es viel eher angebracht war, weiter seinem verschiedenen Freund zu gedenken.

Elie war früher, wie es für dicke Kumpels üblich war, oft bei Haidar zu Besuch gewesen. Sie machten dann das, was Kumpels so machten: Filme gucken, Videospiele zocken, eventuell Drogen nehmen. Haidar redete und Elie hockte auf der Couch und hatte so etwas wie eine gute Zeit. Dann kam irgendwann Haidar mit seiner Freundin angelaufen. Daraufhin bildete sich Elie ein, es war vorbei mit der guten Zeit, die ja ohnehin nie so gut war. Er konnte jetzt aber im Nachhinein unmöglich den Finger darauflegen, warum er damals so empfunden hatte.

Ihm war nicht klar, dass er schon wieder nur an *sie* dachte.

Haidar wollte jedenfalls, dass Sophie die Filme mitguckte, als dritter Spieler einstieg, oder eine, oder auch zwei Pillen mit ihnen schluckte. Eigentlich normales Pärchengehabe. Und eigentlich von der Art, bei der problemlos ein Dritter mitmachen konnte, ohne dass es allzu seltsam wurde. Es dauerte aber nie lange, da hatte Elie auch schon eine Ausrede gefunden, um sich aus dem Staub zu machen. Aus welchem Grund auch immer hatte er keinen Bock mit den Zweien abzuhängen. Es kann daher wohl behauptet werden, dass einer der

Gründe, warum sich die einstig dicken Freunde immer seltener gesehen haben, Elies Passivität gegenüber Sophie war.

Elie würde aber in seiner Reflexion über das Geschehene nicht ganz so weit gehen. Vielmehr versteifte er sich auf eine andere Wahrheit, eine schönere Wahrheit, nämlich diese, dass Haidar bei Sophie gut aufgehoben war. Es machte jedenfalls schwer den Eindruck auf ihn, dass es so war. Seine nächste Frage lautete also: Waren sie überhaupt noch ein Paar, als er von ihnen gegangen war? Gut möglich, dass, auch wenn es anfangs einen anderen Anschein gemacht hatte, Haidars schwierige Art ihr mit der Zeit zu viel wurde, und sie ihn irgendwann verlassen hatte. Oder, Haidar hatte sie nach einer seiner vielen manischen Phasen davongejagt. Wer weiß?

Elie war ratlos. Auf allCom fand er zu Sophie auch kaum etwas Enthüllendes, und noch weniger, was auf ihren Beziehungsstatus hingewiesen hätte. Das war überaus untypisch und machte die Sache nicht einfacher für Elie.

Dessen ungeachtet sah er gerade ihr Profilbild an. Viel mehr noch: Er war auf das durchaus gelungene Bild dieser durchaus attraktiven Frau fixiert. Elie fühlte bei ihrem Anblick immer noch durchdringendes, aber schwer zuordbares Unbehagen, aber gleichzeitig so etwas wie Hoffnung. Er sah in ihr eine verpasste Freundschaft und ein Spiegelbild für seine schlechten Umgangsformen mit denjenigen, die ihm eigentlich wichtig waren, oder sein sollten. Warum er dabei gleichzeitig den Anflug von Zuversicht empfand, war nicht so klar zu beantworten. Er starrte weiter auf das Profilbild. So lange bis er seine Umwelt völlig vergessen hatte.

Solch eine geistige Abwesenheit an den Tag zu legen, war mehr als ungewöhnlich für Elie. Er gehörte sicher nicht zu den Leuten, die außerhalb ihrer Komfortzone leichtfällig ihre Seele baumeln ließen. Seine gedankliche Versteiftheit auf Sophies Bild, und alles, was es für ihn bedeutete, hatte dazu geführt, dass bereits fünf allGo-Kapseln an ihm vorbeigezogen waren. Jede einzelne von ihnen hätte ihn näher zu seiner Wohnung bringen können. Doch er stand nur unbeteiligt da. Mit gesenktem Kopf und den Gedanken irgendwo anders.

Da war es eigentlich klar, dass es nur eine Frage der Zeit sein musste, bis ihn einer der Passanten hier aus Sorge um ihn anstupste. Das hieß, es war eigentlich nicht klar. Es war zwar ein Ort des puren Transits und jeder, der hier unnötig Zeit verbrachte, wirkte somit zwangsläufig verdächtig – aber dennoch, was sollte man hier schon anstellen? Man konnte hier schwer zwielichtige Menschen treffen, illegale Geschäfte tätigen, oder sich gar auf die Schienen werfen, wenn man nicht mehr weiterwusste (es gab keine Schienen im klassischen Sinn und ohnehin würde eine allGo-Kapsel innerhalb von 0,000021 Sekunden mindestens zehn verschiedene Ausweichmanöver errechnen, bei welchen jeweils nicht mehr als 0,25 Menschenleben bedroht oder in Mitleidenschaft gezogen werden würden). Daher war Elie etwas angepisst, als ihn so ein kippeliger Wohltäter anstupste und ihn von der Seite fragte, ob bei ihm alles o. k. war. Was für eine Anmaßung.

Ohne direkte Reaktion darauf sprang er endlich doch in eine der vorbeirasenden Kapseln. Im Shuttle Platz genommen dachte er nicht mehr an Sophie. Dafür war die Zeit auch viel zu kurz. Nach ein paar vorbeifliegenden Augenblicken war es schon wieder Zeit zum Aussteigen. Das semi-spurgebundene Verkehrsmittel hatte knapp dreiundzwanzig Kilometer zurückgelegt, ohne dass Elie eine Vorstellung davon bekommen hätte können, was dreiundzwanzig Kilometer eigentlich waren.

Von hier waren es nur mehr wenige Schritte bis zu seiner Wohnung. Das änderte aber nichts daran, dass er wieder an der Nachbarwohnung vorbeimusste. Und schon bald war für ihn klar, dass sich die Lage, die doch typisch für einen Dienstag hier war, allgemein aber eine Zumutung darstellte, nicht gelockert hatte. Es war ziemlich genau Mittag und das Gros der Gäste war wohl bereits in der Wohnung eingekehrt. Ein nicht unbeachtlicher Teil drängelte sich aber immer noch vor dem Wohnhaus im Eingangsbereich. Eine Wand an bunten Gestalten säumte die offenstehende Tür. Wie er die Menschenansammlung passierte, drang von innen ein sonderbarer Duft ins Freie und kitzelte Elie unerwartet in der Nase. Es musste frisch Gekochtes sein, schlussfolgerte er, auch wenn er unmöglich sagen konnte, was genau es war, das hier zubereitet wurde. Es war ein süßlich-würziger Geruch. Scharf angebraten wahrscheinlich.

Die duftenden Schwaden gaben ihm erstmals einen Hinweis darauf, warum sie hier jede Woche schon gegen Mittag eintrafen. Einige der Anwesenden schlugen sich hörbar auf ihre Bäuche und verlautbarten, dass sie es kaum mehr aushielten, und endlich etwas zwischen die Zähne bekommen mussten. Solches Gerede eben. Aus den früheren Beobachtungen durch sein auf die Straße gerichtetes Fenster hätte er das nicht schlussfolgern können. Die olfaktorische Mehrbelastung ließ ihn aber nur noch böser über den ungebetenen Auflauf und seine Nachbarn denken. Denn eines wusste er: Das gemeinsame Mittagsmahl war nur der Anfang des Festes.

An anderen, ungleich ruhigeren Tagen hat er aus der selben Wohnung schon öfters eine ordentliche, wenn auch untypisch stämmige Männergestalt mit sauberem Hemd und einem Aktenkoffer hinaus- und hineingehen gesehen. Jedes Mal tat er sich schwer, diese durchaus normal wirkende Person mit dem, was er am Dienstag zu sehen bekam, in Verbindung zu bringen. Es war ein Rätsel für ihn. Fest stand, dass dieser Mann sicherlich nicht der Gastgeber war und jemand anderes, der ebenfalls dort wohnte, diese ganzen Leute Woche für Woche einlud. Das war anzunehmen, aber auch schwer zu erklären. Folglich musste dieser normale Mensch am Dienstag unter all diesen dandyhaften Exzentrikern noch viel mehr leiden als er, der Nachbar, sagte sich Elie mitfühlend. Vermutlich war er aber außer Haus. Das wünschte er sich für ihn.

Wie dem auch sei. Elie zog sich geschwind in seine Wohnung zurück, verblieb einen Moment an der Tür gelehnt, um zu prüfen, dass seine Tür auch wirklich fest hinter ihm verschloss und widmete sich wieder seinem Plan, Sophie anzurufen.

Er versprach sich von einem kalten Glas Wasser Beruhigung für seine sichtlich überstrapazierten Nerven. Über die Spüle gelehnt exte er ein Glas und atmetet mehrmals tief durch. Im Kopf legte er sich Redefiguren bereit, die ihn weniger tollpatschig und stattdessen mitfühlender, als er vermutlich in Wirklichkeit war, erscheinen lassen sollten. Die Nervosität stieg unnachgiebig.

Da wurde er nochmals in seiner Konzentration gestört. Es war die Lieferung aus dem allShop, die er vorhin im Einkaufswagen zurückgelassen hatte. Damit hätte er rechnen müssen, dachte er und warf sich vor, es nicht getan zu haben. Er ließ die Paketdrohne anstandslos, aber verdrossen herein. Einige Sekunden lang beobachtete er, wie alle Produkte am vorgesehenen Ort in der Küche und in seiner Speisekammer eingelagert wurden. Das lilafarbene Fertigmenü flog an ihm vorbei, landete neben dem Herd und wurde sogleich der Zubereitung übergeben. Der Kirschkuchen präsentierte sich gut auf der Anrichte. Die Limos und die restlichen Snacks wanderten nacheinander in den kleinen Abstellraum.

Und da tauchte wieder Haidars Konterfei auf.

Das kleine Schächtelchen Scoto und damit der bleiche Leichnam seines Freundes flog knapp vor seinem Gesicht vorbei und landete schlussendlich am Wohnzimmertisch. Dort vorm Fernseher nahm er für normal am liebsten seine Drogen, wenn er denn welche nahm. Doch soweit würde es nicht kommen. Das Schächtelchen diente, wenn überhaupt, nur zur Erinnerung.

Als der Spuk vorbei war, wählte er endlich.

Der Anruf wurde rasch entgegengenommen. Sophie wusste natürlich, wer am anderen Ende der Leitung war.

Ohne seine Worte abzuwarten, oder selbst grüßende Worte voranzuschicken, sagte sie: „Elie, wollen wir uns nicht irgendwo treffen?“

6

Es war noch niemals so leicht wie in einer Helix, von einem Punk A zu einem Punkt B zukommen. Egal wie weit diese zwei Punkte voneinander entfernt waren. Dafür war das revolutionäre Transportmittel, das kleine Gondeln wie Bits durch einen primitiven Computer jagte, kurz allGo, verantwortlich. Elie, für den sein Punkt A eigentlich immer seine Wohnung war, staunte jedenfalls nicht schlecht, als ihm Sophie mitteilte, dass sein nächster Punkt B Haidars alte Wohnung sein sollte. Er hatte nicht gewusst, dass Sophie bei ihm eingezogen war. Das war doch eine Überraschung, sollte die Sache aber vermutlich leichter für Elie machen. Da, wo er sich hinbegab, war jedenfalls so etwas wie vertrautes Terrain. Von seiner Essensbox, die doch recht pampig schmeckte, hatte er nur wenige Bissen gegessen. Er war so in Eile, weil er Sophie, die sich augenscheinlich dringend ein Treffen mit ihm wünschte, nicht warten lassen wollte.

Und da verließ er an diesem Dienstag zum zweiten Mal seine Wohnung. Diesmal kam er ohne unglückliche Zusammenstöße bei der allGo-Station an. Aus dem Haus des geschäftigen Nachbarn war nichts mehr zu hören, sehen oder zu riechen, das auf das große Fest, das dort abgehalten wurde, hinweisen würde. Die Öffentlichkeit, und somit Elie, waren in Sicherheit. Vorerst.

Elies Gedanken, die ihm gerade durch den Kopf gingen und von denen die meisten um Sophie kreisten, waren unschlüssig. Zum einem glaubte er, da die Katze nun einmal aus dem Sack war, und alle Beteiligten mit der Tatsache, dass Haidar umgekommen war, klarkommen mussten, dass ihre Unterhaltung eher ein Austausch von alten Erinnerungen und Trauerbekenntnissen sein würde. Doch da waren in seinem Hinterkopf noch einige offene Fragen, die darauf drängten, beantwortet zu werden. Etwa, warum er es nicht schon früher von Sophie, oder von sonst jemandem erfahren hatte. Und natürlich war da noch die große grauschwarze Wolke, die in seinem Kopf stellvertretend für das letzte halbe Jahr stand, in dem er für seinen alten Freund nichts anderes als ein Fremder war. Was war in dieser Zeit alles geschehen? Er sehnte sich nach Aufklärung, ganz klar. Gleichzeitig zweifelte er daran, dass er aus Sophie allzu viel herauslocken können würde, wenn sie das denn nicht wollte.

Die allGo-Kapsel spuckte ihn dort aus, wo sie ihn früher auch immer ausgespuckt hatte, wenn er bei seinem Kumpel Haidar absteigen wollte.

Heute läutete er mit tiefsitzenden Bauchschmerzen.

Das Läuten selbst hörte er nicht. Er wusste aber, dass es geläutet haben musste, weil es so auf der Tür stand. Da sah er auch schon Licht im Vorraum angehen. Die Tür hatte also die Wahrheit gesagt. Die Tür war auch so frei, sich von selbst zu öffnen, bevor die Hausherrin tätig werden musste. Sie war ja darüber eingeweiht, dass Elie erwartet wurde. Sophie bekam Elie nicht gleich gut zu Gesicht, denn sie verbarg ihren Körper aus Schüchternheit, oder warum auch immer, hinter besagter Tür.

„Komm doch herein“, bekam er als leises Surren zu hören, eine Aufforderung, die in Redundanz zum Spruch, der auf der Tür aufgeleuchtet war, stand: *„Bitte eintreten!“*

Elie tat, wie ihm aufgetragen wurde, und einen Augenblick später stand er mit Sophie von Angesicht zu Angesicht. Er war erstaunt über ihr Aussehen, da es sich doch sehr von seiner Erinnerung an sie und auch von ihrem aktuellen Profilbild unterschied. Nun, es waren wohl nur ihre Haare. Sie waren kurzgeschoren und ließen nicht mehr auf ihre langen herabfallenden Locken von früher rückschließen. Die reduzierte Haarpracht unterstrich unweigerlich die Größe ihrer immer schon kräftig leuchtenden Augen.

Elie verfiel in Verlegenheit. Er wusste nicht, wie er sie begrüßen sollte. Etwa mit einer Umarmung, oder gar Wangenküsschen? Sie standen noch eine Weile so da, tauschten schleierhafte Blicke aus, bevor Sophie ihn höflich bat, im Wohnzimmer Platz zu nehmen.

Da sah Elie, dass der Ort doch nicht so vertraut war, wie er gehofft hatte. Sie hatte einiges mit Haidars alter Absteige gemacht. Orientalische Wandmalereien und neue Möbel waren nicht das Einzige, das ihm sofort auffiel. Es war der Gesamteindruck, der ihm befremdlich vorkam, wobei er nicht wusste, woraus sich dieser Gesamteindruck zusammensetzte. Nichts schien an Haidar zu erinnern, das konnte er bald sagen. Das musste wohl ihrer Absicht entsprechen. Seltsamerweise und kontra seiner ehrlichen Meinung fühlte er sich dazu gedrängt, ein Kompliment über die Neugestaltung auszusprechen. Zumindest glaubte er, dass sie sich reichlich Mühe damit gemacht hatte. Aber offensichtlicher wäre es, erst über Haidar zu sprechen; ihr sein Beileid auszusprechen.

Da war es erneut Sophie, die den Kurs vorgab, lange bevor der beklommene Elie irgendeine Initiative ergreifen konnte. Sie würde Haidar ansprechen, aber in einer Art und Weise, die Elie so nicht erwartet hatte. Davor nahm sie auf der anderen Seite des kleinen Tisches auf einem gemütlichen Sessel Platz, ohne aber irgendeinem Verständnis von Gemütlichkeit gerecht zu werden.

Am äußersten Rand der gepolsterten Sitzfläche hängend, aber felsenfest verankert, verlautbarte sie: „Ich werde dir jetzt etwas über Haidar erzählen – und ich weiß, dass du nicht dafür bereit bist."

Elie wusste nicht, mit was er rechnen sollte und für was er alles nicht bereit sein würde. In weiser Vorsicht ließ er sich in die Couch zurückfallen und hielt einen Schock antizipierenden Blick der Starre aufrecht.

„Was ist es?", fragte er sie.

Sie wollte möglichst schnell zum Punkt kommen. „Haidar ist vor nicht langer Zeit vom Weg abgekommen", verlautbarte sie mit kühler Stimme.

Davon glaubte Elie richtig informiert gewesen zu sein. Er wunderte sich, was noch kommen würde.

Sophie erklärte sogleich weiter: „Haidar spielt ein Spiel. Ein gefährliches Spiel. Und er will es immer noch gewinnen." Nach einer kurzen gequälten Pause, die sie nutzte, um ihre Augen von Elie abzuwenden, sagte sie: *„Er lebt. Haidar ist nicht gestorben."*

Elie fasste ihre Aussage als mehr als fragwürdig auf, um es gelinde auszudrücken. Sie musste sich täuschen, dachte er sich, obwohl das sicherlich keine Sache war, in der man sich täuschen konnte. War sie denn verrückt geworden, fragte er sich weiters. Ihre neue Frisur und die für ihn sinnfreien asiatischen Kritzeleien an der Wand würde er nun als Indiz dafür hernehmen. Er wollte aber auf ihre Aussage eingehen. Mit seiner bescheidenen Einsicht über den Tatbestand.

Er sagte in einem noch durchaus gelassenen Ton: „Ich habe dir doch am Telefon gesagt, was ich im allShop gesehen habe. Erst vor wenigen Minuten habe ich seine Leiche zu Gesicht bekommen. Sie war auf einer Packung Scoto abgedruckt." Er machte sich gerade den Vorwurf, warum er das Schächtelchen nicht einfach mitgenommen hatte. Wusste sie denn wirklich nicht, wovon er sprach? „Zur Abschreckung wurde sein gemarterter Körper hergenommen!", fügte er sichtlich aufgekratzter hinzu. „Von Anonymisierung konnte man hier nicht sprechen. Wenn schon, dann haben die Verantwortlichen es darauf angelegt, dass man genau erkennen konnte, wer hier an Drogen krepiert war."

Da glaubte er, etwas Milde walten lassen zu müssen und sagte weiters: „Nichts für ungut. Es tut mir sicherlich leid, dass du damit klarkommen musst."

Sophie offenbarte wieder ihre Augenpracht. Für Elie spiegelte sich darin aber nichts als Verwirrung und Orientierungslosigkeit wider. Doch ihre Stimme machte einen anderen Eindruck. Darüber sah er aber weiterhin hinweg.

Da sagte sie: „Das mit der Begegnung im allShop hast du mir erzählt, ja. Ich hatte keine Ahnung, wie er dich genau aus seinem Exil kontaktieren wollte – er sagte nur auf dezente Weise, wenn die Zeit reif ist. Diese Dramatik in der Inszenierung ist wohl typisch für ihn, findest du nicht? Du kennst ihn ja.“ Beim letzten Wort musste sie ein Lachen unterdrücken, wodurch aber viel eher ein weinerliches Schniefen ausgelöst wurde.

Elie war verwirrt. Er machte sich ernsthafte Sorgen um sie. „Warum sagst du diese Sachen? Was für ein Exil, bitte? Du kannst mir sagen, was wirklich passiert ist. Wir waren doch alle mal Freunde!“, stellte er klar.

Dafür kassierte er einen tränennassen Blick. Er wusste nicht, warum sie so aufgewühlt war, nur, dass sie aufgewühlt war. Mit zittriger Stimme beteuerte sie: „Dafür habe ich dich doch hergebeten – damit ich dir alles erklären kann! Hör doch einfach zu, okay?“

Natürlich wollte er ihr jede Chance geben, sich zu erklären. Vermutlich brauchte sie einfach jemanden, der ihr ein Ohr schenkte, doch dabei dachte er eher an professionelle Hilfe. Er rutschte noch tiefer in die Couch und teilte ihr mit einer schwachen Geste sein Einverständnis mit.

Sie strich sich gründlich sämtliche Tränen aus dem Gesicht und fing mit ihren Ausführungen an: „Ich habe dir vorhin gesagt, Haidar will ein Spiel spielen. Das stimmt so nicht ganz. Dass er sich zum Spielmacher aufschwingen will, trifft es wohl eher. Ich weiß, wie verrückt das klingen mag, aber ich habe es mit eigenen Augen gesehen.“

„Was hast du gesehen?“, fragte Elie noch immer ungläubig.

Sie schluckte merklich. Dann verlautbarte sie in durchaus konzentrierter Manier: „Nun, ich habe gesehen, zu was er fähig ist. Er hat Dinge in unserer Umgebung verändert, die ich so nicht für möglich gehalten habe – die wohl keiner für möglich halten würde!“

Mit jedem Wort wurde sie aufgeregter, und ihre Augen glänzten dabei unaufhörlich in alle Richtungen.

„Er hat dafür gesorgt, dass der Mond auf seinen Wunsch hin heller wurde und die Stille der Nacht noch stiller wurde. Er hat die Blätter der Bäume nach Belieben eingefärbt und dafür gesorgt, dass Drohnen wie Vögel sangen. Natürlich sind diese Dinge in der Helix immer schon regulierbar, aber eben nicht von uns! Ich habe aber gesehen, wie er es getan hat.

Ich glaube, er hat dafür ein rätselhaftes Gerät benutzt. Er hat dieses zwar vor mir verborgen gehalten – doch es war klar, dass er zu etwas gekommen ist, das unglaubliche Möglichkeiten erschloss.

Er hat nicht nur Dinge umprogrammiert, sondern ist auch an Informationsquellen gekommen, die sonst nicht für alle zur Einsicht stehen sollten. Wie du dir vorstellen kannst, hat er sich an die Lösungen sämtlicher Rätsel gemacht, und ist sicherlich auch fündig geworden. Dazu kann ich dir aber nicht viel sagen. Er hat mit höchster Vorsicht und Geheimhaltung gearbeitet. Auch vor mir. Was ich dir aber sagen kann und sagen muss, ist, dass er vor vier Monaten einen Weg gefunden hat, unbehelligt in der Helix ein und aus zu gehen. Das heißt, er könnte wieder heimkommen, aber“, sie hielt einen Moment inne, „aber er ist schon lange nicht mehr nachhause gekommen. Er ist verschwunden. Verschwunden, aber nicht tot. Das weiß ich.“

So sehr sie in kurzer Zeit Schwung in ihre Rede gebracht hatte, so abrupt kam sie jetzt zum Stillstand. Von Stillstand konnte man in Elies Fall nicht sprechen. In seinem Kopf ratterte es nur so. Er wusste nicht, was er zu alldem sagen sollte, und noch weniger wusste er, was von dem, das er gerade gehört hatte, auch nur irgendwie glaubwürdig sein sollte.

„Du glaubst mir nicht, stimmts?“, bekam er von Sophie zu hören. In ihrer Frage war etwas Flehendes.

Elie schwieg.

„Ich mach dir keine Vorwürfe“, sagte Sophie. „Es ist auch nicht meine Aufgabe, dich zu überzeugen. Ich sollte dir nur etwas übergeben. Dann können wir ja weitersehen, ob du etwas unternehmen willst. Deine Entscheidung. Hier nimm das, bitte.“ Daraufhin hielt sie Elie einen mehrmals gefalteten Zettel hin. Er war von Haidar.

Elie griff zu, sah das seltsame Stück Papier jedoch nicht an. Er hielt es fest zwischen Daumen und Zeigefinger seiner rechten Hand gepresst, und vermutete einen Abschiedsbrief. Was sollte es sonst sein? Nur, wenn er etwas von Sophies Geschichte glauben hätte können, würde er etwas anderes sehen. Dazu war er aber nicht fähig.

„Lies ihn einfach. Er wird dir hoffentlich mehr über Haidars Absichten verraten. Ich denke, er ist auf Papier verfasst, damit er im Geheimen gelesen werden kann. Du verstehst hoffentlich. Du kannst mir ja dann sagen, was du davon hältst, einverstanden?" Sophie hoffte zumindest jetzt auf eine klare Reaktion von ihm. Irgendein Zeichen, das ihr verriet, dass er sie ernst nahm.

Elie tat ihr zumindest diesen Gefallen und machte ihr verständlich: „Ja, das kann ich machen. Aber, bitte", fügte er hinzu, „mach dir keine falschen Hoffnungen."

7

Elie stand draußen am Balkon. Diesen Fortsatz seiner Wohnung konnte man höchstens überschaubar nennen. Er war nie hier draußen und es gab hier nicht viel zu sehen, oder zu tun. Das lag daran, dass er sich nicht viel aus Balkonen machte und folglich auch nie ein Upgrade hier durchführen lassen hatte. Die Aussicht war ohnedies nur so lala. Von hieraus sah man jedoch deutlich, obwohl diese doch noch recht weit weg war, die Krümmung, die der Falz in der spiralförmigen Hülle, die sein Leben einschloss, hinterließ.

Hier, das könnte man noch erwähnen, fühlte man sich besonders einsam.

Sophie hatte gesagt, er sollte vorsichtig sein, wenn er Haidars Brief las. Obwohl er ihre Bedenken dazu nicht ernster nahm, als all das andere, das sie von sich gegeben hatte, stellte der Weg auf den Balkon einen gut gemeinten, wenn auch halbherzigen Versuch dar, ihrem Wunsch nachzukommen.

Die natürlich erscheinende Einsamkeit hier draußen am Balkon, gepaart mit dem nagenden Gefühl, ohnehin immer schneller den Halt zu verlieren, führte unweigerlich dazu, dass er sich in diesem Moment seinen Platz in der Welt bewusst machte. Dazu trug sicherlich auch der Blick auf das wellige Konkav im Hintergrund, das die Helix einschloss, bei. Der Gedanke, dass sich aufgrund unvorhergesehener Ereignisse etwas grundlegend in diesem fest eingeschlossenen Leben ändern konnte, dieser Gedanke war dermaßen abwegig für ihn, dass er sich weigerte ihn weiter zu denken.

Er kam nur bis zu diesem Gedanken: „Es könnte doch einfach immer so weitergehen. Warum denn nicht?“ Ihm wäre es ganz recht, glaubte er jedenfalls. Es musste also nicht extra betont werden, dass Elie keine großen Erwartungen hegte und sicherlich keine an dieses Stück Papier.

Mittlerweile hat er den Brief entfaltet und ihn eingehender inspiziert. Er fand dieses Dokument zu seltsam, nicht nur, weil er sonst nie Papier in der Hand hielt, sondern auch deswegen, weil darauf mit Hand geschrieben wurde. Er dachte erst, es würde ihm nicht möglich sein, die vorliegende Handschrift einer Person zuschreiben zu können. Er hätte nicht gewusst, wie Haidar einen Text mit Stift aufs Papier bringen würde und nach seiner ursprünglichen Einsicht konnte der Text auch von Sophie, oder von sonst wem stammen.

Seltsam war es da aber doch, je länger er den Text anstarrte, desto mehr Eigenschaften des potenziellen Verfassers tauchten in seiner Vorstellung auf. Die Tatsache etwa, dass an manchen Stellen viel fester aufgedrückt wurde als an anderen, hielt Elie vor Augen, dass es sich wohl um eine impulsive Person handeln musste, die von ihren eigenen Ideen getrieben wurde. Die Schrift selbst war schlampig, wurde aber zweifelsohne mit so etwas wie Selbstbewusstsein aufgetragen. An einigen Stellen wurde sicherlich schneller geschrieben, an anderen wiederum bedachter. All diese oberflächlichen Beobachtungen über den Text führten unweigerlich dazu, dass ein unverkennbares Gesicht in dem Wirrwarr zwischen schwarzen Linien und weißem Hintergrund hervorschaute.

Es war das Gesicht eines Verrückten. Und somit freundete er sich doch mit der Vorstellung an, dass es sich beim Verfasser um Haidar handeln könnte.

Das brachte Elies Voreingenommenheit zurück an den Tisch. Obwohl er etwas über Haidars Schicksal erfahren wollte, bezweifelte er, etwas Versöhnliches beim Lesen fühlen zu werden. Egal, wo Haidar gerade war, ob er noch lebte, oder, was er eher glaubte, nicht, er war so oder so nicht mehr für ihn greifbar. Alles, was über seinen Tod hinausgehen, oder davon abweichen würde, so sagte er sich selbst, würde die Sache mit ihrer Freundschaft nur noch komplizierter machen.

Mit diesen Vorbehalten begann er zu lesen.

Die drei Wörter, die er als die ersten ausmachte, lauteten: „*Alles ist umsonst.*“

Alles umsonst, also. Elie wollte nicht jedes kleine und wahrscheinlich schlussendlich wenig bedeutsame Wort, das sein verworrener Freund hier niedergeschrieben hatte, in Gedanken sezieren. Er ließ also den angedeuteten Nihilismus hinter sich und las den Rest der Überschrift, der durch einen Gedankenstrich vom Anfang getrennt war.

„*Alles ist umsonst – außer man macht etwas daraus!*“

Elie erlaubte sich seinen ersten innerlichen Kommentar: blöder Anfang. Der kurze Absatz darunter sollte in ihm auch keine größeren Gefühle auslösen.

Das Gegenteil war der Fall.

„*Unsere kollektive Blindheit ist die Pest unserer Zeit. Sie gehört überwunden. Wer zum Teufel glaubt, den Himmel auf Erden erschaffen zu haben, um dann im Anschluss die Sache so dermaßen schleifen zu lassen?*“

Elie wusste, dass diese Frage nicht lange unbeantwortet bleiben würde. Da war auch schon die schwülstige Belehrung: „*Wir sind eine Ansammlung von Ignoranten! Ein exklusiver Club von Ignoranten!*“

Die Rufzeichen hätten mit noch mehr Druck aufs Papier gebracht werden können – Elie wurde von der Nachricht kalt gelassen. Fest stand: Bis hierhin erinnerte alles eindeutig an Haidars Worte. Er konnte diese in der Vergangenheit schon einmal eins zu eins so wiedergegeben haben, möglich in seiner Gegenwart, befand Elie.

Echte Erkenntnisse gab es bisher für ihn also keine und er hoffte, dass sich das doch bald ändern würde. Er las weiter:

„*Nur wenn ich mich selbst aus dem alltäglichen Netz und den Beziehungen darin, dich mich umschließen, löse, kann ich mich so positionieren, um ein Leuchtturm für echte Veränderung zu sein. Ich bin davon überzeugt: Es liegt an mir – es lag immer an mir!*“

Dieser lange verschachtelte Satz zeugte wieder eindeutig von Haidars Rhetorik und noch mehr von seiner Überheblichkeit. Da bemerkte Elie zwei hingekritzelte Wörter rechts von diesem Paragrafen. Sie lauteten ‚*Selbstbestimmt*' und ‚*Frei*'. Er wusste nicht, worauf genau die Wörter Bezug nahmen, dachte aber instinktiv, dass es typische Wörter waren, die man auch in einem Abschiedsbrief erwarten konnte. Er blieb also hellhörig.

„Auch wenn ich die Mitte bilde, sind es meine Beziehungen, die mich ans Ziel leiten werden. Da denke ich an meine neuen Vertrauten und Mitstreiter, die mit mir einen Weg gehen, den keiner zuvor für möglich gehalten hätte.

Ich denke an die geheime Armee von Freidenkern, – all jene, die keine Angst vor der Wahrheit haben!

Ich denke natürlich auch an meine Freundin Sophie, die mir auch in dunklen Stunden den Rücken stärkt.

Und ich denke an Elie."

„Jetzt geht's los", dachte sich der Angesprochene. Elie hielt das Lesen nun stur aufrecht, obwohl ihm bewusst war, dass ihm das Weitere besonders wenig gefallen werden würde.

„Es schmerzt mich zu sehen, wie zynisch und vor allem wie ignorant er durchs Leben schreitet. Er hat jeden Gedanken an Verbesserung und Rechtschaffenheit verworfen und interessiert sich für nichts.

Nicht einmal für seine eigene Vergangenheit zeigt er Begeisterung. Noch weniger sogar für seine Abstammung! Und das, obwohl diese ihn eindeutig zu Großem auserkoren hat!

Er steht im Schatten einer Göttin – seiner eigenen Mutter!"

Elie hatte schon viele Zeilen zuvor befürchtet, dass alles hierauf hinauslaufen würde. Verdrossen, und weil er es schnell hinter sich bringen wollte, las er weiter:

„Elies Mutter ist die großartigste Wissenschaftlerin, die diese Welt je gesehen hat. Heute habe ich mehr Indizien und auch mehr handfeste Beweise dafür als jemals zuvor. Dafür sind meine neuen Möglichkeiten der Informationsbeschaffung verantwortlich.

Für mich stand jedoch schon vorher fest, dass sie der Grund war, warum wir als Menschheit heute da angelangt sind, wo wir nun stehen. Dass sie das aber alles so wollte, wie es sich ergeben hat, kann ich heute mehr denn je verneinen.“

Elie pausierte nun doch kurz. Er wollte sich erinnern, ob seine Mutter in Haidars Geschichte eigentlich den bösen Part innehatte, oder doch für etwas Gutes stand. Das sollte doch leicht zu beantworten sein, aber er wusste es nicht genau. Er bezeichnete sie hier zwar als ‚Göttin‘, doch konnte das aus dem Mund eines Häretikers alles und nichts heißen. Er bezeichnete sie als ‚großartigste Wissenschaftlern‘, was wiederum in den Augen eines Skeptikers Hohn und Übel bedeuten konnte. Es war wie immer alles sehr ambivalent. Da schien es nur folgerichtig, dass Haidar die erwähnten ‚Indizien‘ und ‚Beweise‘, von denen er am Papier sprach, hier nicht näher ausführte.

Der nächste Satz gab Elie wenigstens etwas Aufklärung darüber, welche Hoffnungen sein alter Freund mit ihr konkret verband:

„Sie ist der Schlüssel dafür, wie wir uns aus unserer selbstgeschaffenen Falle wieder befreien können! Und ich habe sie aufgespürt – oder zumindest den Ort ihres Schaffens!“

Elie war irritiert. Was hieß hier aufgespürt? Er hatte Haidar doch immer offen gesagt (was er aber doch bereute), dass er früher mit seiner Mutter in einer Einrichtung von allScience gelebt hatte. Dort hatte seine Mutter nämlich gearbeitet, oder wie Haidar es nennen würde, ‚gewirkt‘.

Elie wusste das, weil das so in seinem automatisch verfassten Lebenslauf stand: „Dreieinhalb Jahre in der Obhut seiner Mutter im technischen Zentrum von allScience. Anschließend Aufnahme in die Helix 7, usw.“

Was mit seiner Mutter danach passiert war, wusste er nicht. Das wusste niemand und er weigert sich auch jetzt etwas anderes zu glauben.

Der Brief hat sich zwar in eine Richtung entwickelt, die er von Haidar erwartet hatte, ein Abschiedsbrief war es aber wohl tatsächlich nicht. Er las also auch noch den Rest:

„Von größtem Interesse ist das RAKETENSILO. Ich weiß, dort liegen die bedeutendsten Geheimnisse – oder zumindest ein direkter Link zu ihnen – vergraben.

Das größere allScience-Areal kenne ich bereits, aber ich muss noch weitere Forschungen anstellen, um endlich in die Bunkeranlage dieser Raketenstation eindringen zu können. Alles deutet daraufhin, sobald ich den Safe geknackt habe, kann ich mit IHR Kontakt aufbauen."

„Viel Glück", dachte sich Elie. Er hatte keinen Grund zu glauben, dass Haidar tatsächlich auf einer heißen Fährte war. Er verband nichts mit dem erwähnten Gebäude, auch wenn er seltsamerweise eine klare Vorstellung davon hatte, was sein Freund meinte. Es war eine stinknormale gepanzerte Anlage zum Verwahren und Starten von übergroßen Raketen und als solches nun einmal auch einfach vorzustellen.

Vermutlich hatte er sie, diese Raketenstation, als Kleinkind gesehen, aber wenn schon. Einen Zusammenhang zu seiner Mutter sah er hier nicht.

Er kam somit endlich zum Schluss. Dieser machte zumindest den Eindruck, etwas versöhnlicher klingen zu wollen als der Rest dieses Pamphlets. Die Worte zeugten von lascher Stiftführung: *„Bevor ich dieses Rätsel nicht gelöst haben werde, werde ich wohl nicht zurückkommen.*

Bis es so weit ist, bitte ich euch also um Geduld. Und ich bitte euch darum, mich nicht zu vergessen.

Euer Haidar."

8

Elie hatte zu viele Zweifel an seiner Auffassung des Geschehenen; kam nicht klar mit dem, was ihm Sophie erzählt und was er in diesem seltsamen Brief gelesen hatte. Es machte einfach keinen Sinn.

Er gab erneut ‚Haidar' in die Suchmaschine ein.

Nichts.

Er suchte ein weiteres Mal nach seinem Social-Media-Profil.

Wieder nichts.

Er schrieb Haidar eine persönliche Nachricht, etwas, das er anscheinend seit über vier Monaten nicht mehr getan hatte.

Nichts wies auf eine Online-Präsenz hin.

Ein großes Nichts war an Haidars Stelle gerückt – und eigentlich konnte das nur bedeuten, dass eine Absicht dahintersteckte.

9

Auch wenn der gestrige erste Arbeitstag in der ‚Schleuse' nicht die Erwartungen von Io getroffen hatte, erschien sie heute erneut mit frischer Energie und jugendlichem Elan zur Arbeit. Zur vorgesehenen Zeit nahm sie an ihrem ihr zugewiesenen Schalter Platz.

Die Schleuse war, ganz anders als gestern, heute voller Menschen. Diese bildeten lange Schlangen entlang der dafür vorgesehenen Markierungen. Die hoffnungsvollen Gesichter trugen maßgeblich zur viel positiveren Stimmung Ios bei.

Die ‚Aufnahmerate' betrug an diesem freudigen Tag erhebliche 174 Personen. Das war doch beachtlich.

Der erste Kandidat, der vor Ios Fenster auftauchte, war ein kleiner Mann mit dunklem, sorgfältig gekämmten Haar. Er trug ein frisch gebügeltes Hemd. Es war rosa mit einem dezenten, weißen Karomuster. Um den Hals trug er einen weißen Schlips. Er hatte etwas Knuffiges, sicherlich etwas Hilfsbedürftiges, empfand Io auf Anhieb. Sie wollte ihn besser kennenlernen, und, noch wichtiger, ihm auf seinem Weg in die Helix unterstützend beistehen.

Voller ehrlichem Eifer und professionellem Verantwortungsbewusstsein begann sie also ihr erstes Interview in der Funktion einer Schleusenbeamtin: „Guten Morgen Patik. Wie gehts heute?" Ihr Lächeln war nicht von dieser Welt.

Sie ersparte sich durchaus, wie es von ihr erwartet wurde, das was zu ersparen war: Sie brauchte nicht nach Namen, Herkunft, Familie, Krankheiten, usw. fragen – denn wären diese Daten nicht bereits im System und validiert gewesen, würde Patik jetzt nicht hier vor ihr stehen.

Demnach hätte sie auch nicht danach fragen müssen, wie es Patik heute geht – aber was tut man nicht alles, um aufrichtig nett zu wirken.

„Danke, Danke. Mir geht es heute prima“, erwiderte Patik, der kleine dunkelhäutige Mann mit dem Streberhaarschnitt, mit quasselnder Stimme. Seine etwas kindische Sprechweise trug noch mehr zu seiner unschuldigen Art bei.

„Wie sollte es mir sonst gehen. Warte ich doch bereits fast zwei Jahre auf diese Chance. Auf die Chance, hier vorsprechen zu können. Genau gesagt 782 Tage. Wenn ich mich nicht irre. Wunderbar, wunderbar“, fügte er eifrig hinzu. Dabei kicherte er hohl.

Eine ausschlagende Nervosität war ihm nicht abzusprechen. Er machte den Eindruck, dass er vor lauter Aufregung Gefahr laufen könnte, sich in seinen schallenden Worten zu verlaufen. Andererseits konnte ein erwachsener Mann kaum niedlicher daherkommen. Der konnte kein schlechter Mensch sein. Der musste reindürfen, versicherte sich Io selbst und fuhr fort: „Ach ja. Das sehe ich ja hier. Du bist vor über zwei Jahren im Auffanglager der Helix 7 willkommen geheißen worden.“

„Genau. So war das. Wie geht es Ihnen heute…“, er las konzentriert die zwei Buchstaben auf dem kleinen ihm zugewandten Monitor, „…Io?“ Dann warf er noch ein verzwicktes „Verzeihen Sie mir die Frage!“ nach.

In diesem Moment schoss ihm nämlich ein, dass er lieber nicht so viel reden sollte, solange er nichts gefragt wurde. Er wusste, größtenteils von Erzählungen und aufrührerischen Online-Kommentaren, dass man, ohne es richtig mitzubekommen, schnell von ‚engagiert‘ auf ‚verhaltensauffällig‘ verfallen konnte. Und ‚verhaltensauffällig‘ zu sein, wäre hier sein Ende.

Konversation war somit in diesem Umfeld eine Gratwanderung.

Schon komisch, dachte sich gerade keiner der beiden, dass man sich hier als möglichst neutrales Datengefäß, ohne unmittelbare menschliche Züge zeigen musste, um dann im Anschluss als Helixer sprichwörtlich alles machen zu können, was man wollte.

Doch der 33-jährige Patik war von Natur aus nun einmal höflich und zuvorkommend. Er hatte Manieren, die er kaum unterdrücken konnte. Das sah auch Io sofort, ohne aber die negativen Konnotationen mitzudenken.

„Danke, mir geht es auch gut." Sie grinste ihn verheißungsvoll an. Doch auch sie riss sich am Riemen und switchte sofort wieder in eine professionellere Haltung. Laut Protokoll waren nur wenige Fragen vorgesehen. Zwei bis maximal vier. Diese mussten die Interviewer bloß von ihren Monitoren ablesen. Wichtig war, sie nicht zu kreativ auszulegen.

Io hatte keine Probleme mit den parallel zum Gespräch daherkommenden allReports, kurz allReps, über Patik, war dies doch der Hauptweg für alle Helixbewohner an Informationen über seine Mitmenschen (wenn sie es denn zulassen wollten; hier aber obligat) – oder über das, was sonst gerade um einen geschah – zu kommen. Sie haderte nur gerade etwas damit, sich dumm zu stellen. Man sollte so tun, als würde man nicht alles über das Gegenüber wissen, obwohl das offensichtlich der Fall war. Laut Protokoll war dies erforderlich, um einen zwischenmenschlichen Abstand aufrechtzuhalten und die Ergebnisse nicht zu verfälschen. Io redete sich ein, dass das logisch war.

Io fuhr also laut Protokoll fort: „Ich werde dir nun einige Fragen stellen. Nebenbei werden noch einmal all deine Daten geprüft. Ist das Ergebnis aus der Befragung und das des Hintergrundchecks positiv, kann ich dir zu deiner Aufnahme in die Helix 7 gratulieren!"

Ihr wäre es selbstverständlich am liebsten, die ganze Prozedur zu überspringen und ihm gleich zu gratulieren. So einfach war es aber leider nicht. Und wenn sie gewusst hätte, was bei dieser Standardbefragung, die doch sehr unterschiedlich ausfallen konnte, alles schiefgehen können würde, hätte sie dem sensiblen Patik wohl nicht so viel Hoffnung gemacht. Dafür war es aber nun zu spät.

Wie dem auch sei. Patik war vorbereitet und geistig auf die Herausforderung eingestellt. Eine falsche, oder aber auffällige Antwort und seine Chance aufgenommen zu werden, wäre sofort vorbei. Das wusste

Patik genau. Er war nicht nur darauf vorbereitet – er hatte dafür sogar wie wild gebüffelt. Man könnte meinen, niemand kannte seine persönliche Geschichte besser als er selbst. Er musste über nichts lügen, oder etwas mit Schwindeleien aufbessern, so war er sich sicher. Mehr Angst, als vor der Korrektheit seiner Antworten, hatte er nur davor, wie er diese rüberbringen würde. Er wusste, er hatte einige Kommunikationsprobleme und Missverständnisse konnten ein frühes Aus bedeuten. Aber auch daran hatte er gefeilt. Jetzt musste einfach alles passen.

Patik schluckte gedämpft den sich anbahnenden Kloß im Hals runter und versicherte ihr mit einem selbstbewussten Nicken, dass sie loslegen konnte.

„Was hast du gemacht, bevor du ins Lager gekommen bist? Vielleicht bist du einem Beruf nachgegangen?"

Er war Softwaretechniker in einer Fabrik für Glasfaserkabel, stand auf ihrem Monitor.

„Ich war in einer Fabrik für die Software der Roboter zuständig. Wir haben dort Kabel, also Glasfaserkabel, hergestellt." Patik wollte bei den einfachen Fakten bleiben und sie nicht unnötig mit Fachgerede über Kabel nerven. Noch dazu jetzt, wo diese Technik obsolet war und sich keiner mehr für Kabel interessierte.

Io nickte zufrieden und fuhr sogleich fort. Die nächste Frage klang strenger, als sie in Wirklichkeit war: „Warum hast du dich nicht nach neuer Arbeit umgeschaut und bist stattdessen hier ins Lager gekommen?"

Im System stand dazu nicht viel, weil es dazu nicht viel zu sagen gab. Patik konnte fast alles zum Ausdruck bringen, was ihm dazu einfiel. Er musste nur ‚cool' bleiben.

Er nahm sich jedoch einige Sekunden, bevor er zu antworten begann. Mit jedem Augenblick wirkte er dabei angespannter. Er wollte nichts riskieren und brachte daher die hundertfach einstudierte Antwort hervor, die er in seiner langen Vorbereitungszeit für diesen Moment immer als sicher und erfolgversprechend gesehen hatte:

„Ich würde sagen, der Wunsch in einer Helix zu leben, wird von allen Bewohnern dieser Erde geteilt, und diese Chance nicht wahrnehmen zu wollen, spräche gegen einen gesunden Menschenverstand."

Prima Antwort. Positiv formuliert, inhaltlich aber recht leer und an der Frage natürlich völlig vorbei. Aber das war egal. Er brachte sie trotz Zögerns in einem Guss heraus. Sogar ohne Stottern. Genauso, wie er es so oft vorm Einschlafen einstudiert hatte.

Auf dem Monitor, auf den Patik natürlich keinen Blick werfen konnte, sprang das Licht auf der Ampel auf Gelb. Er war knapp davor einen positiven Bescheid zu bekommen – es konnte aber auch noch anders kommen. Das Protokoll sah nur mehr eine letzte Frage vor. Eine alles entscheidende Masterfrage sozusagen. Diese war zu 100 % zufällig aus der persönlichen Historie Patiks formuliert und konnte somit jedes dem System bekannte Ereignis in seinem Leben behandeln. Sie war so willkürlich, dass man dafür unmöglich lernen hätte können.

Doch diese letzte Frage nicht, oder falsch zu beantworten, wäre fatal. Es kam also durchaus auf Glück an.

Und Patik hatte wohl leider keines.

Io erschrak innerlich. Sie brauchte einen Moment, um sich wieder zu fassen, nachdem sie die Frage zum zweiten Mal, diesmal auf den Buchstaben genau, gelesen hatte. Völlig perplex sah sie zu Patik hinunter, der ihr schlagartig anfing leidzutun. Dann blickte sie verstohlen zurück auf ihren Monitor, wo sie die seltsame Frage noch ein weiteres Mal gründlich las, bevor sie sich bereit dazu fühlte, sie vorzutragen. Sie konnte nicht glauben, was da geschrieben stand.

Ihr war bewusst, dass es keine Möglichkeit gab, eine neue Frage anzufordern. Sie musste genau diese, in ihren Augen missratene und geradewegs gemeine, Frage stellen. Mit einem unwohlen Gefühl im Bauch brachte sie also den etwas längeren Fragentext genauso, wie er auf ihrem Monitor stand, vor. Dabei versuchte sie gelassen zu wirken; ihr Gegenüber nicht unnötig zu verunsichern.

Doch das wollte ihr nicht gelingen.

Sie las: „Letztes Jahr am zweiten Samstag im Mai bist du um 21:49 auf einen gerade sehr beliebten Meme gestoßen. Darauf war die neu errichtete Helix 18 zu sehen. Der Text dazu lautete: ‚*Und noch ein Blutegel am Arsch der Welt*'."

Io stockte kurz. Ihr wurde leicht übel.

Dann beendete sie den Fragentext mit unfreiwillig zittriger Stimme: „Wie hast du darauf reagiert?"

Io wurde zugespielt, welche Antworten hier als korrekt angesehen wurden. Die kurze Darstellung gab ihr Mut. Patik konnte das schaffen. „Er musste es einfach schaffen", dachte sie sich.

Der Schaden war aber bereits getan: Patik fühlte sich überrumpelt. Auf solch eine detaillierte Frage, die noch dazu fast einer direkten Anschuldigung gleichkam, war er nicht vorbereitet. Er konnte sich unmöglich an diesen Abend erinnern, noch weniger, wo er sich da im Netz herumgetrieben hatte. Hätte er auf so einen Meme überhaupt jemals reagiert? Er stellte sich den Bild-Text-Kommentar vor, verbildlichte ihn sich vorm inneren Auge – und da übermannten ihn Schuldgefühle. Nicht, weil ihm ein Gedankenverbrechen bewusst wurde, sondern, weil er den Gedanken, dass er gerade alles verspielen könnte, nicht aushielt. Um das zu verhindern müsste er seine Coolness, die ja ohnehin nur vorgegaukelt war, um jeden Preis weiterhin aufrechterhalten. Und genau das misslang ihm.

Er dachte zu sehr über das beschriebene Szenario nach. Hätte er, wenn ihm jemand so etwas gezeigt hätte, es nicht einfach als unsinnig abgetan und das digitale Bild im Anschluss vergessen? Vermutlich war es so, ja. Er war ja immer ‚pro-Helix'. Sogar schon lange bevor er seine Arbeit und sein altes Leben verloren hatte. Er war aus tiefster Überzeugung für die Helix-Ordnung und sah sie als den einzig richtigen Plan für die Menschheit an. Natürlich trug er dies auch aktiv nach außen, um nicht zum falschen Lager gezählt zu werden und sich somit nicht schon im Vorhinein ins Abseits zu stellen. Das änderte nichts daran, dass nun eine Lawine an Zweifeln über ihn einbrach. Immerhin war es laut Frage auch 21:49 Uhr gewesen und es war ein Samstag, oder etwa nicht? Da war er öfters am Trinken. Glaubte er jetzt zumindest, ohne unmöglich sagen zu können, ob da was dran war.

Hatte er etwas Dummes getan? Er glaubte nicht. Er hätte es ja gerne zugegeben, wenn es seinem Fall und seiner Glaubwürdigkeit nützen würde!

Mit seiner Ruhe, um die es ohnehin nie gut gestanden ist, war es jedenfalls vorbei. Er begann zu schwitzen. Im selben Moment nahm er auch erstmals bewusst die ständig patrouillierenden allSecure-Bots hinter, und eigentlich überall um ihn, wahr.

Er musste etwas sagen. Schweigen war verhaltensauffällig. Das stand fest.

Geschwiegen hatte er aber. Nach einer gefühlten Ewigkeit stotterte Patik vor sich hin, ohne es dabei zu schaffen, seinen gestörten Blick auf etwas für längere Zeit fixieren zu können: „Eh, also das ist keine einfache Frage. Wer kann sich schon an alles erinnern, was er so o-o-online treibt. Hm, n-n-n-nicht wahr?“ Begleitend dazu lachte er in so einer dämlichen Art und Weise, dass auch Io schlagartig ihren Mut zu verlieren begann.

Was macht er denn jetzt nur? „Reiß dich zusammen!“, würde sie ihm am liebsten zurufen. Das konnte sie aber nicht. Das durfte sie nicht.

Er fuhr sein Stammeln fort: „Bestimmt weiß ich – und das schwöre ich hoch und heilig – ich hätte nie in meinem Leben ein schlechtes Wort über die Helix verloren… W-w-w-warum auch?“ Er stellte sich die Frage gerade scheinbar selbst. „War ja immer mein gelobtes Land“, presste er durch seine angespannten Lippen. „Aber an dieses M-m-meme, ehm… Nein, ich weiß nicht,…“

Diese schwammige Erklärung wurde nicht eingeloggt. Gar nichts wurde eingeloggt. Die Zeit verstrich hingegen weiter. Io musste die Versuchung, ihm irgendetwas einzuflüstern oder ihm etwas gestikulierend mitzuteilen, aktiv unterdrücken. Sie konnte ihm ohnehin nicht helfen, ohne dass es erkannt wurde. Sie fühlte einfach mit dem armen

Kerl mit und hoffte, dass er noch die Kurve kratzen konnte. Es schaute aber nicht gut für ihn aus.

„...dieser M-m-m-eme. Hm...“, wiederholte er und zitterte bereits am ganzen Körper.

Hinter ihm surrte ein allSecure-Bot vorbei. Er schien langsamer zu werden, weil er auf Patik aufmerksam geworden ist. Oder er bildete sich das nur ein.

Vielleicht hat er es geliked, geteilt und mit einem Kommentar, wie „Ja, die Schweine!“, oder „Gehört eigentlich gleich wieder niedergebrannt!“, versehen. Doch wieso kam ihm der Gedanke, wenn er sich doch eigentlich sicher war, dass es bestimmt nicht so war?

Der nächste Gedanke, der ihn völlig verrückt werden ließ, war: „Können die neuen allSecure-Bots eigentlich Gedanken lesen?“

Das war eigentlich egal. Das Licht war zu Ios aufrichtiger Enttäuschung bereits auf Rot gewechselt. Patik hatte seine Chance vertan. Die letzte halbe Minute war er nur mehr bebend und gedankenverloren dagestanden und flüsterte zwischendurch immer wieder unverständlich die Worte ‚Meme‘ und ‚Helix‘. Das war eindeutig verhaltensauffällig.

Er wurde unverzüglich von einem allSecure-Bot abtransportiert. Er ließ mit sich machen und dachte nicht daran, sich zu wehren oder dabei loszuheulen. Er machte den Eindruck gerade innerlich gestorben zu sein. Schnappartiges Wimmern begleitete die Routineextraktion. Io musste alles mitansehen.

Und nein, die versatilen Securityautomaten auf Rädern konnten nicht Gedanken lesen, also direkt jedenfalls nicht. Gedankenlesen war ein alter Trick, der, auch wenn er erfolgreich durchgeführt wurde, denkbar wenig über eine Person und ihre Absichten auszusagen vermochte.

Das System hatte dafür bessere Werkzeuge.

Io sah Patik, solange sie konnte, nach – und fühlte sich abgrundtief schlecht dabei. Sie hatte aber nicht lange Zeit, traurig zu sein. Ihr wurde schon der nächste Anwärter zugewiesen.

An diesem Vormittag ging es in der Schleuse augenscheinlich im Akkordtempo voran. Auch Frau Ngoni, die sich selbst Anakonda nannte und am Schalter gegenüber saß, hatte regen Betrieb vor ihrem Fenster. Io wollte sie eigentlich nicht zu sehr beachten, weil sie befürchtete, sich von ihr noch mehr schlechte Energie einzuhandeln. Doch nachdem Patiks Wimmern verhallt war, linste sie kurz in die Vitrine des alten Echsenwesens.

Die Anakonda hatte Ios Blick förmlich gespürt. Sofort hatte sie auch die Szenerie begriffen. Im selben Moment lachte diese für alle sichtbar krächzend und keuchend auf. Und das, obwohl Io ursprünglich geglaubt hatte, dieses triste Wesen niemals lachen werden zu sehen. Das wäre ihr nun auch eindeutig lieber gewesen. Genugtuung sah in ihrer bösesten Form genauso aus. Natürlich konnte Io ihr Gelächter bei dem ganzen Lärm und durch die Glaswände nicht hören; und sie hätte so tun können, als würde sie davon nichts mitbekommen. Aber in dieser Sekunde wusste sie, dass sie die Anakonda von Anfang an richtig eingeschätzt hatte: Sie war nur hier, um von den zerstörten Hoffnungen zu zehren.

Geschwind wandte sich Io wieder von der widerwärtigen Fratze auf der anderen Seite der Schleuse ab und kümmerte sich um den nächsten Anwärter. Es handelte sich um einen sehr jugendlichen und etwas draufgängerisch wirkenden Mann. Vielleicht war er gerade erst einmal 16 Jahre alt. Trotz seines jungen Alters befand ihn Io nicht für hilfsbedürftiger als den weichen Patik von vorhin. Dieser hier wirkte etwas zu schroff und zu hart auf sie.

Noch bevor Io ordentlich ein Gespräch eröffnen konnte – sie hätte wirklich noch einige Momente zum Verschnaufen gebraucht – bemerkte der Junge abfällig: „Ich bin Alex. Wie sieht‘s aus?“

Io wusste nicht, was sie von dieser unhöflichen direkten Art halten sollte, wollte aber jetzt umso mehr sichergehen, dass sie alles richtig machte und ihren ersten positiven Bescheid schaffte. Dank ihrer nicht zu unterdrückenden Selbstzweifel konnte sie die Möglichkeit nicht ausschließen, dass Patik womöglich doch einfach nur gescheitert war, weil sie die letzte Frage unvorteilhaft formuliert hatte; dass sie die falschen Signale gesendet, zwischen den Zeilen versagt hatte.

„Ja Alex, wie gehts dir heute?“, sagte sie mit einer etwas splittrigen Stimme, setzte dabei aber wieder ihr lieblichstes Gesicht auf.

Patik verbannte sie in diesem Moment aus ihrem Geist. Das musste sie.

Der lässig positionierte Junge erwiderte durchaus schroff: „Ganz gut, würde ich meinen.“ An die obligatorische Gegenfrage dachte er nicht.

„Schön“, ziepte Io knapp und fühlte, wie ihr Hals sich zuschnürte.

Sie blickte vertieft auf ihren Monitor, wollte ihrem Gesprächspartner aber weiterhin das Gefühl geben, völlig bei ihm zu sein. Nicht, dass sich der darum geschert hätte.

Alex Biografie war ohne Meilensteine und ohne erwähnenswerte Ausreißer, konnte sie aus der Zusammenfassung erkennen. Er war schon sein halbes Leben im Auffanglager. Heute war sein erstes Vorsprechen. Und er war tatsächlich erst vor zwei Tagen 16 geworden.

Io brachte die erste Frage vor: „Und Alex, was hast du so gemacht bis jetzt?“

Ein klares ‚nichts‘ würde in diesem Fall ausreichen.

Er sagte also: „Nichts, würd ich sagen. Was soll ich auch gemacht haben?“

Er hatte eine Grundausbildung genossen, aber sonst war da tatsächlich nichts. Er konnte über seine Hobbys reden, aber das war nicht nötig.

„Genau. Das scheint so zu stimmen“, sagte Io und rieb sich kurzzeitig, aber doch fest an der Rachengegend.

Sie wurde etwas zuversichtlicher. Die nächste Frage war zu ihrer Überraschung auch schon wieder die Masterfrage. Und Io glaubte ihren Augen wieder nicht zu trauen.

Die Frage war so einfach und niemand würde auf die Idee kommen, hier zu lügen. Die Frage lautete: „Wie oft hast du schon Probleme mit allSecure gehabt?“

Wie aus der Pistole geschossen keifte Alex: „Ja, nie."

Das Licht sprang auf Grün. Io glaubte froh über das grüne Licht zu sein, obwohl es doch eindeutig ein gemischtes Gefühl war. Woher ihre innere Kluft genau herrührte, darüber wollte sie nicht weiter nachdenken. Immerhin hat sie gerade ihren Part richtig gespielt.

Es war so weit. Sie konnte endlich verkünden: „Herzlich willkommen in der Helix 7!"

Nach einer für Io unverständlichen Freudentanzbewegung folgte Alex schlendernd der grünen Bodenmarkierung ins Innere der Helix. Schon bald sah sie auch von ihm, obwohl sein Weg ein anderer war, nichts mehr.

Es blieb ihr wieder keine Zeit zum Durchatmen, oder dafür, das gerade Erlebte für sich richtig einzuordnen. Es wartete bereits der nächste Anwärter.

10

Sophie wartete bereits sechzehn Minuten auf Elie. Sie hatte an einem kleinen, runden Tisch, der von einer schmalen Bank zur Hälfte eingeschlossen war, Platz genommen. Die Bank war nicht nur schmal, sondern kam in Verbindung mit einer für ihr Befinden viel zu unbequemen Rückenlehne. Schon beim Hinsetzen hatte sie der Illusion abgeschworen, dass das hier ein Ort zum Wohlfühlen war. Sie wusste auch nicht genau, warum sie vorgeschlagen hatte, sich genau hier zu treffen.

Mit jeder weiteren verstrichenen Minute zweifelte sie außerdem mehr und mehr daran, ob Elie tatsächlich noch aufkreuzen würde. Womöglich war die ganze Sache doch zu viel für ihn. Wenn er sie nun wirklich sitzen lassen würde, konnte sie ihm keinen Vorwurf machen. Das alles war bis hierhin eine Menge zu verdauen gewesen. Noch dazu war die Angelegenheit gerade dabei, um einiges brisanter zu werden.

Sie selbst hatte letzte Nacht kaum geschlafen. All ihre Gedanken und Sorgen kreisten einzig um ihren Partner Haidar. Die Gefühle reichten dabei über das Gefühl des Vermissens weit hinaus und nahmen auch ganz andere Formen an. Bedenken und Ängste schwebten über ihr, wenn sie an ihn dachte. Vorwürfe gegen ihn waren ebenfalls darunter zu finden und sie waren sicherlich nicht gänzlich unberechtigt. Er hat sie doch in vieles, aber eben nicht in alles eingeweiht. Das wusste sie ganz genau. Und daher hegte sie insgeheim auch Groll gegen ihn.

Vielleicht, so wünschte sie sich, würde Elie Klarheit in die Angelegenheit bringen können. Das redete sie sich zumindest ein und lugte zur Eingangstür hin.

Ausgemacht war um eins in der *Animal Bar*.

Die Animal Bar war wohl die Bar, die man von allen Lokalen in der Helix 7 am ehesten als eine Spelunke bezeichnen konnte. Das unschmeichelhafte Image dieser Bar kam daher, weil genau darauf abgezielt wurde. Sie war der Inbegriff von altmodisch und abgenutzt. Und das schon seit geraumer Zeit. Diese Kontinuität, die viele als eine negative Kontinuität bezeichnen würden, war ein Unikum in der sich ständig erneuernden Helix. Nach außen hin eine Abnormalität; ein Systemfehler beinahe. Gleichzeitig war es ihr Erfolgsrezept.

Die Animal Bar war abgefuckt und keiner würde etwas Anderes behaupten. Das machte sich Sophie gerade wieder bewusst. Andere Lokale lebten von Relaunch zu Relaunch und bekamen nie die Chance, sich als Fixpunkt des täglichen Lebens zu etablieren. Dafür gab es augenscheinlich kaum Nachfrage. Neu war immer besser. Neu war somit auch deutlich beständiger in der Helix. Wenn man an diesem Weltbild etwas auszusetzen hatte – dann ging man eben in die abgefuckte Animal Bar.

Die schlussendliche Berechtigung der Animal Bar kam also nicht davon, dass sie ein Ort für alle war. Es war eine kleine, überschaubare Tageskundschaft, die ihr unverändertes Weiterbestehen legitimierte. Eigenbrötler und Sonderlinge kamen hierher, weil sie sich sonst nirgendwo so richtig wohlfühlten. Hier konnten sie sein, wer sie waren: eigenbrötlerisch und sonderbar. Diese Leute schätzten das hässliche Interieur, die deprimierende Beleuchtung, den auf die Haut übergehenden Mief und vor allem die billigen Drinks. Und billig bezog sich hier nicht auf den Preis, der dafür zu entrichten war. Verdammt, nicht einmal die Musik war besonders. Sie schienen sich dennoch, oder gerade deswegen mit diesem unspektakulären Gesamtpaket identifizieren zu wollen – ohne aber stolz darauf sein zu müssen. Das war wohl der ausschlaggebende Punkt. Jede positive Veränderung würde dieser Prämisse einen Arschtritt verpassen.

Andere kamen her, um zumindest einmal in ihrem Leben gesehen zu haben, was Zeit und Vernachlässigung Dingen – aber auch Menschen – antun konnte.

Haidar hatte Sophie, nachdem sie ihm gebeichtet hatte, sie hätte noch nie in ihrem Leben ein Bier vom Fass getrunken, in diese Bar mitgenommen. Das war noch in ihrer Kennenlernphase. Seitdem waren sie immer wieder hierher zurückgekehrt, um ein kaltes und wirklich nicht besonders schmackhaftes Bier zu trinken. Dann quatschten sie über alles Mögliche. Das hieß, meist redete Haidar und Sophie hörte zu.

Haidar sparte auch nie mit Erklärungsversuchen, warum es ihm und den anderen alleingelassenen Seelen hier so gut gefiel. Sophie beobachtete dann gemeinsam mit ihrem Freund die in sich zurückgezogenen Trinker und hörte sich seine ‚Theorien' an.

Eine von Haidars Theorien, warum die Animal Bar so erfolgreich war, war, weil sie eine Institution der *Desintegration* darstellte. Draußen wurde gepredigt, dass alle einzigartig waren. Aus ihrer Einzigartigkeit sollte Gemeinschaft entstehen. „Schwachsinn", sagte er. Hier kamen diejenigen her, die genug von diesem ganzen oberflächlichen Inklusionszirkus hatten, der sich in alle Aspekte ihres Lebens hineinzudrängen versuchte. Diese Bar versuchte gar nicht, darüber hinwegzutäuschen, dass alle schlussendlich alleine in dieser Welt waren. Hier konnten sie gemeinschaftlich allein sein, ohne sich deshalb schlechter oder besser fühlen zu müssen.

Sophie rief sich diese Worte ihres Partners in Erinnerung und wünschte sich ihn her. Um ihn zu ohrfeigen. Oder um sich zu versöhnen. Ihr war nicht klar, wie sie tatsächlich reagieren würde, wenn er plötzlich zur Tür hereinkommen würde.

Sie wartete aber auch auf Elie, und nicht auf Haidar, ein Zeitgenosse, der nicht minder schwierig im Umgang war. Seine Macken waren aber von einer anderen Art.

Elie war früher nie von Haidar in die Animal Bar mitgenommen worden. Von selbst wäre er natürlich auch nie auf die Idee gekommen, hier an diesen grotesken Ort zu kommen. Er verband mit diesem Ort nichts. Das war auch egal. Mit Sophie hätte er sich überall, wo sie gewollt hätte, getroffen. Ohne nachzufragen.

Leider war er, wie ihm nun, als er zur Tür hereinkam, bewusst wurde, tatsächlich fast zwanzig Minuten zu spät. Er hatte Angst, dass sie deswegen sauer auf ihn sein könnte; er wusste es aber nicht. Mit Unpünktlichkeit hatte er kaum Erfahrung. Nicht, weil er sich sonst als eigentlich pünktlichen Menschen sah, sondern weil er sonst nie pünktlich sein musste. Der Gedanke, ihr gleich gegenüberzustehen, machte es noch schlimmer. Und das, obwohl er ursprünglich felsenfest davon überzeugt war, sich sicherlich freuen zu werden.

Er wurde zusehends nervöser. Das mulmige Gefühl, das er spürte, als er die Kneipe betrat, hatte also mehrere berechtigte Gründe und ließ sich nicht so einfach abschütteln. Dabei hatte er das ungewohnte und zwangsläufig bedrückende Ambiente noch gar nicht richtig erfasst. Von den Wänden begrüßten ihn billige Plastikimitate verschiedener Wildtiere: Ein Löwe. Ein Bär. Ein halber Hai. Er war erst unbeeindruckt von ihnen; sie taten ihm fast leid, wie schäbig sie aussahen. Trotzdem fielen sie ihm als erstes ins Auge. Als würden sie irgendeinen alten Trieb in ihm auslösen wollen, der ihn zum Wegrennen animieren sollte. Er blieb aber standhaft und sah sich weiter um. Da erblickte Elie die Gestalten an der Bar. Sie waren lebensechter, wirkten aber trotzdem nur bedingt lebendig. Aufgereiht wie vergessene Kartoffelsäcke saßen sie dort auf Barhockern, geduckt, mit jeweils mindestens einem Glas, halbvoll mit irgendeiner alkoholhaltigen Flüssigkeit, vor sich. In dieser Hinsicht waren sie eine homogene Gruppe, der Eindruck, dass die Individuen etwas miteinander zu tun hatten, stellte sich aber nicht ein.

Eine von Haidars Theorien sagte, dass gemeinsames Alleinsein nie einen wirklichen Ausbruch aus der Einsamkeit darstellen konnte. Die innere Einsamkeit bleibt immer. Die Animal Bar war für diese Menschen der kleinste Versuch eines Ausbruchs aus ihrer nie abschüttelbaren Isolation. Wenigstens für ein paar Stunden. Die Helix, so sagte er weiter, war ohnehin kein Ort für echte Begegnungen.

Zu Elies ernsthafter Enttäuschung konnte er Sophie noch immer nicht unter diesen Leuten ausmachen. Da erspähte er plötzlich eine weitere schleierhafte Gestalt. Sie befand sich hinter der zentral angelegten Barlandschaft und schien beschäftigt zu sein. Dermaßen beschäftigt, dass sich ihm der Eindruck aufdrängte, dass der hier tatsächlich eine Funktion innehatte.

Sein Hausverstand sagte ihm bald, dass dies ein sogenannter Barkeeper sein musste. Einen zu erkennen, hieß aber noch nicht, ihn gleich richtig einordnen zu können. Für normal traf Elie nirgends auf menschliche Servicekräfte. Es war üblich, in welchem Etablissement oder Geschäft auch immer, über das eigene allDevice ein Produkt oder eine Dienstleistung zu ordern und dann das Georderte irgendwo aufzunehmen, oder sich bringen zu lassen – wenn's sein musste bis ans Bett. Das machten aber Bots und Drohnen und niemals Menschen.

Was sollte dann dieser schlaksige, und vermutlich älter als er tatsächlich war, aussehende Mann dort hinterm Tresen, fragte er sich irritiert. Er nahm Bestellungen entgegen und brachte Getränke, beantwortete er seine Frage selbst. Elie konnte aber eben nicht einordnen, ob dies nun ein Zeichen eines neumodernen Luxusfimmels sein sollte, oder irgendeine Art von hipper Retro-Imitation, die er nicht schnallte. Er sah sich ein weiteres Mal verwundert um und fragte sich, wo er hier gelandet war. Er kam zum Schluss: nicht neumodern – einfach schrullig.

Die Summe dieser einzelnen Beobachtungen führten zu seiner größten Verwirrung: Warum zum Teufel war diese deprimierende Bude so gesteckt voll? So gut wie jeder Platz war besetzt. Zugegeben, die Bar war nicht sonderlich groß und die Gesamtzahl der Trübsalbläser konnte nicht größer sein als vierzig – aber dennoch, was suchten diese armen Säcke hier? Wie er über dieses Rätsel zu grübeln begann, hielt er weiter hektisch nach Sophie Ausschau.

Er brauchte eine gefühlte Ewigkeit, bevor er sie endlich gesichtet hatte. Als er sie an ihrem kleinen Tisch sitzen sah, mit dem Rücken zum Eingang, wunderte er sich, warum er sie nicht schon früher erkannt hatte. Sie setzte sich nun einmal doch deutlich von den vielen anderen traurigen Gestalten hier ab. Nicht, weil sie unbedingt weniger traurig aussah, sondern weil sie außer der Traurigkeit, die hier den Grundton ausmachte, noch sehr viel mehr als das ausstrahlte. Er konnte unmöglich sagen, was das genau war; und sehr wahrscheinlich sah nur er sie in diesem speziellen Licht. Die zierliche Kappe auf ihrem kurzen Haar und der dezente, in Weiß gehaltene, Overall taten das Übrige. Ihre Kleidung fiel auf, obwohl er glaubte, sie hatte sie mit dem Hintergedanken, möglichst wenig aufzufallen, ausgewählt. Er näherte sich ihr nun mit zielgerichteten Schritten.

Wie er die als Insel angelegte Bar passierte, nickte ihm der designierte Barkeeper zu. Elie, der keine Ahnung hatte, was das sollte, nickte zögerlich zurück.

„Hey, da bist du ja endlich", sagte Sophie sichtbar erfreut. Körperliche Regungen unterdrückte sie. Lediglich ihr Bierglas, das sie bisher noch nicht angerührt zu haben schien, begann sie mit fester werdendem Griff zu umschlingen. Die eingeschlossene Flüssigkeit war schon etwas schal geworden und wirkte auf Elie nicht sonderlich appetitlich.

Elie erwiderte mit einem knappen: „Hallo Sophie", dem er ein noch knapperes, „Sorry für die Verspätung", nachschoss. Er hatte keine Lust erklären zu müssen, warum er zu spät war. Als er in ihrem Gesichtsausdruck, der unüblich schüchtern auf ihn wirkte, sah, dass sie wohl nicht erwog nachzufragen, setzte er sich guten Gewissens gegenüber von ihr auf die Bank. Er war froh sie wiederzusehen. Die Tatsache, dass sie doch deutlich niedergeschlagener wirkte als gestern, sagte ihm, dass es richtig war, hier zu sein.

Bevor einer von den beiden eine Konversation lostreten konnte, musste Elie noch lernen, dass der Barkeeper, den er vorhin entdeckt hatte, auch gerne (oder viel eher, weil er musste) in die Funktion eines Kellners switchte. Sophie blieb folglich zurückhaltend und Elie machte es ihr gleich. Was sie zu besprechen hatten, war wohl auch nicht für fremde Ohren bestimmt, sah Elie ein – auch wenn der Barchef, Schrägstrich Kellner alles andere als den Eindruck auf ihn machte, dass er sich auch nur irgendwie für die Belange der Gäste hier interessierte.

Die baumhohe Gestalt warf ihren Schatten über die beiden und versprühte, absichtlich oder auch nicht (wahrscheinlich nicht), Kälte und den Anflug von Bedrohlichkeit. Jedenfalls fühlte Elie so. Er wusste nicht, was von ihm als Gast erwartet wurde. Er wollte eigentlich nur, dass er wieder verschwand.

Da fragte der Kellner salopp: „Na, was darf's sein?"

Elie wusste natürlich nicht, was hier alles ausgeschenkt wurde. Er war, wie gesagt, gewohnt, auf seinem allDevice das Angebot in Ruhe zu sichten und dann ohne Stress das zu bestellen, das er gerne haben wollte. In der Hitze des Gefechts fiel ihm wieder Sophies Getränk ins Auge, welches sie immer noch umschlungen hielt. Er erkannte es endlich als Bier.

Er redete sich also ein, dass er auch ein solches haben wollte.

„Ich hätte gerne das, was sie hat", verkündete Elie schlussendlich.

Er sagte nicht ‚Bier', weil er richtig vermutete, dass hier mehrere Sorten ausgeschenkt wurden und er die Sache möglichst einfach halten wollte.

Der Kellner warf sein kantiges Gesicht von weit oben auf Elie hinunter, ohne dabei die Miene erkennbar zu verziehen und erwiderte in seiner freundlichsten Kellnerstimme: „Ein großes allBrew also."

Elie kannte die Marke. Es war die Sorte Bier, die schon so lange er sich erinnern konnte, auch im allShop verkauft wurde.

Er nickte dem Kellner beistimmend zu und hoffte, dass er schnell weiterzog, damit endlich etwas Entspannung zwischen ihm und Sophie einkehren konnte.

„Bier kommt gleich, der Herr." Mit diesen Worten verabschiedete sich der Kellner vom Tisch und ging zur Bar zurück. Elie, der vorhin in seinem Leben noch nie ‚Herr' genannt worden war, hatte es nicht übers Herz gebracht, ein Danke anzubringen.

Haidars Theorie war, dass man mit keiner Arbeit so etwas wie Erfüllung finden konnte, von der erwartet wurde, dass sie von einer Maschine zehnmal besser durchgeführt wird. Die Helix war kein Ort für ehrliches Engagement. Und Arbeit war Zeitverschwendung.

Elie hätte jetzt frei heraus mit Sophie darüber Small Talk führen können, wie seltsam die Situation gerade war, wie seltsam dieser Ort hier war, oder wie seltsam die Leute hier waren, die ringsum in den Schatten halb dahinvegetierten. Aber er ließ davon ab. Sie hatten Wichtigeres zu besprechen. Wichtiges über Haidar. Nur darum war er hier eingeladen worden, rief er sich in Erinnerung.

„Konntest du aus dem Brief schlau werden?“, sprudelte es sogleich aus ihr heraus.

Elie hatte gewusst, dass dieses Thema natürlich als Erstes zur Sprache kommen würde, wusste aber nun nicht sofort, mit was er genau anfangen sollte. Immerhin war die Angelegenheit sensibel und er wollte Sophie auf keinen Fall unnötig verunsichern.

Zögerlich fing er an zu reden: „Im Brief spricht Haidar von meiner Mutter, wie du sicherlich weißt…“ Er dachte richtigerweise, dass sie den Inhalt von Haidars Nachricht bestimmt auswendig kannte. Daher wartete er ihre Reaktion nicht ab und wollte gleich zum Punkt kommen: „Ich denke, der Ort, den er mit ihr in Verbindung bringt, ist ein guter Anhaltspunkt für sein mögliches Verbleiben. Der Ort ist jedenfalls real. Ich war ja selbst dort.“

Da ließ Sophie endlich von ihrem Glas los und blickte ihrem Gegenüber in die Augen. „Was meinst du damit, du warst dort? Was ist das für ein Ort?“ Sie sprach schnell, aber trotzdem bedacht und überaus leise.

„Als Kind“, sagte Elie kleinlaut. Es war ein Thema, über das er nie gerne geredet hatte. Er fügte relativierend hinzu: „Wenn ich den gleichen Ort wie Haidar meine, von dem ich doch ausgehe, dann bin ich dort in der Nähe dieser ‚Raketenstation‘, oder wie er es auch immer nennt, aufgewachsen. Jedenfalls die ersten paar Jahre.“ Es fühlte sich für ihn seltsam an, sich mit ihr über seine Vergangenheit auszutauschen. Doch er war sich bewusst, dass es hier nicht nur um ihn ging.

Sophie nickte, so als wäre sie gerade zu einer ersten wichtigen Erkenntnis gekommen. Das war natürlich voreilig.

Da sagte sie: „Du bist also tatsächlich außerhalb der Helix aufgewachsen? In der Hinsicht hat Haidar also zumindest die Wahrheit gesagt.“ Sie machte eine Pause und sah dabei ihr Glas an. Sie hatte überlegt, einen Schluck daraus zu machen, entschied sich aber dagegen. Stattdessen fragte sie: „Was will Haidar dort?“

Auf diese Frage hätte Elie selbst gerne eine möglichst exakte Antwort gehabt. Die konnte er ihr aber nicht geben. Er hatte nur Indizien. Er wollte sie vorsichtig an die Sache heranführen und dabei möglichst bei den Fakten bleiben: „Nun, meine Mutter – sie war eine Wissenschaftlerin, wie es früher Tausende gegeben hat“, es war ihm sehr wichtig, sich keiner der Übertreibungen, die überall kursierten, hinzugeben, um der Sache keinen mysteriösen Touch zu verleihen, „Sie hat dort eine Anstellung gehabt, oder so etwas in der Art. Wer weiß das heute schon noch? Ich weiß jedenfalls nicht viel darüber. Nicht, an welchen Projekten sie bis zum Schluss mitgewirkt hat, oder ob sie überhaupt richtig Wissenschaft betrieben hat. Ich schätze keiner weiß das mehr so genau. Ich schätze auch, das ist das Problem daran. Einige Leute…“

Er wurde unterbrochen. Wie aus dem Nichts war der Kellner wieder aufgetaucht. Elie hatte nicht damit gerechnet, dass sein Bier so schnell gebracht werden würde. Nicht bei diesem urtümlichen Kundenservice. Nun, da war es also.

Haidars Meinung zu Konsum war, dass etwas zu haben, von dem man glaubte, es haben zu wollen, schon vor langer Zeit seinen Zauber verloren hatte. Weiter nichts.

Ein kurzes ‚Danke‘ reichte, damit der Kellner ihnen wieder den Rücken zukehrte und sie ungestört weiterreden konnten.

Elie fuhr fort: „Einige Leute – und wir wissen beide, dass Haidar zu diesen gehört – vermuten hier eine Verschwörung. Sie glauben, dass irgendjemand, wer auch immer die sind, uns, wer auch immer dieses ‚uns‘ ist, was vorenthalten wollen. Was ‚was‘ ist – dazu gibt es hunderte Meinungen. Ich, ich halte das alles für Schwachsinn.“

Er hielt inne. Diese Pause ergab sich aber aus Verlegenheit und wieder nicht, weil er Sophies Meinung dazu unbedingt hören wollte. Im Gegenteil: Von dem Gedanken, dass sie diesem ganzen Quatsch etwas abgewinnen könnte, oder sogar von Haidar in die eine oder andere Richtung indoktriniert worden war, davor hatte er Angst.

Ohne sie anzusehen begann er aus seinem Glas zu trinken. Zu viel und zu schnell. Da er mit seiner Erklärung gleich fortfahren wollte, war es unausweichlich, dass er sich beim nächsten Wort verschluckte. Nach ein paar krächzenden Schluckversuchen und einem verzwickten Husten, was ihm sehr peinlich war, war er wieder so weit: „Ich sag's dir gleich: Ich habe keinen Schimmer, wie er es aus der Helix geschafft hat. Also unbemerkt. Oder, wie er es geschafft hatte, seinen Tod so fingiert vorzutäuschen, wenn wir schon dabei sind. Aber, wenn er tatsächlich nicht tot ist, dann hat er sich wohl mit gefährlichen Leuten zusammengetan, die eindeutig außerhalb des Systems operieren."

Elie war, nun da er seine Gedanken über Haidars Verschwinden ausgesprochen hatte, nicht leichter ums Herz geworden. Wie er die unglaubliche Geschichte in Worte fasste, dachte er sich nur, dass es doch ganz anders sein musste und es für alles eine einfachere Erklärung geben musste. Er kam nur nicht darauf.

Sophie wiederum schien von dem, was ihm Elie gerade erzählt hatte, nicht sonderlich beeindruckt zu sein. Jedenfalls zeigte sie es nicht nach außen. Sie war mit ihren Gedanken schon weiter. Da sagte sie: „Die Raketenstation ist also sicherlich echt. Du weißt auch, wo sie ist?"

Elie nickte vage. Dabei setzte er wieder am Glas an, um seinen Unmut zu verbergen. Diesmal trank er langsamer, dafür länger.

„Also brauchen wir nur dort hin und wir finden Haidar, oder zumindest eine Spur von ihm. Sehe ich das richtig?" In Sophies Stimme machte sich bitterer Ernst breit. Das gefiel Elie gar nicht.

Er stellte sein Glas ab. Stutzig warf er ein: „Ich meine, ehm... nun ja, theoretisch könnte das stimmen. Dafür gibt es aber keine Garantie..."

„Warum nur theoretisch? Das ist ein waschechter Anhaltspunkt. Und Haidar hat uns das nicht zufällig mitgeteilt. Sicherlich nicht! Vielleicht will er, dass wir ihn von dort zurückholen… Vielleicht ist er nicht freiwillig dorthin aufgebrochen, oder er steckt aus einem anderen Grund ernsthaft in der Klemme." Der letzte Satz war nicht mit sonderlich viel Überzeugung vorgetragen. Sie hatte aber diese Möglichkeit vermutlich schon länger erwogen.

Elie war dieser Gedanke bisher noch nicht untergekommen. Haidar war für ihn immer der Typ Mensch, der andere Menschen dazu überredete, bei irgendeinem Schwachsinn mitzumachen. Einfach, weil er Schwachsinn gut verkaufen konnte. So war Haidar. Kein Opfer. Eher Anstifter.

Darüber wollte er aber mit Sophie nicht streiten. Die Möglichkeit, die sie ansprach, war jedenfalls nicht hundertprozentig auszuschließen, gab er zu. Er wollte aber einen anderen Punkt klarstellen. Sein Standpunkt lautete: „Und wenn schon. Auch wenn ich exakt ausmachen könnte – was ich kann –, wo die Raketenstation ist, wir werden keinen Weg finden, um ungehindert dorthin zu kommen, um nach ihm zu suchen. Verstehst du? Das ist ausgeschlossen. Vielleicht sollten wir aber unsere Erkenntnisse melden. Das wäre das Klügste, denkst du nicht?"

In seiner Kehle fing es nach seinem eifrigen Einwand spürbar zu kitzeln an. Als er einen weiteren großen Schluck vom Bier nahm, merkte er verwundert, dass er fast am Boden angelangt war.

Sophie hakte sofort nach: „Sag mir, wo ist die Station genau?"

Perplex und insgeheim genervt antwortete Elie: „Nun, das alte Ruinengelände ist vor der Helix 7. Gar nicht so weit weg. Ich habe früher öfters auf allMaps nachgeschaut, ob es denn noch da war, oder aber, wie so vieles, schon von der Erde weggeblasen wurde. Sentimentalität, oder so etwas musste das sein." Er wusste, ein Themenwechsel würde ihm nicht gelingen und er rückte mit der Information raus: „Sie ist etwas mehr als 50 Kilometer in südöstlicher Richtung. Nicht zu verfehlen. In diesem Landstrich ist sonst weit und breit nichts."

Keine drei Sekunden später hielt Sophie ihm ihr allDevice mit einem hochauflösenden Satellitenbild von exakt dem Ort, von dem Elie die ganze Zeit sprach, hin. Das führte Elie wiederum mehr als deutlich vor Augen, dass er darüber, wie sich die Situation gerade entwickelte, alles andere als erfreut war.

Sophies Stimmung war mittlerweile eine völlig andere. Sie wirkte nicht mehr betroffen oder zurückhaltend. Sie war auf einmal energisch und von einem verdächtigen Tatendrang durchdrungen. Was sie als Nächstes vorschlug, kam für Elie wirklich überraschend: „Schau hier! Es gibt eine regelmäßig durchgeführte Wartungsmission von allSystem. Die müssen dort in der Nähe die Wasseraufbereitungsanlage checken oder so. Und die nehmen immer ein paar neugierige Touristen mit! Leute, die gerne einmal etwas von der echten Welt da draußen sehen wollen. Die Nachfrage ist, wie du hier sehen kannst, nicht groß. Gerade einmal ein Viertel der Plätze sind bis jetzt reserviert worden. Das ist unsere Chance!"

Elie war sich nicht sicher, ob er völlig verstand, was sie dabei war, vorzuschlagen. Bevor er soweit war den kleinsten Einwand zu formulieren, fiel sie ihm ins Wort: „Wir müssen nur mit diesem Trupp mitreisen. Dann aus der Gruppe ausbrechen – und schwupp, sind wir bei der Raketenstation. Und bei Haidar!"

Sie schlug also vor, was er geahnt hatte: Sie wollte Haidar suchen gehen. Es war ein abscheulicher Plan. Ein Plan, der einfach nicht funktionieren konnte und – noch viel schlimmer – sie alle womöglich in Gefahr bringen würde. Nichtsdestoweniger war es ein Plan, der ihr offensichtlich Hoffnung gab. Das sah er unverkennbar in ihren Augen. Doch mit Hoffnung konnte er nie viel anfangen.

Er bekam Angst. Angst davor, dass sie ihn gerade zu etwas Dummen überredete. Etwas, das er noch früh genug bereuen würde.

„Nun, ich denke, wie gesagt, theoretisch…", stotterte er vor sich hin. Elie war der Situation nicht gewachsen. Er merkte, dass er zu wenig Macht über sie hatte, um sie von seinen Zweifeln zu überzeugen. Er fühlte sich überrumpelt. „Aber, meinst du nicht…"

Weiter kam er nicht. Er war in ihren Bann geraten. Sie hatte die Oberhand. Das war vorprogrammiert.

Haidars theoretisierender Blick auf Frauen besagte bloß: Nimm dich in Acht, mein Freund.

„Die Mission startet in drei Tagen. Ich kann jetzt und hier buchen. Das ist alles Standardprozedere. Bist du dabei, Elie?"

Sie hätte alles von ihm verlangen können. Dieser Blick, diese Entschlossenheit – dagegen konnte er nicht an.

Es war beschlossene Sache, noch bevor er ja sagen konnte.

11

Und dann war auch schon Samstag, Abreisetag. Anders als an so manchen anderen Samstagmorgen befand sich Elie heute aber in einem Zustand, den man nicht anders als vollkommen desolat beschreiben konnte.

Er hatte Probleme beim Einschlafen gehabt, ein Problem, das sich für normal von selbst löste, indem er das Schlafen einfach auf später verlegte. Ein selbstgesponnenes Netz aus Zweifel an der eigenen Person, gepaart mit unterschiedlichen Ängsten über die Beschaffenheit der Welt, war der Grund, warum er keine Ruhe finden hat können. Auch etwas, das er sonst gut zu verschieben und zu verdrängen vermochte.

Die einzige Antwort, die Elie parat hatte, war ein Serien-Marathon. Und dieser verschaffte ihm wenigstens Ablenkung.

Es war seine Lieblingsserie. Es war die Lieblingsserie von vielen Helixianern, weil sie wirklich gut war.

Er schaute die erste Staffel davon. Schon wieder die erste Staffel. Die Staffel, von der er Szene für Szene auswendig kannte. Die Serie hieß: *Blackout.*

In der Serie wurde anschaulich gezeigt, wie alles Bequeme und Vorteilhafte – also friedliche Koexistenz, funktionierende Infrastruktur und der ganze Kram – quasi von einer Sekunde auf die andere verschwinden konnte oder zumindest langsam zu verschwinden drohte, wenn man nicht weiter daran festhielt. Und es gab eben ein Blackout – was sich dafür nicht wirklich förderlich erwies.

Es war kein heimlicher Sehnsuchtsort; es war die Hölle. Aber wenigstens war etwas los.

Und auf einmal weckte ihn sein allDevice. Klar, er hatte damit rechnen müssen, aber es war kein schönes Gefühl. Es war etwas, an das er sich nie gewöhnt hatte, und auch nie musste. Das Geklingel ging um 07:32 los. Keine fünf Stunden hatte er also geschlafen. Schöne Scheiße, dachte er sich.

Es half aber nichts. Er wusste, dass er aufstehen musste.

Sophie hatte ihm gestern noch geschrieben, dass er um 08:30 bei der allSystem-Station eintreffen musste. Sie wollte tatsächlich umsetzen, was sie sich vor drei Tagen in den Kopf gesetzt hatte: Die Helix verlassen, um Haidar heimzuholen. Und dabei verließ sie sich auf Elie. Schöne Scheiße.

Nachdem er sich im Bett aufgerichtet hatte, klotzte er noch eine Weile ungläubig sein allDevice an. Der Wecker hat sich verabschiedet, nachdem dieser registriert hatte, dass sein Werk getan war. Elie registrierte zeitgleich, dass er keine neuen Nachrichten bekommen hatte. Nicht einmal von Sophie. Es galt also ihre letzte Textnachricht von gestern Abend: „Bis morgen dann."

Elie war kein Morgenmensch. Das war keine Überraschung. Es würde sich aber erst noch zeigen, wie er mit seinem kleinen Schlafdefizit klarkommen würde. Bislang plagte ihn die Müdigkeit doch sehr. Er schaffte es aber, seine Augen offenzulassen. Diese Meisterleistung erinnerte ihn daran, dass der Kaffee schon fertig sein musste. Das machte ihn zumindest kurzfristig zuversichtlich.

Von den aufsteigenden Gerüchen ließ er sich in die Küche schleppen. Es war eine einzige Tortur. Und da kam ihm sogleich ein abträglicher Gedanke, der alles nur noch schlimmer machte: Musste er sich Stress machen, oder konnte er in Ruhe Kaffee trinken, sich waschen, anziehen und auf den Weg machen?

Er würde es, so stand fest, vorziehen, sich nicht zu stressen. Da versuchte Elie zu rekonstruieren, wie sein allDevice überhaupt darauf gekommen war, den Wecker exakt auf die Zeit, an der er eben losgegangen war, zu stellen. Elie grübelte darüber, ob sein treuer Assistent überhaupt ausreichend Daten darüber hatte, um so etwas wie eine

Morgenroutine bei ihm berechnen zu können. Ein Blick auf sein allDevice klärte ihn auf: Er hatte fünfzehn Minuten Zeit, sich etwas Frühstück zu machen (er hatte nicht vor, mehr als zwei Tässchen Kaffee hinunterzukippen, was keine fünf Minuten dauerte), er hatte ebenfalls fünfzehn Minuten Zeit, um das Standard-allHygiene-Programm über sich ergehen zu lassen (das Nötigste schaffte er in sieben Minuten und das war inklusive etwas Zeit fürs Kleidunganlegen), dann hatte er mehr als eine Viertelstunde für ‚Sonstiges' übrig. Für die Anreise zum allSystem-Treffpunkt hatte seine allDevice gerade einmal zehn Minuten eingerechnet. Nicht viel also. Es würde aber auch dies großzügig berechnet worden sein. Davon ging er aus.

Nachdem der Kaffee unten und die Körperpflege drauf war, sah er, dass er noch fast eine halbe Stunde totzuschlagen hatte, bevor er sich auf den Weg zur allGo machen sollte. Was hat sein allDevice nur mit ‚Sonstiges' gemeint, fragte er sich nun nervös. Und warum hätte er nicht einfach noch in dieser Zeit pennen können?

Er lungerte beim allCoffee-Automaten herum. Einen dritten schwarzen Kaffee würde ihm sein Magen an diesem frühen Morgen nicht verzeihen, wusste er. Er war ohnehin schon sehr gereizt und ungeduldig. Was sollte er also machen? Ihm kam der Gedanke von Vorbereitung. Vorbereitung auf die Reise. Was auch immer das bedeuten sollte. Sophie, die er eindeutig in der Führungsrolle für die anstehende Unternehmung sah, hatte dahingehend nichts erwähnt.

Auf seinem allDevice war noch immer die Broschüre über die von allSystem betreute Touristenführung geöffnet. Gestern hatte er sie kurz überflogen. Der bebilderte Text hatte etwas von einem Prospekt für eine Fünf-Sterne-Luxuskreuzfahrt und einem obligatorischen Haftungsausschuss in einer Paintballbude. Es war eine langweilige Lektüre. Einzelne Haltestellen wurden ausgewiesen, was dort zu erwarten war, wie das Wetter dort sein wird, mit was für einem Gefährt überhaupt gereist wurde und wer die Tour leiten würde. Kein Wort von Vorbereitung. All-Inklusive, daran war kein Zweifel.

Die Zeit des Tasks mit dem Namen ‚Sonstiges' rieselte zäh hinunter. Elie wurde unruhiger.

Es war nicht Freizeit. Es war aufgedrängte Zeit.

Da begann er seine Wohnung abzugehen. Vielleicht gab es hier doch noch etwas zu erledigen. Irgendetwas, was man erledigen *musste* vor einer längeren Reise. Das war natürlich ein alberner Gedanke. Seine Wohnung war so autonom wie der ganze Rest der Helix auch. Kein Grund sich auf einmal über Sicherheitsrisiken den Kopf zu zerbrechen.

Die Zeit tickte ohne ersichtlichen Grund weiter und er wurde grundlos nervöser.

Doch plötzlich, als er im Wohnzimmer angelangt war, an der Fensterseite, fiel ihm etwas Wichtiges ins Auge: seine geliebte Zimmerpflanze! Er war unfassbar froh, dass sie ihm noch in den Sinn gekommen war. Auch wenn ihm seine Last-Minute-Entdeckung nun panisch werden ließ.

Es war nämlich so: Seine Pflanze war tatsächlich auf ihn und seine Pflege- und Hegekünste angewiesen. Ohne ihn würde sie schlichtweg eingehen. Das wurde ihm nun mehr denn je bewusst. Ein schlimmer Gedanke für ihn, hatte er es doch geschafft, sie schon so lange am Leben zu halten.

Er nahm die kleine Topfpflanze in seine Hände und blickte sie verzweifelt an. Er verfluchte sich gerade, weil er die Erhaltungsmodule und alles, was dazugehörte, weggeworfen hatte. Dabei hatte es nicht einmal einen bestimmten Grund gegeben, warum er angefangen hatte, die Pflanzenpflege auf eine so selbstständige und eigenverantwortliche Weise durchzuführen. Elie war sicher kein ‚Alternativer' oder irgendeiner mit einem perversen Pflanzenfimmel. Irgendwann, wie er ein rotes Lämpchen am Topf, der natürlich viel mehr als nur ein Topf war, aufleuchten gesehen hatte, was ihm aufzeigen sollte, dass er bald einen neuen Topf zugeschickt bekommen würde und die Pflanze samt Substratblock dann möglichst bald in den neuen Topf umpflanzen sollte, hat er das ganz einfach nicht getan.

Er entschied sich also dagegen. Nicht einmal zum Trotz – einfach so.

Bis zuletzt hatte er es irgendwie gut gefunden, dass er sich ehrlich um etwas Lebendiges sorgte. Jetzt wurde die Sache zu seinem Dilemma. Er hing mittlerweile richtig an Denis. Denis war der Name seines botanischen Mitbewohners, den er jetzt nicht im Stich lassen wollte.

Die Beziehung zu Denis konnte mit der, die er vorher mit Zimmerpflanzen hatte, nicht verglichen werden. Und das war offensichtlich mit der übernommenen Verantwortung zu erklären. Dabei hatte die neugewonnene Verantwortung ihm anfangs gar keine Freude beschert. Im Gegenteil: Er wurde bald auf den Boden der Realität zurückgeworfen. Hatte er ursprünglich gedacht, dass es doch ein Leichtes sein würde, die Funktionen des Erhaltungsmoduls zu übernehmen – ein bisschen Gießen hier, etwas verdorrte Blätter wegzupfen da – wurde er bald eines Besseren belehrt: Die Pflanze starb. Er hatte sie anscheinend ‚zu viel gegossen'. So eine Scheiße, dachte er sich damals entsetzt.

Die Pflanze, die er in diesem Moment in Händen hielt, war somit sozusagen ‚Denis 2', ein Detail, über das er erfolgreich hinwegsehen konnte. Die Überreste von Denis 1 sind gemeinsam mit den für Denis 2 bestimmten Erhaltungsmodulen entsorgt worden. Elie wollte es einfach wissen. Und bis jetzt ging die Sache auch gut. Sogar so gut, dass Elie sich einbildete, dass sein Pflänzchen mit seiner persönlichen Pflege schöner und kräftiger blühte als im automatisierten Standard-Habitat.

Natürlich tat er seiner Pflanze Denis keinen Gefallen, aber immerhin fand er für sich selbst eine ehrliche und harmlose Abwechslung. Und schon bald wusste er nicht nur über die sortenspezifische Pflege Bescheid, sondern auch über Wuchsorte, biotoptypische Merkmale und anderen botanischen Krimskrams. Naja, ein bisschen zumindest.

Auf den Namen Denis kam Elie, als er anfing, etwas über die Art und die richtige Handhabung dieser speziellen Pflanze zu recherchieren. Ihr wissenschaftlicher Name war *trichodiadema densum*. Irgendwie kam er dann auf Denis, obwohl ihm eigentlich egal war, ob seine Pflanze einen Namen hatte, oder nicht. Trotzdem redete er sie immer wieder an: „Wie geht's heute, Denis?", „Hast du auch genug Sonne, Denis?", oder: „Na, ist schon wieder Mittag, du kleiner Racker?" So in der Art.

Die *trichodiadema densum* gehörten nämlich zur Familie der Mittagsblumengewächse. Mittag war also ein großer Deal in ihrem Leben. Es war ihre Zeit, um zu zeigen, was sie an Blütenpracht vorzuweisen hatte. In der Theorie zumindest. Als Elie das mit der Vorliebe für die Mittagszeit herausgefunden hatte, musste er bedauerlicherweise feststellen, dass seine Mittagsblume doch nur irgendwann blühte. Dafür konnten auch die Erhaltungsmodule nichts. Es lag am Licht, hatte er gelernt. So einfach war das.

Er machte sich erst darüber keinen Kopf, ob sie nun ihrer Bestimmung nachkam, oder aber verdammt noch mal blühte, wann sie wollte. Vermutlich war das mit dem Zu-Mittag-Blühen sowieso nur eine glorreiche Idee irgendeines vormodernen Wissenschaftlers, der sich einbildete, dass manche Blumen schon am frühen Morgen blühen sollten, und andere eben erst zu Mittag und ganz Verrückte mitten in der Nacht (die gabs wirklich).

„Wen juckts", dachte sich Elie. Dann fing er aber eines Tages doch zum Umdenken an und sah ein, dass sich die Natur wohl nicht an von Menschen gemachte Regeln hielt. Ihm kam in Folge doch noch der Gedanke, dass Denis darunter sogar leiden könnte, dass er bei diesen unnatürlichen Lichtverhältnissen hier in seiner Wohnung nicht seiner genetischen Programmierung folgen konnte. Vor allem, wenn er mit heruntergelassenen Rollos ewiglangen Serienmarathons beiwohnen musste. Dann dachte er sich wiederum, dass Denis es dennoch hier besser haben musste, als irgendwo draußen, wo die natürlichen Gegebenheiten ja auch nicht mehr das waren, was sie einst gewesen sind.

Wie dem auch sei, nach längerem Herumprobieren hatte er herausgefunden, dass, wenn Denis dort am Fenster im Wohnzimmer stand, er die erforderliche Lichtintensität abbekam, damit seine Enzyme ungefähr, wenn die Uhr Zwölf anzeigte, zum Blühen aufriefen. Und Elie gefiel der Gedanke daran ganz gut.

Jetzt hieß es also Denis Überleben zu sichern. Aber wie sollte er das anstellen? Selbst für die Lieferdienste der Helix war eine garantierte Zustellung von neuen passenden Erhaltungsmodulen so kurzfristig kaum möglich. Vor allem würde er es nicht schaffen, Denis dann in der Eile noch ordnungsgemäß umzupflanzen. Etwas selbst basteln konnte er sich auch abschminken. Er könnte Denis großzügiger gießen und hoffen, dass er durchkam. Das barg aber das altbekannte Risiko des Übergießens in sich und außerdem war nicht ganz klar, wann er zurückkommen würde. Viel zu riskant also.

Es gab eigentlich nur eine Möglichkeit, Denis Überleben zu sichern: Er musste jemanden in den fünfzehn Minuten, die er noch hatte, davon überzeugen, sich um seine Pflanze zu kümmern. Da die Geschichte selbstverschuldeter Weise außergewöhnlich analog ablief, musste es leider ein Mensch sein.

Recht schnell kam er auf den Gedanken, bei einem seiner Nachbarn zu läuten. Es war die logische Schlussfolgerung. Nur kannte er keinen seiner Nachbarn. Ja doch, er wusste von jenen Nachbarn, die jeden Dienstag einen Riesenwirbel veranstalten, aber wollte er solchen Leuten seine geliebte Pflanze anvertrauen? Eher nicht. Der Gedanke daran, dass Denis, wenn er nichts unternahm, in seinem Substratblock zu verdorren drohte und er ihn, wann auch immer er zurückkommen würde, als verwelkte Leiche wiedertreffen würde, – das hielt er nicht aus. Er musste sich überwinden.

Elie würde es nicht Liebe nennen, aber die Tatsache, dass er sich, ohne viel zu zögern, mit Denis in Richtung der Nachbarwohnung aufmachte, zeugte doch von so etwas wie Liebe.

Er machte sich tatsächlich zu der Wohnung auf, die er letzten Dienstag und alle Dienstage davor tunlichst umgehen wollte. Die Tatsache, dass heute eben nicht Dienstag war, zeigte sich dafür sicherlich förderlich. Dennoch war es, wenn man darüber nachdachte, überaus seltsam von ihm, nicht einfach an einer der anderen anonymen Türen zu läuten. In Gedanken war er aber auf diese eine Wohnung fokussiert, vermutlich, weil er mit den ganzen anderen Wohnungen noch weniger verband als negative Gefühle.

Elie hoffte gewiss, dass er dort denjenigen vorfinden würde, der immer schon, und ohne es zu versuchen, einen überaus seriösen Eindruck auf ihn gemacht hatte – und nicht diejenige, die sich hinter dem viel skandierten Namen Hertha verbarg. Seine Haupthoffnung lag aber eindeutig darauf, dass er überhaupt irgendeine Menschenseele in der kurzen Zeit, die ihm noch blieb, davon überzeugen konnte, sich für relativ unbestimmte Zeit, um seine Pflanze zu kümmern. Es würde tatsächlich Überzeugungsarbeit und auch eine kurze Unterrichtung brauchen. Denn auch wenn Zimmerpflanzen nichts allzu Besonderes waren, sich wirklich darum kümmern zu müssen, war es doch.

Er läutete. Die anhaltende Müdigkeit unterdrückte den Adrenalinrausch, der sonst in dieser Situation bestimmt erdrückend gewesen wäre. Es war nun einmal eine neue Erfahrung, in die er sich hier begab. Daher machte sich, wie zu erwarten war, ein mulmiges Gefühl breit, noch bevor er überhaupt sicher sein konnte, dass er gleich wirklich mit jemanden reden musste. Gut möglich, dass keiner zuhause war und er eiligst weiter nach einem hilfreichen Samariter suchen musste.

Doch da öffnete sich auch schon die Tür.

Nein, es war kein schlipstragender Mann. Kein Mann, dem man auf Anhieb vertraute, und daher auch kein Mann, dem man seine lieb gewordene Topfpflanze mir nichts, dir nichts anvertrauen würde. Die Person, die sich hier aus der Tür heraus vor ihm auftürmte, versprühte kein solches Gefühl. Jedenfalls, wenn man nach Elies erstem Eindruck ging.

Diese Person war aufgetakelt, geschminkt, toupiert und überhaupt überwältigend. Sie war ebenfalls groß und massig, so wie der Mann im Schlips aus seiner Erinnerung, aber diese Person wirkte *übergroß*. Dazu trugen sicherlich die augenscheinlich künstlichen und nebenbei knallblau gehaltenen Haare bei, die in fülligen Locken ellenlang vom Kopf wegstanden. Sie waren wohl zu einer überdachten Frisur geformt, aber das machte sie nicht weniger wild. Fest stand, das Gezeigte überschnitt sich nicht mit Elies Vorstellung eines verlässlichen Nachbarn.

Seine Oberflächlichkeit ging zumindest nicht so weit, um der gigantischen Gestalt ein grundlegendes Ungeschick mit Gewächsen nachzusagen. Das Gegenteil musste sich aber erst noch zeigen. Vorausgesetzt es würde überhaupt eine Bereitschaft dazu gefunden werden.

Er blieb wie angewurzelt stehen. Er hätte ja auch schlecht wegrennen können und so stellte er sich der zwischenmenschlichen Ungewissheit. Denis zu Liebe.

„Das ist aber eine Überraschung", vernahm Elie in einer Stimme, deren Sonderbarkeit die restliche Erscheinung in ihrer Sonderbarkeit nur noch mehr unterstrich.

Schüchtern fing Elie zu sprechen an: „Entschuldigen Sie bitte die Störung...", in seiner Aussprache lag wenig Kraft. Er befand sich in der ungewohnten und unangenehmen Rolle eines Bittstellers. Die Nachbarin registrierte das.

„Ach, was! Freut mich, deine Bekanntschaft zu machen! Du bist der Junge von 14a, nicht wahr?" Mit diesen Worten hieß sie ihn willkommen.

Elie war verwundert, dass sie ihn richtig zuordnen konnte. Gleichzeitig war er froh darüber, denn damit war zumindest ihre nachbarschaftliche Beziehung geklärt. Was dies bedeuten sollte, musste erst noch geklärt werden.

„Ja genau. Leider sind wir uns vorher noch nie so richtig begegnet", flunkerte Elie, der bis hierhin nie das Verlangen gespürt hatte, irgendeinem seiner Nachbarn über den Weg zu laufen, geschweige denn mit einem eine ehrliche Unterhaltung zu führen. Und wenn sie Hertha war, von dem er doch stark ausging, war sie auf der Liste seiner Lieblingsnachbarn, die es nicht wert gewesen wäre aufgelistet zu werden, ganz unten zu finden gewesen.

Aber jetzt musste es sein. Er nahm seinen Mut zusammen und trug sein Problem vor. Er wollte schnell zum Punkt kommen, denn die Uhr tickte unaufhörlich weiter: „Sehen Sie, ich verreise. Sehr kurzfristig. Und da habe ich ganz vergessen…“

Sie nickte und mit jedem Wort, das sie hörte, zogen sich ihre Mundwinkel höher hinauf. Elie kam sich wie ein kleines Kind vor, dass einem Erwachsenen erklären wollte, was er da zustande gebracht hatte. Im Grund war es auch so. Es war leicht möglich, dass er wegen seines botanischen Experiments nichts anderes hören würde, als eine gut gemeinte Schelte.

Er fuhr fort: „Nun, die Reise ist nicht das Problem. Alles Standard-Touristen-Aufmachung. Meine Freundin hat sich darum gekümmert. Wie lange wir tatsächlich weg sind, das ist noch nicht ganz geklärt.“

Er vernahm ein dezentes „Soso“. Er wusste nicht, warum er Sophie erwähnt hatte, und kam sich seltsam vor, weil er sie eine, oder *seine* Freundin genannt hatte.

Da lenkte er das Gespräch endlich auf seine Pflanze: „Und sehen Sie: Ich habe hier eine Pflanze. Die gehört…“

„Oh, die gehört gegossen? Wie amüsant!“, fuhr ihm die Nachbarin aufgeregt ins Wort und nahm damit einen großen Teil seines Anliegens vorweg. „Komm doch herein, dann kannst du mir erklären, was ich genau machen muss! Du hast Glück, das mach ich gerne!“ Die letzten Worte schallten bereits tief aus der Wohnung, in die sie verschwunden war.

Elie warf einen abwägenden Blick auf Denis runter. Dann folgte er der außerordentlichen Gestalt in die zu seinem Überraschen recht dunkle Nachbarwohnung.

Zu seiner weiteren Verwunderung riss der Redeschwall, der vor der Haustüre begonnen hatte, noch länger nicht ab. Die Person, deren Bekanntschaft er gerade eben erst gemacht hatte, erklärte, dass sie ohnehin länger zuhause sein werde, dass sie glaubte, schon immer einen grünen Daumen gehabt zu haben, auch wenn sie vorher noch nie ihre Annahme auf die Probe stellen musste, und dass sie sich darüber hinaus riesig freue, endlich den hübschen jungen Mann von nebenan näher kennenzulernen. Irgendwo dazwischen hatten sie Namen ausgetauscht.

Sie war tatsächlich Hertha. Und sie übertraf all seine Vorstellungen.

Elie fühlte sich erschlagen. Gleichzeitig war er natürlich froh darüber, dass sich das gewünschte Arrangement zu ergeben schien. Nichts deutete darauf hin, dass Herthas Obhut schlecht für Denis sein würde. Trotz ihrer nach außen getragenen Verrücktheit wirkte sie wie jemand, der wusste, was er tat.

Dann vernahm er ein pointiertes „Dort draußen – “, auf das eine bedachte Pause folgte. „Was hältst du davon, wenn wir sie dort am Balkon platzieren?"

Elie hatte gegen diesen Vorschlag nichts einzuwenden. Der Gedanke daran, ob Denis hier zu Mittag das richtige Maß an künstlichem Sonnenlicht abbekam, damit er seiner Mittagsblumennatur nachkommen konnte, blitzte nur kurz in seinem Geist auf. Er kam sich deswegen auch gleich albern vor. Hinsichtlich dieser Sache konnte Denis durchaus Abstriche in Kauf nehmen – sofern für das Nötigste gesorgt war. Elie nickte also zustimmend in Richtung Hertha.

Ein „Wunderbar!" erschallte aus ihrem mit blauem Lippenstift umrandeten Mund. „Wenn du noch ein paar Minütchen hast, kannst du dich gern mit mir hier am Balkon niedersetzen. Ich denke, du willst mir noch genau erklären, wie ich mich am besten um dein liebes Pflänzchen kümmern soll?"

Herthas Blick war verheißungsvoll. Die Wirksamkeit ihrer ausgebildeten Verführungskunst gründete in diesem Fall sicherlich nicht auf ihren äußeren Reizen, sondern darauf, was darunter hervorschien. Es war eine Art Eins-mit-der-Welt-Sein, das Elie so noch nie gespürt hatte. Mit ihrem rechten Arm zeigte sie auf einen der beiden Stühle am Balkon. In der Mitte, auf einem Tisch, wartete schon Denis. Irgendwann hat er ihn ihr übergeben, ohne nun zu wissen, wann das genau geschehen war.

Elie ließ sich in den tiefgepolsterten Sessel fallen. Immerzu musste er die bunte Gestalt, deren Gast er war, beäugeln. An ihr Äußeres konnte er sich nur schwer gewöhnen, gestand er sich ein. Gleichzeitig ließ er sich davon nicht täuschen, dass es vor allem ihre direkte Art war, die ihm zu schaffen machte.

„Also, du hast deine Erhaltungsmodule verschlampt, oder wie soll ich das beurteilen?“, konfrontierte sie ihn sogleich. Dabei lachte sie herzhaft gerade heraus, um ihre eigentümliche, aber unzweifelhaft vorliegende Autorität selbst zu untergraben.

Dann fragte sie noch: „Zigarette?“

Elie winkte wortlos ab. Er sah ihr zu, wie sie sich eines der dünnen Räucherstäbchen zwischen die Lippen steckte und sie genüsslich anzündete. Elie hielt nicht viel vom Rauchen – aber es sah schon cool aus. Bei manchen zumindest.

Elie fasste sich und versuchte zu erklären: „Ja, diese sind kaputt geworden. Ich hab mir dann einfach gedacht: Ich schaff's auch ohne.“

Überschwängliches Gelächter traf auf seine Ohren. Es war von einem aufkommenden aber unter Kontrolle gehaltenen Keuchen, ausgelöst durch den Qualm in ihren Lungen, begleitet. Elie verharrte in der Zwischenzeit angespannt.

„Du gefällst mir! Wolltest es ihnen wohl zeigen, nicht wahr?“, fragte Hertha schmissig, nachdem sie sich wieder eingekriegt hatte.

Elie wusste nicht, was sie genau mit ihren Worten sagen wollte, und zuckte bloß beiläufig mit den Achseln.

Sie merkte, dass sie dahingehend nicht viel mehr von ihrem Gegenüber zu erwarten hatte. Nachdem sie abgeäschert hatte, stellte sie fest: „*Gut-gut*, das schaffen wir schon. Der Kerl hier sieht auch nicht wie der verdurstete Typ aus, nicht wahr? Ich schätze im *Übergießen* verbirgt sich die Gefahr. Ohne geht es natürlich auch nicht.“

Genau das wollte er ihr gerade klarmachen. Nur deshalb war er dazu bereit, sich mit seiner Nachbarin an ihren kleinen Tisch zu setzen. Nachdem er ihr noch im Detail nahelegte, wie und wann er für normal goss, die selbsterklärende Sache mit den verwelkten Blüten und braunen Blättern angesprochen hatte, stellte sich bei ihm ein zufriedenes Gefühl ein. Die Sache lief viel besser, als er sich das jemals ausgemalt hätte. Er war auf ganzer Linie erfolgreich.

Dann sah er auf die Uhr. Wenn er in fünf Minuten von hier aufbrach, war er noch gut in der Zeit und früh genug bei Sophie. Aus seiner Wohnung brauchte er nichts mehr. Er musste es nur noch schaffen, sich dankbar zu zeigen und sich höflichst von hier zu verabschieden.

Da warf Hertha plötzlich in einer deutlich ernsteren und wahrnehmbar tieferen Stimme als zuvor ein: „Du sagtes, du verreist auf ungewisse Zeit. Ich hoffe, ihr, du und deine Freundin, wisst, was ihr tut?"

Ihr Blick, als sie diese forschen Worte aussprach, folgte ihrer bereits gänzlich abgebrannten Zigarette, die sie in einer erhabenen Bewegung in einem dazu vorgesehenen Gefäß ausdrückte. Elie wusste nicht genau, worauf sie mit dieser Andeutung hinauswollte. Doch die Worte hatten eine unbestreitbare Wirkung auf ihn. Die Tatsache, dass er und, soweit er Bescheid wusste, auch Sophie nicht sicher wussten, was sie taten, ließen Herthas Worte in seinem inneren Ohr nachklingen. Er schaute sie fragend an – und als er sie in ihrer neuen Pose, zurückgelehnt und erwartungsvoll, im Stuhl gegenüber von ihm so ansah, sah er eine unerklärliche Weisheit.

„Nichts Gefährliches, nein. Darauf habe ich auch keine Lust. Ganz sicher nicht." Elie wollte dazu nicht mehr sagen. Er konnte dazu auch nicht mehr sagen. Und was er sagte, war die Wahrheit.

Da nahm Hertha eine weitere Zigarette aus der Schachtel und zündete sie sich sogleich an. Was sie als Nächstes sagte, sollte Elie noch länger im Hinterkopf mit sich herumtragen: „Was ich dir auf deinen Weg mitgeben kann, ist: Begegne den Menschen draußen nicht mit Furcht. Denk dir einfach, dass viele von ihnen ein völlig anderes Leben führen als du – und einfach nur das Beste aus dem, was sie haben, machen wollen."

Mit diesem Statement war Elie erfolgreich aus seiner Reserve gelockt. Von der Neugierde gepackt fragte er: „Du hast Außenerfahrung?“

Hertha nickte. „Ja. In der Tat, die habe ich. In erster Linie beruflich.“

Elie war von ihrer plötzlichen Diskretion irritiert. Vorher sprudelte alles nur so aus ihr heraus, jetzt wirkte sie reserviert. Sie wollte augenscheinlich, dass er Fragen stellte. Dem kam er nach.

„Beruflich? Wie kann ich mir das vorstellen?“ Er hat nicht vergessen, dass er gleich aufbrechen sollte, aber das zurücknehmen, was er gerade gesagt hatte, wollte er nicht.

„Ich bin leitende Angestellte bei einigen archäologischen Ausgrabungen“, erklärte sie nüchtern. „Das bringt mich an die entlegensten Orte der Welt.“

Elie wusste, was Archäologie war, dachte aber, dass es sich dabei selbst um ein vergessenes Relikt menschlicher Geschichte handelte.

Er fragte also nach: „Was sucht ihr da draußen?“

Hertha schenkte ihm ein kühnes Lächeln, bevor sie wieder zum Reden anfing. „Wir suchen nach allen Überbleibseln von Menschen, die vor uns gelebt haben. Mit dem gefundenen Material füttern wir die Maschine, die uns irgendwann ein möglichst nahtloses Modell der menschlichen Entwicklung geben soll. Das Projekt heißt allGone. Ein etwas unpassender Name, wenn du mich fragst.“

„Warum?“, fragte Elie.

„Nun ja“, fing sie an zu erklären, „Dinge und Ideen sind schon immer gekommen und gegangen. Die Annahme, dass alles irgendwann verschwindet, täuscht über die Tatsache hinweg, dass Fragmente davon auch weiter in unserem technischen Inventar oder in unseren Köpfen als Grundgedanken weiter bestehen – lange nachdem sie eigentlich als verschwunden gelten. Selbst unsere Gene gehen zu einem kleinen Teil auf Menschengattungen zurück, die als verschwunden gelten. Doch sie sind ein Teil von uns. Nichts verschwindet wirklich, mag es noch so danach aussehen.“

Elie nickte, so als würde er verstehen. Etwas dazu zu äußern, fiel ihm nicht ein. Er wollte ja auch aufbrechen und hatte ohnehin nichts Konstruktives dazu zu sagen. Und wer weiß, wie sie auf seine Naivität, die leicht als Ignoranz zu entlarven war, reagiert hätte. Insgeheim dachte er aber, dass es bei einer besseren Gelegenheit sicherlich wert wäre, ausführlicher über dieses Thema zu diskutieren. Vor allem, da sie eine Expertin zu sein schien.

Eine Sache wollte er aber noch zur Sprache bringen. Einfach, weil ihm diese eine Sache schon seit Ewigkeiten beschäftigte. Möglichst zurückgelehnt und unberührt spielend fragte er Hertha: „Was wird hier eigentlich jeden Dienstag veranstaltet? Entschuldige, falls ich hier eine Grenze übertrete." Er wollte es einfach endlich wissen.

Da hörte er wieder das lauthalse Lachen, an das er sich zwar nie gewöhnen würde, er aber doch schon vermisst hatte. Sie rutschte wieder in ihre Impulsivität ab und überrollte ihren Nachbarn, der es sich beinahe gemütlich gemacht hatte, mit ihrer Ausführung: „Nun, Jungchen. Wir – meine Freunde und ich – betreiben einen *ethnografischen Club*! Wir sind mehr oder weniger erfolgreiche Erforscher der menschlichen Vielfalt in unserer Welt. Einige entnehmen dazu ihre Informationen aus den unendlichen Quellen in den Archiven, andere – wie ich – sehen und hören uns draußen im ‚Feld' um. Das ist der Vorteil, wenn man draußen arbeiten kann. Die Knochen und Relikte, mit denen ich arbeite, reden zwar nicht viel, aber die Leute, – die Leute, die ich antreffe, die haben tausende Geschichten auf Lager!"

Sie stoppte kurz ihre leidenschaftliche Darstellung ihrer dienstäglichen Affären, um dann hinzuzufügen: „Aber, wenn du so willst, ist es wirklich nicht mehr als ein Hobby. Wir tragen unsere neuen Erkenntnisse in Form von offenen Beiträgen wöchentlich vor und diskutieren dann darüber. Es ist gute Unterhaltung und vor allem auch sehr lehrreich."

Sie warf ihm einen Blick zu, der ihm verriet, dass sie abzuwägen versuchte, wie er diese Sache einschätzte. Um den Druck auf ihn noch etwas zu erhöhen, lud sie ihn kurzerhand zu zukünftigen Treffen ein.

Elie war darauf nicht vorbereitet. Er fing an nervös im Sessel herumzurutschen. Natürlich hatte er keinen Bock auf so etwas. Er hatte auch keine genaue Idee von einem ‚ethnografischen Club' oder einem ethnografischen Was-auch-Immer. Alles, was er gerade wollte, war sich aus dem Staub zu machen.

Höflich erwiderte er also: „Hört sich echt interessant an. Und danke für die Einladung. Ich werde es mir überlegen. Auf jeden Fall!"

Hertha hielt noch länger ihren durchbohrenden und unzweifelhaft als skeptisch zu deutenden Blick aufrecht. Sie hatte mit so einer Reaktion gerechnet. Ihre anfängliche Sympathie für ihn war dadurch nicht zu Schaden gekommen. Auch wenn sie ihn noch immer nicht ganz genau einordnen konnte, glaubte sie, dass er in Ordnung war. Und für normal lag sie bei so etwas richtig.

Sie kam wieder auf das Eigentliche zurück und sagte: „Ich weiß, du musst jetzt aufbrechen. Macht dir keine Sorgen um deine Pflanze, sie ist bei mir gut aufgehoben. Dafür sorge ich."

Elie glaubte ihr und war wahrlich froh darüber. Aus irgendeinem Grund glaubte er noch etwas Nachbarschaftliches sagen zu müssen. Da ihm die Konventionen hierzu fehlten, war das Folgende ein Schuss ins Dunkle. In mehrfacher Hinsicht.

Er sagte also: „Ja, vielen Dank dafür. Vielleicht lerne ich ja auch irgendwann Ihren Partner kennen." Damit meinte er den schlipstragenden Herren, den er hier öfters aus- und eingehen gesehen hatte.

Aber Mann, lag er falsch.

Und auf ein Neues musste er ein durchbrechendes Gelächter ertragen. Diesmal war es aber anders. Dieses Lachen war viel eher ein Auslachen und dadurch viel zielgerichteter als eine lustige Marotte. Elie wusste nicht, wie ihm geschah.

Nachdem sich Hertha nach einer gefühlten Ewigkeit wieder gefangen hatte, erhob sie sich. Sie wirkte noch größer, jetzt wo er saß und sie stand, und da – sie riss sich mit einer schwungvollen Handbewegung ihr blaues Haar vom Kopf. Wie eine regenschwere Wolke fiel die dunkelblaue Perücke von der Gebirgswand, die ihr massiger Körper darstellte und alles, was zurückblieb, war ein kahles Gefälle.

Elie verstand es noch immer nicht.

„Ich wohne zwar alleine, aber vielleicht meinst du ja ihn?“, fragte sie hämisch, fast zu hämisch für ihren eigenen Geschmack. Aber eben nur fast. Die Tatsache, dass ihr Nachbar nicht für die offensichtliche Assoziation zu haben war, fand sie zu komisch. Und sie wäre nicht sie selbst, wenn sie sich dazu keinen Spaß erlauben würde.

Endlich schnallte er es und da versank er auch schon sprichwörtlich im Boden, real aber nur in den flauschigen Sitzpolstern. Die Perücke war also die ganze Zeit an der Stelle des Schlipses, erkannte er nun.

„Mach dir nichts draus“, beteuerte sie, wobei ihr Lachen immer wieder stoßartig nachhallte, „Ich denke, das konntest du nicht wissen. Und mir ist natürlich bewusst, dass ich den Weg zu meiner Arbeit gerne – nun sagen wir, in legereren Kleidern antrete und daher wie ausgewechselt wirke. So ist das nun einmal.“

Elie nickte, nickte und nickte. Er konnte damit nicht aufhören. Demut stand ihm ins Gesicht geschrieben. Um seine Verwirrung zu erklären, fragte er: „Aber warum das zurückgenommene Auftreten mit Hemd und Tasche? Damit wirken sie wie ausgewechselt. So ganz anders.“

„Weißt du Junge, wenn ich mich für meine Arbeit nach draußen begebe, ziehe ich es tatsächlich vor, mich möglichst unauffällig zu geben. Man weiß ja nie, wem man begegnet und wie sie einen aufnehmen, wenn man sein Inneres so nach außen trägt. Aber solche Leute hast du hier auch immer wieder.“

Nach einer kurzen Pause fügte sie hinzu: „Außerdem mag ich mein anderes Ich genauso. Es ist ja immer noch mein Ich. Es ist ein Teil von mir.“

Nach dieser Erklärung, die doch für Elie nicht völlig verständlich war, hörte er das letzte Mal für heute dieses pochende Lachen. Es war nur mehr eine Eigentümlichkeit unter mehreren, an die er sich in der

Schnelle nicht gewöhnen hatte können – und es wohl auch noch lange nicht zustande bringen würde. Aber, es war ein Anfang, sah er ein.

Seine Pflanze, so war er sich zumindest sicher, hatte es hier für die nächsten Tage gut. Er brauchte sich keine Sorgen um sie zu machen. Dass er darüber hinaus noch sehr viel mehr aus der kurzen nachbarschaftlichen Begegnung für sich herausgeholt hatte, das würde er erst viel später verstehen.

12

Elie kam also trotz der frühmorgendlichen Stressepisode pünktlich am verabredeten Ort an. Es war sogar genau 8:30 Uhr, als er die Hallen von allSystem betrat. Die Uhrzeit, die mit Sophie abgemacht war.

Sein erster Eindruck von diesem Ort war ernüchternd. Er hatte wirklich gedacht, hier wäre mehr los.

Er hatte an eine Ernst versprühende Betriebsamkeit gedacht, an eine Institution, die auf Strenge setzen musste, um für alle Situationen und Gefahren gewappnet zu sein. Immerhin war der Einsatzort von allSystem nicht auf das Innere der Helix beschränkt; sie operierten außerhalb des geschützten Umfelds, das er seine Heimat nannte.

Er sah Willkommensschilder, einladende Infoterminals und die übliche nonchalante Betonung von ganzheitlicher Makellosigkeit. Die ausgeschilderte Perfektion bezog sich hier unmissverständlich auf infrastrukturelle Ausgeklügeltheit und unübertroffene Vollkommenheit. Ähnlich wie sonst überall auch also, – vielleicht noch etwas nachdrücklicher. Mit der üblichen Gewissheit, dass er alle Informationen und ziemlich sicher sogar die gleichen Präsentationen, die er hier auf übergroßen Informationspanels projiziert sah, später ungestört auf seinem allDevice nachschauen konnte, schaffte er es keine neuen Erkenntnisse aufzuschnappen.

Nichts an diesem für ihn unbekannten Ort vermochte es, seine Neugierde zu entfachen. Sein einziges Interesse lag auf Sophie und er wollte sie so schnell wie möglich finden.

Nur den Spruch unter dem animierten Willkommensbanner merkte er sich: „*allSystem – wir halten das System am Laufen!*" Das war doch catchy.

Halb seiner Nase, halb seinem mit der Umgebung synchronisierten allDevice folgend, hatte er sie auch bald gefunden. Sie saß allein auf einer Bank. Das Erste, das ihm von Weitem ins Auge fiel, war, dass sie sonderbare Schuhe trug. Es waren große, klobige Schuhe, die man gut und gerne als Wanderstiefel bezeichnen konnte. Es war die Art Schuhwerk, bei der man beim bloßen Hinsehen zwingend den Eindruck erhielt, dass derjenige, der seine Füße darin stecken hatte, ein erfahrener Abenteurer sein musste – auch wenn dieser darin noch keine fünf Meter gelaufen war. So war es jedenfalls im Fall von Sophie und Elie fragte sich nun, ob dabei etwas Wahres dran war. Auch ihre restliche Kleidung war ähnlich weit weg von alltäglicher Anspruchslosigkeit. Sie trug eine leichte Jacke mit einer dazu passenden Hose. Diese Kleidungsteile waren eindeutig nach Funktionalität und nicht nach modischen Kriterien ausgewählt worden. Elie erinnerte sich, dass sie sonst gerne weite Kleidung und sogar richtige Kleider bevorzugte. Nun erinnerte nichts mehr daran. Sie sah wie eine Kämpferin aus. Bereit, für was auch immer kommen würde.

Elie, der bis jetzt davon überzeugt war, dass keine Vorbereitung die adäquate Vorbereitung sein würde, wurde etwas verlegen im Angesicht von Sophies bestechender Darbietung. Immerhin kam er mit seinen üblichen leichten Kunststofflatschen angerannt und trug dazu eine völlig normale Hose und denselben schwarzen Hoodie, den er auch schon die restliche Woche anhatte, wenn er außer Haus gegangen war. Er war seit den Turnstunden in seiner Jugendzeit nicht mehr in einer Situation gewesen, die von der Situation abhängige Kleidung nahegelegt hätte. Er verstand nicht, warum sich das jetzt ändern sollte.

„Schöne Schuhe. Und schön dich zu sehen“, begegnete er ihr, halb von hinten angepirscht kommend. Elie glaubte tatsächlich, dass er sie gerade kalt erwischt hätte, aber in Wahrheit hatte sie ihn schon beim Betreten des leicht überschaubaren Areals gesichtet.

Auf den ironischen Kommentar zu ihren Schuhen, die sie gestern extra auf allShop geordert hatte, obwohl sie das nicht machen musste, da ein Gesamtpaket von allSystem für alle Mitreisenden bereitgestellt wurde, reagierte sie mit einer kleinen, aber gut gemeinten Zurechtweisung: „Danke. Über deine Treter kann ich das nicht sagen. Ich hoffe, dir ist klar, du musst dir noch solche besorgen." Daraufhin ließ sie einen urteilenden Blick über seine lasche Darbietung eines männlichen Körpers schweifen, um im Anschluss zu sagen: „Abgesehen davon, mangelt es noch an anderen Sachen. Du weißt schon: die volle Montur eben."

Da hatte Elie also seinen Ernst, den er eingangs hier zu vermissen geglaubt hatte. Es tat ihm weh, dass er in der Form von Sophie heranrauschte. Wie auch immer, sie werden sicherlich später noch mehr als genug Zeit für nettere Gespräche haben. Damit vertröstete er sich und ließ sich zur Ausgabe führen.

Elie musste seinen Wunsch nicht äußern, da lagen vor ihm auf dem Tresen schon ein Paar Schuhe, ganz ähnlich wie die von Sophie, in der richtigen Größe selbstverständlich, ein Rucksack, eine Hose und eine dazu passende, spezielle Jacke. Die Jacke und die Hose sollten ihm vor jedem möglichen Wetter schützen und mit Sicherheit hatte die Kleidung noch andere Kunststücke auf Lager, auf die Elie nie kommen würde. Seine Unterwäsche war aber gut genug, argwöhnte er.

Seine Freizeit-Latschen steckte er, nachdem er die ungewohnt starren Outdoor-Schuhe angezogen hatte, in den Rucksack. Er hatte keine Lust seine persönlichen Sachen hier irgendwo in einem dafür vorgesehenen Ort, den es sicherlich gab, unterzubringen. Er stopfte also auch noch seinen Hoodie in den Rucksack. Der Gedanke, seine Hose zu wechseln, lief ihm hingegen völlig zuwider. Er sah einfach nicht ein, wieso er das tun sollte. Die ausgefasste Hose machte auch nicht den Eindruck auf ihn, dass sie seiner eigenen soweit voraus war. Außerdem hätte er dazu wohl oder übel einen Umkleideraum aufsuchen müssen, was seine Entscheidung zusätzlich vereinfachte. Laut seinem inneren Co-Piloten waren die Umkleideräume keine dreißig Meter entfernt, aber seine Entscheidung stand fest.

So einfach war die Sache um seine Hose aber nicht vergessen gemacht. In ihm kam die Befürchtung auf, dass Sophie ihn nun womöglich wegen seines unpassenden Beinkleids anschnauzen würde, oder ihn zumindest in die Richtung belehren wollen würde, besser doch die richtige Hose anzuziehen. Womöglich vor ihr und unter den Blicken aller anderen Anwesenden, um ihn irgendwie zu demütigen. Er wusste nicht, warum ihm dieser gemeine Gedanke kam. Auch wenn er heute erst ein paar Worte mit ihr gewechselt hatte, wirkte sie so viel strenger auf ihn. Oder war sie immer schon so, und erst jetzt war es ihm aufgefallen? Er wusste es nicht.

Vielleicht war sie einfach ebenfalls kein Morgenmensch. Wer könnte es ihr verübeln.

Um seine Müdigkeit stand es mittlerweile deutlich besser, konnte er von sich sagen. Sie war fast völlig abgeklungen. Während er noch einmal seine neuen Schuhe prüfend betrachtete und mit den Zehen darin wippte, die spezielle Jack mit streifenden Handbewegungen abtastete und die ungewohnte Last des Rucksacks bewusst wahrnahm, kam in ihm erstmals so etwas wie Aufbruchsstimmung auf. Das änderte aber nichts daran, dass er die ganze Unternehmung noch immer sehr skeptisch sah. Für einen Rückzieher war es aber wohl zu spät, wusste er.

Als er sich in seiner neuen Aufmachung zurück zu Sophie in Bewegung setzte, bemerkte er, dass doch zumindest einige weitere Menschen hier eingetroffen waren. Zwei Individuen trugen auf ihren Jacken deutlich sichtbar das allSystem-Logo und erweckten zum ersten Mal in Elie den Eindruck, dass es hier doch um etwas ging. Elie nahm sich einen Augenblick und beobachtete die beiden etwas länger. Schon bald ergab sich für ihn das Bild, dass sie sich ähnlich wie Drohnen ohne eigene Motivation von A nach B bewegten, nachdem sie das dafür nötige Signal von der Schwarmintelligenz erhalten hatten. Immerfort mussten sie etwas in Empfang nehmen, etwas einscannen, etwas einlagern, und so fort. Auch wenn für Elie folglich die Angestellten eher in einem bedauernswerten Licht erschienen, war er so schlau, um hierin eine Art Erfolgsformel für einen reibungslosen Betrieb ohne böse Überraschungen zu erkennen. Ein festes Skript hieß Sicherheit.

Das wünschte er sich im Grunde auch für ihre Reise. Dass Sophies Pläne – auch wenn er kaum Details wusste – anders aussahen, war ihm leidlich bewusst.

Und schon wurden sie alle zum Treffpunkt abgeordnet. Es war Zeit für die erste ‚Truppenversammlung'.

Der nachfolgende Appell zeigte schnell seine Wirkung auf Elie, auch wenn dieser sonst gerne alles herunterspielte. Ein Appell hatte etwas Archaisches. Er zeugte von einer zentralen Autorität. Vor allem, so verstand Elie, musste er jedem Witz und jeder Ironie entbehren, um die Vorschriften und Befehle zu transportieren. Ein Appell war, vor allen anderen Dingen, ernst.

Trotz oder gerade wegen seiner Bedenken ließ er sich zur folgenden ironischen Bemerkung verleiten: „Da versammeln sich dann wohl unsere *Kameraden*. Ich hoffe, alles in allem stellen wir eine gute *Truppe* dar."

Sophie bemerkte den entbehrlichen Sarkasmus in seinen ihr hingeflüsterten Worten. Sie schenkte ihm ein Grinsen, mehr nicht.

Sophie, die sich tatsächlich etwas darüber informiert hatte, was das hier für eine Institution war, und vor welcher Unternehmung sie standen, wusste, dass hier eine Verbindung zum Militär – mit Kameradschaft und Truppen – nicht angebracht war. allSystem war, wie auch Elie mitbekommen haben musste, nur dazu da, um sicherzustellen, dass alles funktionierte. Das beinhaltete in erster Linie die drei grundlegendsten Säulen der Helix-Infrastruktur: die Energie- und Wasserzufuhr von außen, das Recycling im Inneren und zu guter Letzt die ganzheitliche Rohstoffaufbereitung, damit die Helix-Struktur stetig größer werden konnte. Damit war das ‚autarke Wachstum', das auf ewig Bestand haben sollte und die Helix-Ordnung zum besten zivilisatorischen Projekt in der Geschichte der Menschheit machte, sichergestellt.

Militärische Aufgaben, wenn man das unbedingt so nennen wollte, wurden hingegen von allSecure übernommen. Und soweit Sophie wusste, wurden auch bei allSecure keine Personalien, sprich Truppen, aufgewendet. Alles, von notwendigen Abwehrkämpfen bis hin zu im

Hintergrund ablaufenden Erstschlägen gegen fanatische Gruppierungen wurden von einem Mix aus automatisch gelenkten Waffen und intelligenten Kampfdrohnen erledigt. Auf ziviler Ebene sorgte allSecure mit ihren allseits bekannten Bots für Sicherheit.

Elie lag also mit seiner, wenn auch nur ironisch gemeinten, Beobachtung von Truppen und Kameraden falsch – und sie hätte es ihm gerne näher erklärt.

Umso mehr staunte sie, als ein eindeutig als militanter Truppenführer verkleideter Mann etwas abseits vom Treffpunkt Stellung bezog.

Der Typ, der seinen wuchtigen Körper vor einem mobilen Infopanel platzierte, und dort geschäftig wirkend verweilte, erinnerte Sophie sofort an die Art Drill-Sergeant, die sie aus dem einen oder anderen alten Hollywood-Streifen kannte, – aus der Zeit, als Kriegsfilme hoch im Kurs waren, was im Grund die gesamte Hollywood-Ära ausmachte. Sie sah einen Hut, der gutmöglich damals als Requisite herhalten konnte. Mit Lederschleife und überdimensionierter Krempe. Der Rest der Kleidung setzte sich aus einem einheitlichen Trainingsanzug zusammen, der aber wiederum an eine Uniform erinnerte. Die strenge Erscheinung wurde von einer übergroßen dunklen Fliegerbrille, die dicht an die Hutkrempe abschloss, abgerundet.

Die anachronistische Verkörperung eines Alpha-Männchen wirkte Achtung gebietend auf die bald vollständige Reisegruppe. Und das, obwohl keine Form der direkten Interaktion stattfand: Der Mann ignorierte die Gruppe – und die Gruppe ignorierte zurück.

Die Führungsperson wollte offenbar nicht gestört werden. Sein für die anderen unerkenntlicher Blick richtete sich durch die dunklen Gläser seiner Sonnenbrille auf den Inhalt einer offensichtlich überaus wichtigen Nachricht. Es war das routinemäßige Briefing vor einer Mission. Mehr auch nicht.

Doch es wirkte wie so viel mehr.

Die sicherlich bald zu einem Ende kommende Schonzeit nutzten Sophie und Elie, um sich einen ersten Eindruck über ihre Reisegefährten zu machen. Zu Sophies Überraschung waren nur drei weitere

Zivilisten eingetroffen. Sie sahen ein betagtes, oder viel eher, sehr betagtes Paar. Ein alter Gefährte mit seiner Frau, wobei die Frau auf einen Schwebstuhl angewiesen war. Für den alten Herrn wurde sogleich ebenfalls ein solcher Stuhl herbeigebracht und schon wirkten sie mehr denn je wie eine kleine unzertrennliche Untereinheit. Von weiter hinten näherte sich mit raschem Schritt ein weiterer Mann. Er war wohl zu spät dran und musste sich nun sputen. Dabei wirkte er irgendwie orientierungslos und machte auch allgemein einen recht zerrütteten Eindruck. Somit war es schwer zu erraten, dass er mit fünfundvierzig vergleichbaren Touren der einzige der anwesenden Zivilisten mit Erfahrung in solchen Ausflügen in die Außenwelt war.

Sophie fand es schade, dass kein größerer Andrang herrschte. Das könnte unvorteilhaft für ihren Plan sein, da dadurch größere Aufmerksamkeit auf jeden Einzelnen geworfen werden konnte. Und ganz nebenbei war es doch eine großartige Möglichkeit, mal für ein paar Tage etwas anderes zu sehen als den vorhersehbaren und unbekümmerten Alltag in der Helix. Das sah Sophie tatsächlich so, und sie hätte dabei nicht nur von Elie wenig Zuspruch erhalten.

Da wurde sie plötzlich in ihren Gedanken unterbrochen. Jemand klopfte ihr und Elie mit der flachen Hand auf die Schultern. Es war nicht fest, oder gar schmerzhaft, viel eher kribbelig und auch etwas unbeholfen. Die fremden Hände schlugen mehrmals in kurzen pochenden Abständen auf die Körper auf, um jedes Mal wie durch einen elektrischen Widerstand zurückgeworfen zu werden.

Sophie und Elie drehten sich irritiert um und da sahen sie aus nächster Nähe den Mann, der sich vorhin verspätet zu ihnen geschlichen hatte. Er musste etwas älter sein als sie, hatte lange wellige Haare, blond, und einen dazu passenden Bart im Gesicht. Die Fratze wirkte gleichzeitig vertrauensvoll, weil harmlos, als auch schwer auf seine wahre Natur einordbar. Eine ansteckende Unruhe ging von ihm aus. Die bewirkte Skepsis bestätigte sich für Sophie im Gesicht von Elie und umgekehrt. Beide wollten die ungewöhnliche Rückenmassage unkommentiert abtun; vielleicht war es ja auch ein Versehen. Ihre Blicke wanderten wieder nach vorne, in Erwartung, endlich etwas vom designierten Truppenführer zu hören.

Doch da fing der Typ hinter ihnen zu reden an. Seine Geste vorhin war also Absicht, er wollte ihre Aufmerksamkeit auf sich ziehen. In einem Flüsterton vernahmen sie aus der zweiten Reihe: „Das da vorne, das ist der *Major*. Klasse Typ. Eine absolute Legende. Echt, *unglaublich!*"

Darauf anschließend hörten sie: „Übrigens, ich bin Max Mungo. Kennt mich vielleicht aus dem Netz – ich bin *der* bekannte Abenteurer und Stuntman. 527 Millionen Views auf meine bekanntesten Stunts, *Mann*. Viele davon in *echt* und *draußen* abgeliefert! Kennt ihr sicher, oder?!"

Die beiden hatten keine Ahnung, wovon er da redete. Der Großteil ihrer Aufmerksamkeit lag noch immer auf der Gestalt vor ihnen, die gleichzeitig stoische Gelassenheit als auch eine unabschüttelbare körperliche Anspannung an den Tag legte. Für die Anwesenden war es nur eine Frage der Zeit, bis sich etwas tun musste. Von Max fühlten sie sich daher zusehends gestört. Der Zeitpunkt, um untereinander zu tratschen, würde sicherlich noch kommen. Jetzt war aber Ruhe angesagt, dachten sie sich, ohne dazu aber explizit aufgefordert geworden zu sein.

Doch da der selbst ernannte Abenteurer-Schrägstrich-Stuntman-Star nicht aufhörte zu quasseln, und sich von der Führungsebene auch wirklich nichts anbahnte, wagte Sophie kurzerhand selbst eine Frage an Max zu adressieren: „Ein Major, also. Im Ernst?"

Da kicherte Max cholerisch in seinen Bart, um im Anschluss zu erwidern: „Na ja, was heißt schon Major? Er nennt sich halt gerne so: Major Thompson. Und, ja, so will er auch immer angesprochen werden. Nur damit ihrs wisst, – und so."

Nach diesem gut gemeinten Hinweis zwinkerte Max sowohl Sophie als auch Elie, der natürlich mitgelauscht hatte, zu. Beiden gleichzeitig. Mit jeweils einem anderen Augen.

Und dann: Plötzlicher Lärm durchbrach die überwiegende Stille in der Station. Der ‚Major' hielt es endlich für angebracht, sich an die Gruppe zu wenden. Der wirklich entsetzliche Lärm war dadurch zu erklären, weil er es offensichtlich für notwendig hielt, einen Stimmenverstärker zu verwenden. Auf höchster Stufe versteht sich.

„NUN BEGINNT ALSO DER ERNST! SIE BEFINDEN SICH AN DER SCHWELLE ZUR HÖLLE DA-DRAUSSEN. UND DA-DRAUSSEN IST NUN EINMAL EINE HÖLLE! BESONDERS FÜR DIE FRISCHLINGE UNTER EUCH!"

Das Geplärre ging den Anwesenden durch Mark und Bein. Sophie stellte verwundert fest, dass sich in das Gesicht von Max Mungo, der dieses Spektakel scheinbar schon erwartet haben musste, ein erwartungsvolles Lächeln zementierte. Mit weit geöffneten Augen starrte er auf den Major und vergaß die beiden erstmals wieder. Diese Darbietung gehörte wohl oder übel hier zum Unterhaltungsprogramm dazu und er würde sie nicht missen wollen.

Die weiteren Worte des Majors wurden zumindest über einen etwas nach unten regulierten Stimmenverstärker transportiert. Es bestand aber kein Zweifel, dass er tatsächlich den Ton und den Habitus eines Hauptmanns imitieren wollte.

Er fuhr also mit seiner Ansprache fort: „Ich sag es euch gleich: Ich stehe auf Disziplin! Und die fordere ich auch ein – vor allem von den Frischlingen unter euch!"

Nach dem erneuten harsch an den Mann gebrachten Gerede von ‚Frischlingen' lenkte er seinen von der Sonnenbrille verdeckten Blick auf das greise Paar, das sich rechts hinter Elie positioniert hatte. Da fühlte sich der Major veranlasst zu konkretisieren, dass er keinen Unterschied zwischen ‚alten Hasen' und tatsächlichen Frischlingen machte – Frischlinge seien Frischlinge und blieben meist auch Frischlinge – wobei er nun einen verächtlichen Blick auf Max warf.

Elie wusste nicht, was das alles sollte. Der Alte im Schwebestuhl hingegen nickte nur immerzu. So deutlich und beschwichtigend er konnte. Seine Frau blieb unbeteiligt. Sophie grübelte derweil darüber nach, wie es möglich war, beim bloßen Herumstehen, eine solche innere Angespanntheit nach außen hin zeigen zu können und – was genauso wichtig war – warum das Ganze? Wie viel Anspannung man als Mann aber tatsächlich beim Kommunizieren freisetzen konnte, wurde ihr erst vollständig offenbart, als sich der Major nun an Max persönlich wandte.

„SIE!", hörten die Anwesenden und sahen, wie sich dabei der Kiefer des absurd-autoritären Expeditionsleiters dehnte und gemeinsam mit dem Rest seines Kopfes rot färbte. „Sie schon wieder!"

In einer zum vorangegangenen Schreien abgestuften Stimme brachte er eine durchaus besonnene Schelte dar: „Mister Mungo, ich kann sie anscheinend nicht davon abhalten, auf eine weitere Mission mit uns zu kommen. Trotz der vielen Vorkommnisse und Vermerke in Ihrer Akte." Dabei machte er eine verächtliche Kopfbewegung. „Aber seien Sie versichert, dass ich diesmal noch angestrengter ein Auge auf Sie werfen werde! Nein – zwei Augen! Rund um die Uhr!"

Max Mungo kicherte vor Aufgeregtheit. Er fand es einfach großartig, was da schon wieder abging. Vom Inhalt des Appells ließ er sich aber nicht abschrecken. Elie, dem es nicht gefallen würde, so derb angemacht zu werden, war sich nicht sicher, was diesen Typen überhaupt beeindrucken konnte.

Die zwei allSystem-Mitarbeiter hatten sich in der Zwischenzeit zu einem allCoffee-Automaten verabschiedet. Für sie bedeuten die Worte des selbst deklarierten Majors nichts. Als dieser verkündete, dass erst in zehn Minuten zum Terminal aufgebrochen werden würde, löste sich die Aufregung auch unter den Zivilisten wieder auf.

Ohne ein dahin gehendes Kommando entgegengenommen zu haben, war allen klar, dass sie sich aus der Gruppe lösen durften. Elie überlegte ebenfalls den allCoffee-Automaten aufzusuchen, entschied sich aber, nachdem er sich die schwarze Brühe vorgestellt hatte, lieber gleich für einen Toilettengang. Immerhin hatte der Major dies seinen Untergeordneten auch nahegelegt.

Sophie überlegte in der Zwischenzeit, ob sie sich den beiden Alten vorstellen sollte. Sie wirkten im Grunde sehr nett, obwohl Fragen über ihre allgemeine Gesundheit offenblieben. Vor allem die Frau schien geistig sehr abwesend zu sein. Doch da kam ihr der Major höchstpersönlich zuvor. Mit strammen Schritten trat er vor das Paar. Max, der zwischendurch immer wieder von seinem alten Freund missmutig angestarrt wurde, verweilte mit etwas Sicherheitsabstand nur ein, zwei Schritte hinter ihnen. Er beschäftigte sich mit irgendeiner mitgebrachten technischen Spielerei. Sophie vermutete eine Kameradrohne und lag auch richtig damit.

In einer halbwegs normalisierten Stimme, die nicht nur wegen des weggefallenen Stimmenverstärkers menschlicher klang, fragte der Major den alten Herren: „Na, ihr? Wollt wohl draußen nach dem Rechten sehen, nicht wahr? Kann ich verstehen. Immerhin seid ihr auch Außengeborene. Da bleibt eine Verbindung. Ob man will oder nicht."

„So in etwa, ja", erwiderte der Alte und sah dabei seine angetraute Frau an. Er wusste von allen am besten, wie es um sie stand, wollte aber um jeden Preis ein ungetrübtes Bild von ihr aufrechterhalten.

Da fuhr er weiter aus: „Außerdem, wann, wenn nicht jetzt? Mit 230 kannst du dir das abschminken, glauben Sie mir!" Dabei lachte er so herzhaft, wie es ihm seine alte Lunge erlaubte.

Da wurde Max plötzlich bewusst, dass es hier stark nach Tod roch. Im übertragenen Sinn natürlich, aber das reichte ihm. Er war der Typ Mensch, der nicht gerne an Tod und Sterblichkeit erinnert werden wollte. Sein Lebensmotto lautete: „Man lebt nur einmal". Diese Lebensanschauung hat sonderbarerweise dazu geführt, dass er den Tod nicht als Folge und unentrinnlichen Endpunkt dieses einen Lebens sah, sondern als ein negatives Anderes; etwas, das es zu besiegen gab. Und dazu musste man es immer wieder herausfordern.

Um die wirklich nur minimal kurze Stille zu durchbrechen, und seinem Unwohlsein über die Anwesenheit derer, die doch dem Tod recht nahe sein mussten, Ausdruck zu verleihen, machte er sich bemerkbar: „*Klasse. Klasse.* Wir werden bestimmt eine Menge Spaß haben. Also wir mit unserem großartigen Major Thompson! Abenteuer ohne Ende, sage ich immer!“

Im Anschluss darauf machte er eine lasche salutierende Geste, gepaart mit einem weiteren nervösen Zwinkern – erneut mit beiden Augen – um im Anschluss einen showmännischen Abtritt zu initialisieren. Damit wollte er sich von den drögen Alten, aber auch von den anderen für Erste verabschieden. Er musste sein restliches Equipment noch ein letztes Mal checken. Hierauf war er stets sehr bedacht, auch wenn ihm diese Sorgfalt kaum jemand zutrauen würde.

Doch da bekam er vom Major zu hören: „Sofort die Hand runter! Was sollen immer diese Kindereien mit Ihnen!“

Er bremste sich aber überraschend schnell wieder ein. Aus Rücksicht zu den Alten verzichtete der Major darauf, Max hier völlig zur Sau zu machen. Dazu würde noch ein passenderer Grund folgen. Davon war er überzeugt.

Stattdessen erklärte der Major mit ruhiger Stimme: „Null Disziplin. Null Disziplin. Aber wem sage ich das. Ist wohl eine Generationensache, nicht wahr?“ Darauf folgte ein kurzer prüfender Blick zum Alten. Dieser war aber dabei, sich zu schnäuzen. Die Frage blieb also unbeantwortet, jedoch hatte sie Elie aufgeschnappt, der gerade von den Klos zurückgekommen war. Er hatte keine Ahnung, was das heißen sollte, oder um was es gerade ging, und hielt sich unauffällig im Hintergrund.

Nicht viel später machten sie sich auch schon alle gemeinsam zum Terminal auf. Dabei begleitete Elie ein nicht wegzukriegendes Gefühl der Beklommenheit. Es war nicht mehr auf das zurückzuführen, was er gerade kennengelernt hatte, und was er bis jetzt und in jenem Moment zweiflerisch begutachten musste, – nein, damit konnte er sich wohl oder übel abfinden. Sogar vom Major und seiner untypischen Art der Handhabung war er nicht völlig abgetan. Was für ihn ungewiss blieb, war, was Sophie genau vorhatte und was sie bereit war, dafür zu tun. Die Ungewissheit war wieder in die Zukunft zurückgekehrt.

13

Nach einem nicht einmal zehnminütigen Transportflug setzten sie auf staubigem Boden auf. Die Rampe der hinteren Mannschaftskabine glitt reibungslos hinunter.

Sie waren tatsächlich draußen.

Die mehr als überschaubare Gruppe verließ geordnet den allSystem-Transporter. Der Major ging als Anführer voraus, gefolgt von Max, der es kaum erwarten konnte, endlich wieder in die Atmosphäre einzutauchen, die ihm sonderbarerweise ein höheres Gefühl von Alles-ist-Möglich verschaffte, als die Alles-ist-möglich-Atmosphäre in der Helix. Dahinter trotteten etwas vorsichtiger, aber doch auch neugierig aufgeregt Sophie und Elie, der alte Paul und seine Frau, Anna – obwohl die beiden natürlich eher in ihren Schwebstühlen tuckerten, als trotteten – die Rampe herunter.

Die zwei allSystem-Mitarbeiter würden früher oder später ebenfalls diesen Weg nehmen, aber es hatte sich bereits abgezeichnet, dass sie sich von der übrigen Gruppe abkoppeln würden. Sie wurden auf etwas angesetzt, das tatsächlich erledigt werden musste.

Zur allseitigen Klarstellung verdeutlichte der Major vor versammelter Truppe das weitere Vorgehen: „So jetzt beginnt der Ernst! Und es gibt kein Zurück mehr! Die Mission geht in die *ernste Phase* über!"

Es muss hier nicht betont werden, dass er ernst klang und er diese Ernsthaftigkeit auch noch für den Rest des Tages aufrechterhalten sollte.

„Unsere Kollegen von allSystem beginnen nun an diesem strategisch wichtigen Versorgungspunkt ihre Wartungsarbeiten. Wir werden uns in der Zwischenzeit anderweitig beschäftigen", erklärte er humorlos. Die Angesprochenen hatten trotz seiner falschen Verschwiegenheit eine klare Vorstellung davon, was zu erwarten war.

Von den Wartungsarbeiten und dem erwähnten Versorgungspunkt sahen die zivilen Beteiligten jedenfalls herzlich wenig. Ein kleines rundes Häuschen, mehr war da nicht. „Das sollte also die Wasserversorgung der Helix 7 darstellen?“, fragten sich die unwissenden Touristen.

Es gab keine Spur von Wasser. Sie standen in einer trockenen Steppengegend.

Wie dem auch sei. Der Major interessierte sich auch nicht weiter für die technischen Umstände der Mission. Das war auch nicht sein Zuständigkeitsbereich. Seine Rolle war eine andere: Er war Animateur.

Da er seine Rolle jedoch recht frei auslegte, formulierte er das weitere Programm etwas anders. Beherzt und mit einem Hauch Sadismus verlautbarte er: „Wir werden einen kleinen, aber feinen Marsch zurücklegen!“

Er bemühte sich redlich das Offenbarte als Überraschung, oder gar als Willkür auszugeben, was ihm aber aus offensichtlichen Gründen nicht gelingen wollte. Da führte er weiter aus: „Wenn ihr euch umdreht, seht ihr eine Bergkette. Dort oben, am zweiten Gipfel von links, ist eine weitere Versorgungsstelle. Diesen Hang werden wir besteigen. Dort oben werden wir schließlich auf die Versorgungscrew warten. Alles klar?!“

Keiner war davon überrascht oder betrübt, denn sie hatten das alles schon vorhin im Transporter gehört. Diese Info war nebenbei in der vor der Reise ausgegebenen Broschüre enthalten. Es war Teil des Unterhaltungsprogramms. Sie ließen sich aber in Angesicht des hochtrabenden Truppenführers nichts anmerken. Alle akzeptierten allmählich die repetitive Kommunikation des Majors und sahen sie bald als normal an.

Bevor der Marsch losging, hörten sie noch ein weiteres Mal, dass er ihnen allen noch zeigen würde, wo der Hase langläuft und dass sie dank ihm noch schnell genug merken werden, dass das Leben eben kein Ponyhof sein muss. Diese Schiene eben.

Das war alles schnell Routine, auch für die, die das erste Mal dabei waren. Eines war aber neu. Neu, oder zumindest ungewohnt, war es, Steine unter den Sohlen zu fühlen. Es war auch etwas anderes, in natürlicher Weise zirkulierende Luft auf der Haut zu spüren. Elie verharrte für einen Moment gebannt von diesem Zauber und begann seine Umgebung mit allen Sinnen aufzusaugen. Aber auch Sophie blieb davon nicht unberührt und atmete mehrmals tief durch.

Da wurden sie aber mit einem weiteren harschen Wort des Majors aus der eingekehrten Friedlichkeit geweckt. Das Wort war „Ruhe!", hatte aber keine Legitimität, da keiner der Anwesenden Lärm gemacht hatte. „Alles folgt mir!", fauchte der Major Thompson weiter und los ging die gemütliche Wanderung.

Der Aufstieg auf den Bergkamm verlangte wirklich nicht allzu viel von der Gruppe ab. Es war ein breiter ausgetretener Pfad, dem sie in einem angemessenen Tempo nach oben folgten. Damit es nicht zu langweilig wurde, versuchte der Major die Aufmerksamkeit seiner Untergeordneten mit Sprüchen wie „Haltet die Augen offen!", und, „verlasst euch nicht darauf, dass hier keine Gefahren lauern könnten!" aufrechtzuerhalten.

Die Sache war aber so, dass sich alle Beteiligten darauf verließen, dass sie vor jeglichen Gefahren gefeit waren. Sie waren eben Helixianer, und als solche wurden sie nun einmal keinen Gefahren ausgesetzt. Natürlich war ein Helixianer in einer Helix am allersichersten. Keine Frage. Das hieß aber nicht, dass sie außerhalb recht viel mehr zu befürchten hatten. Es galt: Die höchste Sicherheitsstufe war solange gegeben, solange man sich in der Nähe seines – oder irgendeines aktiven allDevices aufhielt. Damit waren das genauestmögliche Monitoring über den eigenen Gesundheitszustand und das aktuelle Gefahrenpotenzial, sowie eine ständige Ortung gewährleistest.

Sie sahen zwar nichts davon, aber weit über ihnen in den Wolken glitt gerade eine von allSecure geschickte Staffel Schutzdrohnen. Falls sich also tatsächlich hier im unzugänglichen Gelände Banditen oder gefährliche Tiere nähern würden, würden diese unschädlich gemacht werden, noch bevor sie auf die Idee kommen konnten, ihnen an die Pelle zu rücken.

Die Worte des Majors waren also eine Farce und jeder wusste es. Die Augen hielten trotzdem alle gerne offen. Immerhin gab es einiges, von fremdartigen Pflanzen, bis hin zu interessanten Felsformationen, das es zu bestaunen gab.

Sophie und Elie genossen die Wanderung sogar, so könnte man meinen. Es war eine Abwechslung zum Alltag, und keine schlechte. Alles schien prima organisiert zu sein und man könnte daher auch meinen, sie hatten alles, was sie brauchten, um eine gute Zeit zu verbringen. Was ihnen aber fehlte, war die Möglichkeit, über das zu reden, was sie als Nächstes, sprich heute Nacht, vorhatten zu tun. Aus diesem Grund begleitete beide auf Schritt und Tritt ein Schatten der Ungewissheit.

Eines wussten sie aber bestimmt: Vom Gipfel würden sie, wenn die Sicht gut genug war, das verlassene allScience-Gelände mit dem Raketensilo, das ihr eigentliches Ziel darstellte, sehen können. Dort vermuteten sie den verschollenen Haidar. Aktuell lagen zwischen ihnen und diesem Ziel keine zwanzig Kilometer – und mit jedem Schritt kamen sie ihm näher.

Sophie, die nie richtig dazugekommen war, Elie über das, was er über diesen Ort wusste und was er alles damit verband, auszufragen, hätte dies nun gerne nachgeholt. Und Elie wäre dem vermutlich sogar nachgekommen. Es war aber gerade nicht möglich.

Die Sache beschäftigte ihn aber auch so genug. Er war gerade daran, zumindest für sich zu ergründen, was es bedeutete, zum Ort seiner Kindheit zurückzukehren. Wie ein Heimkehren fühlte es sich jedenfalls nicht an: Es war nie Heimat. Er konnte nicht einmal mit Sicherheit sagen, dass das, was er bis zu seinem dritten oder vierten Lebensjahr durchlebt hatte, Kindheit war. Gefühle von Heimat und von frühkindlicher Unbescholtenheit waren ihm fremd. Daher war es auch nur logisch, dass er seine Mutter nie vermisste. Auch in dieser Sache hatte er keinen Sinn für das richtige Gefühl entwickelt.

Bevor er noch mehr abdriftete, konzentrierte er sich auf etwas Reales. Hinter ihnen schwebten die beiden Alten einher, bemerkte er. Anna, die auf ihren Stuhl im Gegensatz zu Paul auch aus lebenserhaltenden Gründen angewiesen war, schaukelte eng neben ihrem treuen Gatten. Dabei umgriff dieser ständig ihre Hand, die unter einer Decke, die den unteren Teil ihres Körper einhüllte, hervorschaute. Elie wurde aus den beiden nicht schlau. Er konnte sich nicht erklären, warum sie sich die Mühe machten, hier in diese alte und faktisch vergessen gemachte Welt einzutauchen. Doch, so musste er zugeben, strahlten sie eine seltsame Zufriedenheit aus.

Ungleich aufgeregter legte Max seinen Weg zurück. Er hopste immer wieder abseits des Weges im Gelände herum. Dabei wirkte er suchend, wobei nicht klar war, wonach er suchte.

„Was meinst du, was Max vorhat?“, flüsterte Sophie zu Elie hinüber.

Sie hatte Max immer wieder beobachtet. Gerade war er drauf und dran, zwischen einem Felsen und einem größeren Baum einer nicht erkenntlichen Spur zu folgen. Am Ende des Tages musste er eine Menge Extrameter zurückgelegt haben, stellte sie fest.

Elie sah sich nach ihm um, bevor er ihr antwortete. Als er ihn ins Auge gefasst hatte, stand Max gerade am Wegesrand gebeugt und ließ gemächlich Kieselsteine durch seine Finger rieseln.

„Ich habe keine Ahnung. Aber er scheint in seinem Element zu sein“, mutmaßte er und bekam dafür ein Nicken von Sophie zurück.

Im nächsten Moment drehte sich der Major um, um nach dem Rechten zu sehen. Das hieß, er schaute, ob sich Max benahm.

„Du!“, schrie er sogleich und zeigte dabei auf den potenziellen Störenfried, „Komm sofort zurück in die Reihe. Bleib am Weg!“

Max blickte wie ein ertapptes Hundejunge auf und schloss ohne Widerrede folgsam auf. Der Major tat zufrieden, behielt aber seine Gewissheit darüber, dass das wahre Malheur erst noch kommen werden würde, aufrecht. Für den Rest der Truppe erschloss sich noch immer nicht, warum Major Thompson stets so wenig Geduld gegenüber Max zeigte. Immerhin neigte er zum Übertreiben. Warum also nicht auch in diesem Fall?

Da kam der vermeintliche Tunichtgut auch schon an Sophie und Elie herangetreten, um ihnen einen Vorgeschmack davon zu geben, was bald kommen werde.

Mit kribbeliger Stimme verlautbarte der Abenteurer: „Mann-o-Mann. Hier ist es *extreeem*. Findet ihr nicht auch, Leute? *Extreeem*."

Elie erwiderte perplex: „Was meinst du? ‚Extrem' würde ich jetzt nicht sagen."

„Ja, nicht *extrem-extrem*. Aber hat Potenzial! Oh, Mann! Wird bestimmt noch *extrem-extrem*!"

Dabei zwinkerte Max die beiden wieder, absichtlich oder nicht, mit beiden Augen gleichzeitig an. Die Geste rief nur noch mehr betretene Blicke hervor. Sie hatten keine Ahnung, worauf er hinauswollte. Da fragte Sophie der Einfachheit halber nach.

Nach einem Moment vorgespielter Überwindung erklärte sich Max bereitwillig: „Ich kanns euch jetzt wohl sagen. Ihr seid ja in Ordnung." Er lugte noch einmal zum Major vor, um sicherzugehen, dass er auch nichts von dieser Unterredung mitbekam. „Ich will einen neuen – noch nie da gewesenen – Stunt abliefern! Hier an diesem Hang!"

Nach dieser Offenbarung hielt er seinen rechten Zeigefinger auf die Lippen gepresst, die sich zu einem schelmischen Grinsen geformt hatten. Seine Aufregung stieg und stieg, zeigte aber keine ansteckende Wirkung.

Elie sah im Gesichtsausdruck von Max die Entschlossenheit eines Besessenen. Zum Wohle aller fragte er nach, was er genau vorhatte. Dabei ging es ihm natürlich in erster Linie darum, herauszufinden, ob Max in irgendeiner Weise ihre eigene Mission in Gefahr bringen könnte.

Was er zu hören bekam, ließ ihn nicht die erhoffte Beruhigung erfahren.

„Kennt ihr schon das neue *AAAA-Rad?*“, fragte Max. Die Komposition seiner fusseligen Visage veränderte sich mit jedem Wort. Seine auf Übergröße anwachsenden blauen Augen zauberten eine unheimliche Schärfe mitten zwischen Bart und Haupthaar. Er war immer noch ein Wahnsinniger – aber ein Wahnsinniger mit Plan.

Da er aber weiterhin nur ahnungsloses Kopfschütteln erntete, musste er konkreter werden. „Ich rede vom brandneuen *allArea-ActionAdventure-Einrad.* Das ist der neueste Schrei im Outdoor-Action-Angebot des allShop.“

Zum Kopfschütteln gesellten sich zuckende Achseln. Sowohl Elie als auch Sophie hatten bis hierhin keine Ahnung gehabt, dass es im allShop ein Outdoor-Action-Angebot gab. Mit Rädern, unabhängig der Räderanzahl, konnten sie auch nur sehr wenig anfangen.

„Ich zeig's euch!“, sagte Max anstandslos.

Seine Demonstration war aber wiederum wenig enthüllend. Alles, was er ihnen zeigte, war eine glänzende Scheibe von nicht einmal zwanzig Zentimetern Durchmesser, in dessen Zentrum vier ‚As‘ eingelasert waren. Das Ding könnte alles und nichts sein.

„Sieht zwar jetzt nicht nach *soooo* viel aus – aber das Teil hat Power! Das AAAA-Rad ist von meinem aktuellen Lieblingsvideospiel *Raw Runner* inspiriert! Kennt ihr bestimmt, nicht?“ Wieder nur Kopfschütteln. „Na ja, ist ein Open-World-Rennspiel. Dort kannst du unter anderem mit dem AAAA-Rad Rennen gegen andere abliefern. Du kannst auch sonst so gut wie alles steuern, was du dir vorstellten kannst. Mein Liebling ist schon lange das AAAA-Rad – aber es jetzt in echt in den Händen zu halten, um es gleich selbst zu lenken, ist die krasseste Erfüllung eines Traums! Einfach *extreeem*! Versteht ihr jetzt?!“

Für Elie und Sophie war es schwer, sich dieses Gerät in Aktion vorzustellen. Damit waren sie sicher nicht allein: Es war gut möglich, dass der allShop das Teil ausschließlich aufgrund von Max Vorliebe im genannten Videospiel, gepaart mit seiner gelebten Passion heftigen Scheiß auszuprobieren, erschaffen und auf den Markt gebracht hatte. Dieses mikroskopische Prinzip von marktorientierter Innovation wollte zwar grundsätzlich die Einhaltung von Sicherheitsvorschriften versprechen, ließ aber andere Fragen offen. Etwa: Ist das wirklich notwendig?

Aber, egal. Max hatte, was er wollte. Und er war nicht mehr davon abzubringen das AAAA-Rad auch tatsächlich einzusetzen. Was er vorhin die ganze Zeit getrieben hatte, also am Rande und abseits der Wege, war die ‚ideale Linie' für seine anstehende Abfahrt zu finden. Mit den besten Möglichkeiten für Sprünge und Schleifen und andere abgedrehte Stunteinlagen, versteht sich.

Jetzt kurz vor Ankunft am Gipfel war es gleich soweit.

Der tollkühne Max hatte aber nicht eingerechnet, dass das AAAA-Rad einen gewaltigen Sound machte, wenn es aktiviert wurde. „*Wooosh*", hörte er und merkte am ganzen Körper, wie sich die Druckwelle in alle Richtungen des Bergplateaus ausbreitete.

Es war nur eine Frage von Sekunden, bis sich Major Thompson ihm auf die Hacken setzen würde. Er musste also schnell machen.

Max kannte das Gerät gut, ja, aber eben nur aus der Simulation. Nun, als er auf dem nur durch ein fast unsichtbares Kraftfeld aufrechterhaltenen Diskus Platz nahm, mit keiner klaren Vorstellung davon, wie schwer das Ding schlussendlich bei Spitzengeschwindigkeiten von 350 km/h zu lenken sein würde, bekam er doch einen leichten Anflug von Bedenken. Dafür war es aber zu spät. Im Zurückschauen sah er schon den wutentbrannten Major angestürmt kommen. Es war eine Jetzt-oder-nie-Situation. Und er entschied sich für JETZT.

Wie auch immer das Ganze schlussendlich ausgehen würde – die Views würden so und so in die Millionen schnellen. Das war seine Motivation.

Zuerst ging es zwischen Paul und Anna hindurch. Die beiden hatten noch nicht die Gelegenheit gehabt, am Gipfel des Berges zu verschnaufen – und schon wurden sie fast überfahren. Max hatte sie aber zum Glück nicht getroffen, nicht einmal gestreift. Die Schwebestühle wackelten dennoch deutlich von der Anfahrtswucht des AAAA-Rads. Das Ding musste tatsächlich eine unglaubliche Kraft haben.

Max hatte erstaunlicherweise den Dreh bald raus. Er musste, wie zu erwarten war, sich nur in die gewünschte Richtung lehnen, um eine Kurve einzuleiten. Wie er schlussendlich am besten verlangsamen und abbremsen konnte, interessierte ihn nicht. Der Stabilisator wirkte Wunder und bald war er auf Kurs zu den vorhin ausgekundschafteten Schanzen und Felsschluchten. Seine mitgebrachte Videodrohne sorgte für die besten Einstellungen, um später für Staunen zu sorgen. Der Major hatte hingegen keine Chance. Nach einem doch beachtlichen Spurt über mehrere hundert Meter musste er irgendwann einhalten. Ihm blieb nichts anderes übrig als das Spektakel von oben mitzuverfolgen.

Trotz des Aufruhrs war Sophies und Elies Aufmerksamkeit bald auf etwas anderes gerichtet. Max war ohnehin recht schnell zu weit entfernt, um ihm weiter nachschauen zu können.

Sie hielten nach Osten Ausschau.

Und da, erstmals sahen sie die ominöse Raketenstation, mit der sie so viel verbanden. Für Sophie war das in erster Linie die Hoffnung, ihren vermissten Freund wiederzusehen. Elie, dem leider auch der Sinn für Schicksal fehlte, fühlte verhältnismäßig wenig.

„Wollen wir gleich losstarten?“, fragte er Sophie, „Immerhin ist der Major sicher noch eine Weile mit Max beschäftigt. Und unser Crewschiff wird erst in einer Stunde oder so eintreffen. Die Luft ist also rein.“

Er fragte nicht, weil er von dem, was er sagte, überzeugt war. Er fragte, weil er wusste, dass sie sich mehr danach sehnte als er und er ihr ausnahmsweise einen Schritt voraus sein wollte.

„Ach, was. Bleiben wir bei unserem Plan. Lass uns aufbrechen, wenn alle schlafen. In der Nacht ist es sicherer“, sagte sie ihm und hielt ihren Blick gebannt auf die rostbraune Silhouette in der nicht so fernen Talsenke.

14

Der Nachthimmel zeigte sich sternenklar. Im Laufe des Abends waren die Wolken stetig weniger geworden, bis auch die letzte verschwunden war. Und nun, wie Elie da in seinem Schlafsack lag, wurde schön langsam die trockene Hitze des Tages durch eine anregend kühlere Luft ausgetauscht. Alle haben sich schon vor Stunden, kurz nachdem die Sonne untergegangen war, in ihre Schlaflager zurückgezogen. Es fühlte sich richtig an, auch wenn sie ein Blick auf die tatsächliche Uhrzeit anders darüber denken lassen hätte.

Der Major hatte keine Nachtruhe festgelegt. Dazu war er auch zu beschäftigt. Max musste ja bestraft werden – und dafür hatte er viel Zeit und Fantasie aufgewendet. Major Thompson hatte beschlossen, den selbst ernannten Stuntman nicht in die Helix 7 zurückbringen zu lassen, was vermutlich gegen seinen Willen auch nicht so leicht möglich gewesen wäre. Stattdessen ließ er ihn in den Grenzen seiner Möglichkeiten spüren, was Bestrafung hieß.

Zuallererst nahm er ihm alle technischen Gadgets weg. Angefangen natürlich mit der Konfiszierung des AAAA-Rades, das die Wurzel des ganzen nachmittäglichen Durcheinanders war. Sofort, als das Ding abgekühlt war, hatte er es Max aus den Händen gerissen und in seine weite Hosentasche gesteckt. In eine andere, genauso peinlich weite Hosentasche stopfte er die kleine Videodrohne, die alles gefilmt hatte. Hätte der Major nicht so vehement interveniert, wäre darauf noch mindestens ein zweiter Lauf aufgezeichnet worden. Als Max nämlich das Ende des Hanges erreicht hatte, mit ziemlich eindrucksvollen Sprüngen nebenbei bemerkt, brauste dieser sogleich den Weg wieder hinauf zum Gipfel; er manövrierte das Teil zu dieser Zeit bereits wie ein Profi. Er wollte einen zweiten Versuch starten. Er hatte nicht alles perfekt erwischt, vor allem die kleine Felsschlucht wollte er eindrucksvoller überspringen. Da hatte aber eben der Major doch etwas mitzureden und bat ihn höflichst, sprich mit den gewaltigsten Schreieskapaden, die diese gottverlassene Gegend vermutlich jemals erfahren musste, davon abzulassen.

Der Major war auch so weitsichtig und krallte sich das allDevice von Max. Das hatte zur Folge, dass Max den Extremsportclip noch nicht einmal sichten konnte. Da er ihn nicht freigeben konnte, wurde er auch nicht online gestellt. Sein Ruhm musste also warten und dieser Teil der Bestrafung war sicherlich der härteste für ihn.

Aber auch das war noch nicht genug. Nach einiger Bedenkzeit, dem Major juckte es in den Fingern, trug er Max auf, ein großes Lagerfeuer zu entfachen. Das war wohl der kreativste Part seiner Maßregelungsserie. Und weil er sich konsequent zeigen wollte, galt auch hier wieder der vollständige Verzicht auf technische Hilfsmittel.

Von da an wurde es merklich entspannter im Lager, war der letzte Teil der Bestrafung doch in erster Linie eine Art von Beschäftigungstherapie. Die beiden waren allein über eine Stunde damit beschäftigt Brennholz zu sammeln. Dafür scheuchte der Major den armen Max durch den kargen Hain, der sich über den Gipfel des Berges erstreckte. Immer wieder hörten Elie, Sophie und die anderen, die in Folge sehr wenig von der Aufmerksamkeit des Truppenführers zu spüren bekamen, ein Krachen, was vom Brechen größere Äste herrührte. Als der Major dann in der Mitte des überaus schnell formangenommenen Lagers eine Stelle für das Feuer ausgewählt hatte, intensivierte sich die Surrealität der Szene nur noch mehr: Der Major, mit seinem allDevice in der Hinterhand, stand gebeugt über den engagierten aber ungeschickten Max, und erklärte ihm, wie man mit einem sogenannten Handbogenbohrer eine Flamme zustande bringen konnte. Der Blick auf sein allDevice war nötig, weil der Major selbst diese Technik offenkundig noch nie angewendet hatte. Es war daher fraglich, wie er überhaupt auf diese Idee mit dem Handbogenbohrer gekommen war, da sie ihm doch so fremd war.

Jedenfalls war ihm ein Tutorialvideo eines Steinzeit-Vloggers vorgeschlagen worden, das sogleich die Grundlage der erfinderischen Bestrafungsmaßnahme darstellte. Gleichzeitig wollte der Major zumindest vor Max die Illusion aufrechterhalten, dass sie es ohne ihrer überlegenen Technologie schaffen konnten. Er hielt also den Input, den er aus dem Video bezog, vor seinem zur Zwangsarbeit gezwungenen Schützling geheim und inszenierte sich als weiser und erfahrener Lehrmeister, der stets wusste, was er tat und was getan werden musste.

Dabei sprach er wiederholt von ‚Indianerart' und dass man das früher eben genauso gemacht hatte. So die Schiene.

Elie hatte die beiden immer wieder beobachtet. Fast väterlich kümmerte sich der Major um den Erfolg von Max. Streng, aber doch sorgsam. Im Grunde war Max auch wirklich wie ein Kleinkind. Er war glücklich, wenn man ihm Aufmerksamkeit schenkte und ihn ab und zu mal lobte. An die Ungerechtigkeit, dass sein Video noch nicht viral gehen durfte, dachte er bald schon gar nicht mehr.

Richtig absurd wurde es, als die ersten Funken durch die dunkler werdende Abendluft flogen. Durch das ganze Gerede von Indianern, gepaart mit dem Hochgefühl darüber, tatsächlich Feuer gemacht zu haben, begann Max einen taumelnden Jubeltanz an der Feuerstelle. Bald hüpfte er in hohen Bögen mehrere Runden um die immer größer werdenden Flammen und begann schlussendlich dabei animalisch zu heulen. Das Seltsamste war jedoch, der Major ließ ihn. Fast zufrieden schaute er Max zu, wie er seine Runden machte und sich an ihrer Meisterleistung erfreute. Wie ein Indianer eben, meinte er. Und er war der Häuptling.

Diese ganze Beschäftigung in der frischen Luft hatte sie dermaßen müde gemacht, dass sie tatsächlich die Ersten waren, die eingedöst waren. Sie lagen selbstverständlich ganz nah an ihrem lodernden Meisterwerk. Etwas dahinter schliefen Paul und Anna in ihren Schwebstühlen. Die Lehnen waren in Schlafposition gestellt und sie waren zusätzlich mit wärmenden Thermodecken zugedeckt worden. Und sie hielten immer noch, wenn sie denn jemals davon abgelassen hatten, Händchen.

Ein kurzer Blick auf sein allDevice verriet Elie, dass es kurz nach Mitternacht war. In der Zeit bist jetzt hatte er sich einen guten Überblick über die Lage der Sterne am Himmel gemacht. Das war natürlich eine Übertreibung. Er hätte Stunden, Tage und Wochen in den Nachthimmel starren können, und wäre nicht fertig damit geworden, geschweige denn schlau daraus geworden. Er verstand, dass es sich um Information handelte, doch es war Information, die nicht für ihn aufbereitet worden war. Sie hatte somit keinen Wert, war aber gleichwohl faszinierender.

Elie wollte sich wieder auf die Belange auf Erden konzentrieren. Mittlerweile ließ ihn nichts mehr daran zweifeln, dass er tatsächlich der Einzige war, der noch nicht schlief. Nur bei den zwei allSystem-Mitarbeitern konnte er sich nicht hundertprozentig sicher sein. Als die beiden am frühen Abend angekommen waren, haben sie das kleine Versorgungsschiff geparkt, die Analysetools (oder um was es sich bei den Gerätschaften auch immer gehandelt hatte) angeschlossen und haben es sich dann in der Mannschaftskabine gemütlich gemacht. Seitdem hat man sie nicht mehr allzu oft gesehen. Sie hatten jedenfalls keine Anstalten gemacht, sich mit der restlichen Gruppe anzufreunden oder sonst irgendwie in Kontakt mit ihnen zu treten.

Beide kamen im Laufe des Abends trotzdem jeweils zweimal ins Freie. Jedes Mal, um auszutreten. Das war etwas, was man gerne in freier Natur machte, hatte Elie an diesem Tag gelernt. Jedenfalls, als Mann schien das zuzutreffen (Max und sogar der Major taten es gleich). Begleitet wurde diese Prozedur des öffentlichen Wasserlassens mit einem epochalen Ausatmen und den unmissverständlichsten Lauten ehrlicher Erleichterung. Ein Vorgehen, das auf der heimatlichen Toilette nicht vorzustellen wäre. Elie selbst hatte bisher immer das Klo an Board benutzt. Er würde aber noch früh genug die manneseigene und scheinbar zeitlose Variante des Urinierens testen. War es doch Teil ihres Plans.

Elie stützte sich auf seine Ellenbogen, um das Lager noch besser überschauen zu können. In der Mannschaftskabine brannte Licht. Er nahm diese Beobachtung jedoch nicht als Beweis dafür, dass dort drinnen noch jemand wach sein musste. Zu dieser Annahme kam er, weil er den beiden Arbeitern angemerkt hatte, dass sie getrunken hatten, oder womöglich auch sonstige Rauschmittel mithatten und dabei nicht zu wenig zugelangt hatten. Mit jedem Weg zu den Büschen torkelten und lallten sie mehr und mehr. Wenn sein Eindruck richtig war, mussten die beiden mittlerweile ihren Rausch ausschlafen. Immerhin hatten sie am nächsten Morgen wieder fit zu sein.

Dann blickte er zu Sophie rüber. Sie schien tatsächlich zu schlafen, ganz so, wie sie es gesagt hatte. Ihr Plan war, dass Elie aufblieb und sie erst weckte, wenn er sicher war, dass alle tief und fest schliefen. Dann würden sie aufbrechen. Er sah es ihr nicht nach, dass sie schlafen wollte, wäre es ja auch wirklich nicht erfolgversprechender, wenn beide wach bleiben würden. Zufällig hatte sie ihm den Plan genauso verkauft. Um auf Nummer sicher zu gehen, sollte er so tun, als würde er am gegenüberliegenden Ende des Lagers ein kleines Geschäft bei den zwei dürren Pinien verrichten. Von dort konnte er sich einen letzten guten Überblick über die Lage verschaffen. Wie gesagt, es war nicht sonderbar, als Mann hier draußen so seine Notdurft zu verrichten. Trotzdem war es wieder allein Sophie, und nicht Elie, die auf diesen wesentlichen Part in ihrem Plan gekommen war. Und er hatte wieder nichts gegen ihre Logik einzuwenden.

Er war bis jetzt davon ausgegangen, dass er nur so tun werden würde, als ob er müsste. Aber jetzt, als er sich im Schlafsack aufgerichtet hatte, spürte er einen nicht zu ignorierenden Druck auf seiner Blase. Er würde es also wagen, das naturgegebene und Befreiung versprechende Privileg der Männer auszunutzen, sagte er zu sich selbst.

Erst einmal musste er aber aus seinem Schlafsack kriechen. Da merkte er, dass das Lagerfeuer kaum mehr Licht spendete. Nur einige besonders dicke Äste glühten dort einige Meter entfernt von ihm. Er musste sich aber noch Schuhe anziehen – und da entsann er sich an seine bequemen Sneakers in seinem Rucksack, der gleich neben ihm lag. In diese zu schlüpfen, war in der Finsternis einfacher, als sich in die noch immer ungewohnten klobigen Wanderschuhe zu pressen. Die konnte er auch dann noch anziehen, wenn er zurückkam, um Sophie aufzuwecken, dachte er sich.

Er hatte aber noch einen Umweg einzulegen. Sophie hatte ihn mehrmals am Tag daran erinnert, dass es essenziell für ihr unerkanntes Ausbrechen aus der Gruppe war, dass er ihr beider allDevice hier versteckte. Die Geräte, die ihren weiteren Verbleib verraten würden, mussten hierbleiben. Sie schlug vor, dass er sie in der Nähe der Betten in der Mannschaftskabine versteckte. So würde, welcher Monitor-Algorithmus auch immer auf sie angesetzt war, dieser, erst mal denken, dass sie sich in das temperierte Schiff zurückgezogen haben, um dort weiterzuschlafen.

Die Annahme, dass die Überwachung einer Person an sein Gerät gebunden war, war aber doch sehr veraltet. Niemand wusste aber allzu genau, wer mit welcher Technik über sie wachte und auch nicht, wie ernst derjenige das nahm. Und da fragte sich Elie zum vermehrten Male, was passieren würde, wenn sie ertappt werden würden. Also vom System. Immerhin fühlte sich ihr Plan wie Desertieren auf Zeit an, wenn es so was überhaupt gab.

Diese doch berechtigten Bedenken, wie er insgeheim fand, hatte er vor Sophie nur sehr selten und wann, dann nur mit wenig Nachdruck angesprochen. Sie wollte davon nichts hören. Mittlerweile ging er davon aus, dass es dafür, also für eine Desertion irgendeiner Art, auch gar keinen Präzedenzfall geben konnte. Noch nie wollte jemand der Helix den Rücken kehren. Warum auch? Haidar war, wenn die Geschichte denn stimmte, wohl der Erste, der das gemacht hatte.

Nebenbei musste er auch der Erste sein, der seinen Tod erfolgreich vorgetäuscht hat, wie auch immer er das schlussendlich angestellt hatte. Im Gegenteil zu Sophie glaubte Elie aber, dass es mittlerweile aufgefallen sein musste, dass dieses Ableben nie stattgefunden hatte. Auch wenn sie in diesem Punkt, wie sich heute Abend herausgestellt hatte, nicht übereinstimmten, waren sie sich darüber einig, dass die Tatsache, dass von Haidar und seinem Verschwinden keine große Rede in der Helix war, und auch nichts darauf hindeutete, dass es Ermittlungen gegen ihn gab, die Sache entweder vertuscht wurde, oder aber aufgrund ihrer Einmaligkeit durchs System gefallen war. Elie fand das nicht überzeugend.

„Wie dem auch sei“, hatte Sophie gesagt. „Wir tun das Richtige.“

Und Elie sagte, dass sie wohl auch hiermit recht haben müsse.

Ohne noch mehr unnötige Gedanken an die Richtigkeit ihres Unternehmens zu verschwenden, legte er ihre allDevices in die Schlafkojen. Er versteckte sie nicht wirklich, sie lagen dort einfach am Boden. Das machte auch weiter nichts. Wie er geahnt hatte, waren die beiden Arbeiter völlig weggetreten. Sie waren an dem kleinen Tisch in der Mitte des Gemeinschaftsraums eingedöst. Vor ihnen lagen ihre eigenen allDevices ausgebreitet. Vielleicht hatten sie damit miteinander irgendein Spiel gespielt. Oder auch nicht gemeinsam, was naheliegender war.

Als Elie wieder ins Freie getreten war, ging ihm sein kleiner Helfer auch schon tierisch ab: Er hatte nicht daran gedacht, eine alternative Lichtquelle mitzunehmen. Hoffentlich hatte Sophie an so etwas wie eine Taschenlampe gedacht, hoffte er und legte, langsamer als ihm lieb war, den überaus spärlich ausgeleuchteten Weg zur erhöht liegenden Vegetation am anderen Ende des Lagers zurück.

Als er dort mit halbheruntergelassener Hose zwischen den beiden Pinien stand, die wirklich einen traurigen Eindruck machten, sogar in der Dunkelheit, sinnierte er über alles, was auch immer ihm gerade in den Sinn kam.

Er musste ziemlich dringend und somit hatte er einige Zeit dafür übrig.

Er dachte an die erste Staffel von *Blackout*, die er ja gestern erst wieder zum großen Teil geschaut hatte. In den ersten Folgen ging es im Grunde nur darum, herauszufinden, wie es die verschiedenen Hauptcharaktere schaffen können würden, sich in der neuen postapokalyptischen Welt, durchzuschlagen. Es war ein Überlebenskampf und allgemeiner Schockzustand, in dessen Folge die Menschlichkeit ziemlich schnell den Bach runterging. Es war wirklich die Hölle. Obwohl Elie gerade dabei war, sich den Unausweichlichkeiten eines Lebens, zumindest ohne allDevice, auszusetzen, schlug er hier keine Brücke zwischen den fiktionalen Schicksalen in seiner Lieblingsserie und seinem eigenen. Die Serie wollte ja auch nicht suggerieren, dass sogar die Helix-Ordnung mit ihrer unschlagbaren Technologie irgendwann verschwinden könnte und die Helixianer in Folge keine Chance hätten, so etwas wie eine soziale Ordnung aufrechtzuerhalten. Und wenn doch, dann sah Elie trotzdem keine solche subversive Botschaft.

Er dachte gerade viel spezieller nur an die Schlussszene der zweiten Folge der ersten Staffel. In dieser Szene konnte der männliche Hauptcharakter gemeinsam mit der weiblichen Hauptperson das erste Mal nach tagelangem Kämpfen und Überleben einen idyllischen und innigen Moment zu zweit genießen. In einem Unterschlupf außerhalb der zerstörten Metropole. Unter einem hell leuchtenden Sternenhimmel. Genau wie dieser hier.

Dann war es auch schon Zeit abzuschütteln. Wie er einen kurzen prüfenden Blick in die nassgemachte Erde warf, glaubte er dort etwas Glänzendes erkannt zu haben. Ein genauerer Blick verriet ihm, dass es sich um Patronenhülsen handeln musste. Alte verstaubte Spuren lang zurückliegender Kämpfe mit primitiven Feuerwaffen, lautete seine deduktive Interpretation und damit war er wohl gar nicht so weit von den Fakten entfernt. In *Blackout* (die Serie spielte ja weit in der Vergangenheit) gab es auch noch solche Waffen. Zu viele davon, erinnerte er sich. In diesem Fall schlug er eine Brücke zwischen der Fiktion und dem Hier und Jetzt und folgerte, dass das bedeuten musste, dass genau an dieser Stelle tatsächlich einmal jemand gekämpft und vermutlich getötet hatte. Vermutlich sogar postapokalyptische Kämpfer, die ihre eigene Ordnung durchsetzen wollten.

In Wahrheit waren die Patronen aber tatsächlich von den letzten Abkömmlingen der Indianer abgefeuert worden. Was für ein Zufall.

Plötzlich, im selben Moment als er seine Hose wieder hochzog und adjustierte, vernahm er nicht allzu weit weg in den Büschen hinter ihm ein Rascheln. Ein Tier, dachte er sich kurzerhand, obwohl er den ganzen Tag keine Tiere gesehen hatte. Vermutlich kamen die Viecher erst im Schutz der Nacht heraus, mutmaßte er weiter. Diesmal hatte er keinen triftigen Grund, seiner Annahme zu glauben. Er würde sie auch nicht auf die Probe stellen wollen.

Er wollte bloß schnell zurück zu Sophie.

Und wie er sich umdrehte, um sich auf den Weg zu Sophie zu machen, und ihr davon zu unterrichten, dass die Luft rein war, und sie aufbrechen konnten, traf Elie etwas am Hinterkopf.

Er sah schwarz und ging sofort zu Boden.

Sein letzter Gedanke war: „Hoffentlich hat mein allDevice das noch mitbekommen.“

15

In der Helix 7 war es ebenfalls dunkel geworden. Zumindest angedeutet. Die Innenseite der alles umschließenden Hülle wies zuerst einen abfallen Farbverlauf auf, bevor sie daraufhin ganz in ein Schwarz verfiel, das bis zum nächsten Tag anhalten sollte.

Das Ganze wurde dann Nacht genannt.

Für Io war dieses tagtägliche Ereignis mit ihrem Feierabend gleichzusetzen. Sie war schon seit einigen Stunden zurück aus der Schleuse, ihrem neuen Arbeitsort, und hatte bis hierhin einen ruhigen und glanzlosen Abend allein verbracht. Doch je länger der Abend andauerte, desto unruhiger wurde sie. Eigentlich wollte sie schon längst schlafen, aber es gelang ihr einfach nicht.

Sie konnte nicht aufhören zu denken.

War sie die letzten Tage erfolgreich gewesen, fragte sie sich still. Immerhin hat sie allein heute 47 Leuten zur Helixbürgerschaft gratulieren können. Hätten sie das auch ohne ihre Hilfe geschafft? Sicher doch.

Mit aufkommendem Herzrasen schlich sich wie schon so oft in letzter Zeit der Gedanke an Patik ein. Es war das Gesicht des kleinen Südostasiaten, der an ihrem ersten Arbeitstag in der Schleuse so gewaltvoll und unbegründet weggebracht wurde. Es war das Gesicht der Niederlage. Sie gab sich die Schuld daran, dass er abgewiesen worden war. Immer und immer wieder musste sie an ihn denken.

Natürlich war es nicht ihre Schuld. Es war die Schuld des Systems gepaart mit der Tatsache, dass Patik mit diesem System nicht sofort kompatibel war. So war die Faktenlage. Doch Io sah die Angelegenheit nicht in einem so objektiven Licht. Sie sah nur ihre Niederlage, die darin bestand, jemandem, dem sie ehrlich helfen wollte, nicht helfen gekonnt zu haben. In dieser Gleichung trug sie eine Schuld. Eine selbst aufgelastete Schuld, aber eine Schuld nichtsdestotrotz.

Für Patik war die große Chance jedenfalls verpasst. Er war nun für eine unbestimmte Zeit gesperrt und konnte erst irgendwann wieder um eine Aufnahme in eine Helix ansuchen, was bedeutete: hinten anstellen.

Sie fragte sich, wie er damit klarkam – wie er darunter litt. Doch damit wuchs nur ihr eigenes Leid.

Wenn es möglich wäre, würde sie ihm jede Hilfe zukommen lassen, die sie aufbringen könnte, um sein Leben leichter zu machen. Wenn es möglich wäre, würde sie ihren Platz in der Helix für ihn aufgeben. Genau dieses Denken war Zeugnis ihrer Krankheit.

Sie war Altruistin.

Diese Tatsache blieb natürlich in der über alles Bescheid wissenden Helix nicht unbemerkt. Seit ihrem dritten Lebensjahr war in ihrem ganzheitlichen Profil vermerkt, dass sie es oft und zwanghaft darauf absah, anderen zu helfen. Das kam einer Diagnose mit einer latenten Selbstgefährdung gleich.

Zu einer anderen Zeit, an einem anderen Ort, würde sie früher oder später aufgrund ihrer blinden Aufopferungsbereitschaft den Kürzeren ziehen, oder aber zu einer Heiligen erklärt werden. In ihrer Heimat, der Helix, verschonte sie ihre ‚Krankheit' mit solchen Extremen; sie konnte ja nur das teilen, von dem jeder ohnehin mehr als genug hatte. Sie unterstütze ungefragt, wobei ihre Unterstützung nur von ihrem eigenen Verlangen ablenkte. Sie half, anstatt bessere Hilfe abzuwarten. Und diese kam immer.

Das war der springende Punkt. Die Helix hatte das alleinige Monopol auf Hilfe. Und als diese immer gebende Allmacht, die sie nun einmal war, bekam Io natürlich von der Helix auch Hilfe, um mit ihrem Altruismus besser umzugehen.

„*Wenn du eine Sache nennen müsstest, die du gerade am meisten vermisst, was wäre das?*", sah sie auf ihrem allDevice aufpoppen.

Sie schob diese Gedankenübung, die meist in einer materiellen Wunscherfüllung endete, für später auf. Ihre Aufmerksamkeit war gerade auf etwas anderes gerichtet. Sie checkte in diesem Moment, wie auch vor einer Stunde, und auch davor immer wieder, auf ihrem allDevice die Online-Petition, die sie für ein erneutes und beschleunigtes Aufnahmeverfahren für Patik ins Leben gerufen hatte. Seit gestern waren bereits einige hunderttausend Unterschriften zusammengekommen. Doch Io hatte keine Ahnung, ob ihre Aktion etwas bringen würde.

Da in der Helix scheinbar alles wie von magischer Hand erledigt wurde, hatte sie keinen Schimmer, wie über was schlussendlich entschieden wurde. Das war der Nachteil davon, in einer technisch perfekten Utopie zu leben. Das, und eben die Tatsache, dass man den intrinsischen Trieb, anderen Mitmenschen zu helfen, nicht ausleben konnte, weil allen scheinbar schon geholfen ist. Zwei Dinge über die sich die allermeisten Menschen nie den Kopf zerbrechen würden. Io hingegen allemal.

Und schongleich bekam sie eine weitere psychologische Stütze auf ihr allDevice projiziert. *„Da kannst du nichts machen. Darum kümmert sich jemand anderes!“*, stand da geschrieben und sie vermutete richtigerweise, dass sich diese Nachricht direkt auf ihr solidarisches Vorhaben bezog.

Auch wenn Io diese kleinen Botschaften oft recht despektierlich aufnahm, erfüllten sie ihren beabsichtigten Zweck. Ihr Vertrauen in die Helix-Ordnung war nicht gebrochen, war es nie, und diese Sprüche stellten somit mehr als leere Worthülse oder falsche Versprechen dar. Sie sah eine tiefere Botschaft dahinter. Denn auch wenn nicht immer nachvollziehbar war, wie die Dinge hier geregelt wurden, war dennoch ersichtlich, dass sich alles schlussendlich nicht nur zum Guten wandelte, sondern zum unvorhergesehenen *Besten*. Das war das Versprechen der Helix, und man tat gut daran, daran zu glauben.

Und Io war doch schlussendlich vor allen anderen Dingen eine Gläubige.

Der Glaube war gleichzeitig die Wurzel ihres Altruismus – und somit von ihrem Leidenskampf. Natürlich war das so. Sie *glaubte* daran, dass Menschen einander helfen sollten. Das war gefährliche Einbildung.

In diesem Moment wischte sie gerade die Altruismuswarnung, „*Hast du heute schon an dich gedacht?*“, weg.

Natürlich hat sie heute schon an sich gedacht. Zum Beispiel, als sie sich gerade gefragt hat, was sie hier eigentlich macht.

16

Sein allDevice hat ihn nicht gerettet. Auch sonst hatte ihn bis hierhin keiner retten wollen. Nachdem bei Elie das Licht ausgeknipst wurde, lag er bloß stundenlang im Dreck.

So eine Behandlung hatte er in seinem Leben nicht für möglich gehalten.

Dementsprechend mürrisch war er, als er wieder zu sich gekommen war. Er hatte ja keine Ahnung, was passiert war; er wusste nur, dass es übel war. Wenn wirklich das passiert war, was er glaubte, dass passiert war, zog das einige knifflige Fragen nach sich. Etwa: Wie konnte es überhaupt sein, dass ein Helixianer angegriffen worden war? Geschweige denn eine ganze Gruppe von Helixianern?

Nach seinem Verständnis von Law and Order hätte jeder potenzielle Aggressor als ein Häufchen Asche enden müssen, noch bevor er ihm zu nahe kommen hätte können.

Nachdem er sich halb aufgerichtet hatte und einen ersten prüfenden Blick über die Bergkuppel schweifen ließ, folgte eine weitere Frage, und eine, die für seine weitere Situation besonders ausschlaggebend war: Wie konnte es sein, dass er an diesem gottverlassenen Ort allein zurückgelassen worden ist? Hatte man tatsächlich auf ihn vergessen? Es machte jedenfalls den Eindruck auf ihn.

Eines war sicher: Das waren zu viele Fragen für seinen in Mitleidenschaft gezogenen Schädel. Er fühlte mit seiner rechten Hand die Rückseite seines Kopfes ab. Zu seinem ehrlichen Verwundern fand er weder eine Beule noch eine Platzwunde vor. Er war aber geschlagen, oder sogar niedergeknüppelt worden, bevor er zu Boden ging. Das wusste er ganz genau. Das Gefühl davon war ihm sprichwörtlich durch Mark und Bein gegangen und sein Körper erinnerte sich dementsprechend daran. Er hatte aber keine Erinnerung daran, wie, wer oder was genau ihn so zugerichtet hatte.

Beim Aufrichten merkte er noch deutlicher, dass der Schlag, der zwar sein Gewalteinwirken nicht nach außen zeigen wollte, ohne Zweifel das Innere seines Rechenkastens ganz schön durcheinandergeschüttelt hat. Ein schwummriges Gefühl plagte ihn, und er tat sich schwer seinen Blick zu fokussieren. Das lag sicherlich auch an dem gleißenden Licht hier. Die Sonne schien um einiges stärker, als sie es noch gestern getan hat. Die Luft rund um ihn war unglaublich aufgeheizt und trocken. Da merkte Elie, dass er völlig durchgeschwitzt war. Er musste schon seit vielen Stunden hier durchgebraten worden sein. Wie spät es tatsächlich war, vermochte er nicht zu sagen.

Langsam aber doch hatte er sich soweit aufgerafft, damit er eine erste Bewertung über die Lage, in der er sich befand, abgeben konnte: Das Lager war noch da. Da waren das allSystem-Schiff, die Reste des Lagerfeuers und die Schlafsäcke, aber keine Menschen. „Wo sind alle hin?“, fragte er sich wieder, bestätigte damit aber nur endgültig seine bösartige Vermutung von vorhin: Er war allein. Er konnte aber keine hinweisgebende Spur ausmachen, weder von einem Kampf noch davon, dass jemand weggeschleift worden wäre. Alle schienen vom Erdboden verschluckt zu sein. Alle bis auf ihn selbst.

Plötzlich fiel er aus seiner inneren Erstarrtheit und stürzte in die Mannschaftskabine des Schiffs. Er durchsuchte alles nach seinem allDevice, oder nach Sophies, oder das von sonst irgendjemandem. Er hätte sich auch über irgendetwas anderes von Nutzen gefreut – aber ein allDevice war nun einmal die Spitze von Nützlichkeit, und von sonst auch so ziemlich allem, und daher sehnte er sich am meisten nach diesem. Er hatte es, so rekapitulierte er richtig, letzte Nacht dort versteckt.

Und tatsächlich – er fand es wieder.

Doch es war zu früh, um sich zu freuen. Er merkte sofort, dass irgendetwas damit nicht stimmte: Es war *tot*. Egal, was er drückte, wie er damit interagierte (er schrie es immer wieder heftig an), nichts tat sich. Auch wenn es auf Standby oder gar ausgeschaltet gewesen wäre, hätte es sich mittlerweile zurückmelden müssen. Doch er kriegte nichts aus ihm raus. Es war einfach nur tote Materie in seiner Hand. Und so verließ ihn schlussendlich doch noch sein ganzer Mut.

Irgendetwas stimmte hier ganz und gar nicht, sagte er sich und hatte sicherlich recht damit. Alle allDevices und auch der Bordcomputer des Schiffs waren hinüber. Jede Prozesshaftigkeit außerhalb der Natur schien entschwunden. Alle elektronischen Impulse, außer den stressgeladenen in seinem Gehirn, waren entfleucht. Und das machte Elie doch enorm zu schaffen. Es war die Atmosphäre eines Albtraums, nur, dass er gerade sicherlich nicht schlief.

Er versuchte, seine Möglichkeiten durchzugehen. Die erste Möglichkeit, die ihm in den Sinn kam, war sich auf den Boden zu legen, sich dort einzurollen und schlussendlich zu sterben. Auch wenn diese Option sicherlich seine Vorzüge hatte, wollte er sie als letzten Ausweg aufschieben. Die Frage war, was war er bereit, davor zu unternehmen? Er war immerhin das erste Mal in seinem Leben mit seiner Verwundbarkeit konfrontiert und das würde früher oder später die Frage nach seinem Überleben aufwerfen.

Gefinkelt, wie er doch war, wollte er anfangen, *rational* zu denken; zwar nicht unbedingt ein Novum, aber zuvor nie Notwendigkeit.

Fest stand recht bald, er hatte keine Ressourcen, weder Essen noch Wasser, und er war, wie es aussah, hier völlig auf sich allein gestellt. Dass er nichts zu essen und trinken fand, hängte damit zusammen, dass das Versorgungsschiff nicht auf ihn reagierte und in Folge die Wasserhähne trocken und die Schränke verschlossen blieben. So viel zu seiner Ausgangslage.

Natürlich bestand die Möglichkeit, dass irgendwann Hilfe vorbeikam, in Form von einer allSecure-Patrouille oder auf sonst irgendeine unvorhergesehene Art und Weise. Darauf war aber kein Verlass und die rätselhafte Situation, in der er sich wiederfand, gab ihm wenig Grund zur Hoffnung. Er musste also *aktiv* etwas an seiner Lage ändern, wenn er seine Überlebenschance erhöhen wollte – was er nun instinktiv auch vorhatte.

Er kam zum Schluss, dass er wirklich nur zwei Optionen hatte: Entweder er würde versuchen, die über fünfzig Kilometer bis zur Helix 7 zurückzulegen oder aber die letzten Kilometer bis zur Raketenstation.

Fünfzig Kilometer waren eine Menge, dachte er sich entmutigt. Er würde es nicht schaffen, wenn er dazwischen nicht irgendwo Wasser, Essen und Unterschlupf finden konnte. Seine Zweifel gingen aber tiefer. Dahinter schlummerte die ungewisse Ahnung, dass irgendetwas Gröberes mit der Helix, und allem, was damit in Verbindung stand, nicht stimmte.

Vielleicht war die Helix und die an ihr festgemachte Ordnung nicht mehr. Vielleicht war er jetzt tatsächlich in einer postapokalyptischen Welt – so wie in der Serie *Blackout*.

Dieser Gedanke entbehrte sich zwar einiges der Rationalität, die er sich vorgenommen hatte zu denken, ließ aber zweifelsohne die zwölf Kilometer bis zur Raketenstation machbarer wirken. Außerdem hatte dieser Ort seine apokalyptische Phase schon lange hinter sich und es war daher zu erwarten, dass es dort sicherer sein musste, wenn ein neues Untergangsszenario ins Haus stand. So seine rationale Abwägung.

Bei seiner kleinen, aber notwendigen Übung in vernunftbasiertem Denken ließ er Sophie absichtlich außen vor. Er fragte sich nicht, was sie von ihm erwartete, oder was sie in seiner Situation tun würde, und kam zum Schluss, dass er das wohl schon viel früher hätte machen sollen. Dann wäre er gar nicht in diese Situation geraten.

Nichtsdestotrotz hoffte er, dass es ihr gut ging. Oder wenigstens deutlich besser als ihm.

Er dachte auch nicht groß an Haidar, der doch dort in der Raketenstation auf ihn warten sollte. Er dachte einfach nur an den Ort und wie er dorthin kommen konnte.

Da wendete er sogleich seinen Blick in Richtung Osten und sah schlagartig, mit einer nicht für möglich gehaltenen Schärfe, die

Umrisse der Raketenstation. Sie schimmerte und funkelte wie ein Diamant dort in der nicht ganz so weiten Ferne. Sie schien in greifbarer Nähe zu sein und wollte ihm ganz nebenbei signalisieren, dass sie auf ihn wartete.

Das, was zwischen diesem mit schleierhafter Sehnsucht aufgeladenen Ort und ihm lag, blendete er aus. Es war weites, karges Land. Ein einsamer Baum, kaum Schatten. Eine kleine schwer zu definierende Ruine, sonst keine Spur von Zivilisation. Ein ausgetrocknetes Flussbett, eventuell ein Wasserrinnsal führend. Es war eine unwirtliche Gegend, für die er sicherlich nicht gemacht war. Für ihn fühlte sich die gebotene Szenerie aber dennoch wie die Einladung zu einem letzten entscheidenden Schritt an. Ein Schritt, und er war endlich angekommen. Wo und zu welchem Zweck war zweitrangig.

Seine Entschlossenheit, die er nun gar als Ruf des Schicksals deutete, war aus seinem Schockzustand und einer fortschreitenden Dehydration gespeist – beides Dinge, für die er kein Gespür hatte. Er verwechselte dieses flaue Gefühl der Getriebenheit mit neuem Mut. In Folge nahm er seine falsche Courage zusammen, steckte sein allDevice ein (es könnte ja doch noch irgendwann angehen) und begann den Abstieg.

Ein Schritt nach dem anderen, und alles würde vielleicht doch noch gut werden, so lautete sein Plan. Wobei Plan sicherlich zu hoch gegriffen war. Das erste Problem stellte sich mit Schritt eins des Plans ein. Und das buchstäblich.

Gleich sein erster und vielleicht zu couragierter Schritt war alles andere als gut gesetzt und er kam ins Rutschen. Er rutschte auf dem losen Geröll, das den Großteil des östlichen Hangs bildete, aus, bis er stürzte und dann nur noch rollte. Dabei schrie er vor Schreck und auch vor Schmerz. Bis er irgendwann zum Stehen kam.

Und da war auch schon wieder sein zusammengeträumter Optimismus dahin. Als er zum Stillstand gekommen war, sah er zumindest, dass er den halben Abstieg geschafft hatte. Er war an einigen Körperstellen aufgeschürft, schaffte aber den letzten Teil des Berges ohne größere Zwischenfälle. Auch wenn von hier der Blick auf sein Ziel, die Raketenstation, nicht mehr in dieser Eindrücklichkeit gegeben war, wollte er weiter stur auf direktem Weg dorthin gehen.

Am unteren Ende des Hanges fand er kniehohes Buschland vor. Und aufs Neue eröffnete ihm der erste Schritt, was er von seiner sturen Entschlossenheit erwarten konnte.

„*Auuu! Verdammt!*", schrie er und fing an, tobend auf einem Bein zu hüpfen. Er hat sich einen riesigen Dorn eingetreten und fragte sich augenblicklich, warum er so sehr bestraft werden musste. Die nächste Frage, die sich aufdrängte, war, warum er sich nicht die Zeit genommen hatte, seine zierlichen Plastik-Sneakers gegen die dicken Treter auszutauschen, die er extra für diese Art von Terrain erhalten hatte. Doch es half nichts, Was-wäre-wenn-Situationen auszumalen. Es half auch nichts, nun im sandigen Boden zu sitzen und weiter seine Situation zu beweinen. Er tat es aber trotzdem.

Mit einer bitteren Wehleidigkeit popelte er an der Sohle seines rechten Fußes herum. Nachdem er den Schuh und die Socke entfernt hatte, fand er mit einiger Verrenkung ein kleines Loch, aus dem eine unbedeutende Menge Blut quoll. Die Wunde war nicht der Rede wert, der Schmerz saß aber umso tiefer. Er saß sogar so tief, dass er doch gleich wieder kurz davor war, auf die erste Option zurückzugreifen, und sich hier in den überraschend heißen Sand zu legen, um auf seine Erlösung zu warten. Doch etwas hielt ihn davon ab.

Wie er da in seiner katatonischen Aufgelöstheit in die Ferne starrte, glaubte er eine Gestalt zu erkennen. Die Gestalt war verschwommen und auch sehr weit weg, aber dennoch erkannte Elie deutlich, dass sie näherkam. Es musste ein Mensch sein. Und er hatte ehrliche Zweifel daran, ob das nun eine gute Sache war.

Es war die Silhouette eines Mannes, war er sich nun sicher. Der Mann bewegte sich schnellen Tempos auf ihn zu, wobei sich seine Form den Linien des Hitzeflimmerns beugte. Elie schloss aber noch immer nicht ganz die Möglichkeit aus, dass er sich das Ganze nur einbildete.

Aber je länger er der gelenken Figur zusah, desto banger wurde ihm.

Da fing die befremdliche Person in der Ferne zum Rennen an und als er dann ein lautes, aber unverständliches Schreien hörte, bekam er es mit der Panik zu tun. Reflexartig griff er nach dem nächsten waffenähnlichen Gegenstand in greifbarer Nähe. Es war ein dünnes ausgetrocknetes Stück Holz, auf das seine Wahl fiel.

Nachdem er sich aufgerichtet hatte, nahm er eine wenig imponierende Verteidigungsstellung ein.

Was er hörte, klang nun wie ein „Hallo", ein sehr lang gezogenes „Hallooo". Und das wilde Gestikulieren glich immer mehr einem energischen Winken.

„Hallooooo, mein Freund!", keuchte der Mann, der mittlerweile außer Puste war, ein letztes Mal, bevor er einige Meter vor Elie haltmachte.

Elie, der ohne rechten Schuh am Fuß, aber stattdessen mit dem albern-verkrümmten und völlig spröden Holzstück in seinen Händen Stellung bezogen hat, blieb erstmals stumm.

Der Mann kam nur langsam wieder zu Atem. Er war von kleiner Statur, dünn und stark braun gebrannt. Jedenfalls auf den freigelegten Unterarmen und im Gesicht zeichneten sich diese Merkmale eindeutig ab. Auf dem Kopf trug er ein ursprünglich wohl sorgsam gewickeltes Tuch, das sich durch das hastige Laufen und Winken etwas an den Rändern gelockert hatte, und am Körper weite luftige Kleider. Der lange ungestutzte Bart und seine ungepflegte Monobraue, die ihm aus dem Gesicht sprießten, gaben ihm ein recht verwildertes Aussehen.

„Dacht ich's mir doch, dass da einer geschrien hat." Der Fremde schnaufte nochmals durch. „Du siehst ja verloren aus. Armselig könnte man sagen. Was treibst du hier draußen?" Die Worte des Mannes waren seltsam ausgesprochen und sprudelten nur so aus ihm raus, doch Elie konnte ihnen folgen.

Weil es Elie nicht besser wusste, drückte er sich in der Art und Weise aus, wie man es nun mal von einem Helix-Bewohner im

Angesicht eines unidentifizierten Nicht-Helixianers erwartete: „Bleib zurück! Ich warne dich! Ich bin aus Helix 7. Wenn du mich angreifst, wirst du von allSecure auf der Stelle niedergestreckt!"

Er versuchte, möglichst selbstsicher zu wirken, was ihm in seiner Situation nur mäßig gelingen wollte. Reflexartig suchte er in seinen Hosentaschen nach seinem allDevice und wies es mit einer drohenden Bewegung vor, um keinen Zweifel daran zu lassen, dass der Schutz an seiner Person immanent war. Doch die Realität sah bekanntlich ganz anders aus. Er war, wie er richtig einschätzte, völlig ausgeliefert. Wenn der Fremde böse Absichten hegte, war aber Bluffen womöglich tatsächlich seine beste Chance.

Der Mann zeigte sich nachdenklich. Nachdenklich, aber unbeeindruckt. Schließlich sagte er in einem frivolen Ton: „Wenn ich das gewusst hätte, hätte ich natürlich einen großen Bogen um dich gemacht." Dann fügte er abschätzig hinzu: „Will ja meine Ziegen nicht gefährden."

„Ziegen?", fragte Elie sichtlich angespannt. Er vermutete einen Trick oder eine schlitzohrige Ablenkung hinter seinen Worten.

„Ja, Ziegen. Ist ja nicht so, dass noch nie das eine oder andere meiner Zicklein dran glauben musste, weil euer ach so ausgeklügeltes Verteidigungssystem es mit einer Bedrohung verwechselt hat. Echt eine Schande, wenn das passiert", konstatierte der Fremde. Es war viel Zynismus in seinem Gerede, aber die Sache war ihm sicherlich ernst.

Elie wusste nicht, was er mit dieser Information anfangen sollte. Er konzentrierte sich stattdessen darauf, dass der Abstand zwischen ihm und dem Fremden groß genug blieb.

Dieser zeigte aber keine Absicht, sich Elie imaginierter Safe-Zone zu nähern. Zumindest noch nicht.

Nachdem er sich kurz umsah, dabei auch den Himmel über ihnen beäugte, verlautbarte der Mann: „Scheint heute aber Waffenstillstand zu herrschen, wenn ich mich nicht irre." Er hätte wirklich gerne Elies Erklärung dafür gehört, aber nachdem diesem so schnell nichts einfallen wollte, stellte er des Weiteren fest: „Kein einziges Dröhnchen, oder

Raketchen. Und ich steh immerhin drei Meter vor einem Helixianer, der sich sichtlich bedroht fühlt."

Elie, der nicht daran dachte, seine Abwehrhaltung abzulegen, wusste, dass er nun am Zug war. Er musste sich etwas Überzeugendes aus den Fingern saugen, um die Schirmherrschaft der Helix wenigstens dem Schein nach noch als existent zu erklären. Der große Bluff wollte ihm aber nicht einfallen.

Und da sagte er mit wenig überzeugender Stimme: „Verlassen würde ich mich darauf aber nicht! Vielleicht ist das heute einfach nur dein Glückstag!"

„So wirds wohl sein, ja", stimmte der Fremde ihm bereitwillig zu. Dann musterte er Elie genauer und kam zur Erkenntnis: „Wenn heute mein Glückstag ist, dann war deiner an einem anderen, fernen Tag, oder sehe ich hier etwas falsch?"

Er wollte nicht sagen, dass er noch nie in seinem Leben einen so verwahrlosten Helixianer – wenn, denn Elie tatsächlich einer war, von dem er keinen verlässlichen Beweis hatte – gesehen hatte, aber es war zweifelsohne so.

Wie gerne hätte Elie dem clever wirkenden Fremden zugestimmt und sich ihm ehrlich anvertraut. Aber, nein, aufgrund seines falschen und gerade sehr unberechtigten Helixianer-Stolzes entschied er sich dafür, seine Lüge weiter auszubauen: „Das siehst du falsch! Der Grund, warum du es noch nicht mit allSecure zu tun gekriegt hast, ist der, dass ich hier auf geheimer Mission unterwegs bin und keine Aufmerksamkeit auf mich ziehen kann. Ich habe aber noch genügend Tricks im Ärmel, auch wenn es gerade nicht so auf dich wirken mag. Bleib also weg und komm auf keine dummen Ideen, wenn dir was an deiner Gesundheit liegt!"

Elie war selbst wohl am meisten darüber überrascht, dass ihm so eine Geschichte aus dem Stegreif eingefallen war. Dann warf er einen kurzen Blick auf seine rechte Hand, die er vorhin aus dem angespannten Griff um das Stück Holz gelöst hatte, und musste feststellen, dass sie wie wild zitterte. Er zitterte. Und das am ganzen Körper.

Es war ihm alles zu viel und er hatte auch gar keine Lust mehr auf diese Charade. Sein Gegenüber schien das zu erkennen. Er umspielte Elies Geschichte von der Geheimmission und fragte mit einem nun deutlich wärmeren Ton in der Stimme: „Geheime Mission, also. Deshalb schleichst du hier so heimlich umher. Ich verstehe.“ Nach einer kurzen Pause sagte er: „Dann ist sicherlich nichts Verwerfliches daran, wenn ich dir meine Hilfe anbiete. Also nicht, dass du Hilfe nötig hättest – aber wenn es um eine größere Sache geht, muss ich zumindest fragen und mich behilflich zeigen.“

In diesen Worten steckte so viel Verstohlenheit, aber gleichzeitig auch das richtige Mittel, um Elie aus seiner Engstirnigkeit zu befreien. Er ließ seinen albernen Holzstecken fallen und nahm eine offenere Haltung ein. Er wartete aber noch schweigend ab.

Der Fremde hingegen palaverte weiter, was wohl auch als Ausdruck davon zu sehen war, dass er nicht so oft die Möglichkeit dazu hatte: „Ich denke, es geht zur alten Raketenstation, oder nicht? Recht viel mehr gibt es hier draußen auch nicht zum Auskundschaften, wenn ich mich nicht irre. Und ich kenne die Gegend hier immerhin wie meine Westentasche.“

Elie nickte zögerlich. Er wollte keine Zugeständnisse machen, unabhängig davon, dass er sicherlich nicht in der Position war, um Zugeständnisse zu machen.

Da machte der Fremde einen plötzlichen Satz nach vorne. Elie wich aufgeschreckt zurück. Er hatte Angst, dass sich die Begegnung doch noch schlimm für ihn entwickeln könnte und er massakriert werden würde.

Mit einer zügigen Beugung streckte sich der Fremde zum Boden runter, nahm seinen halb im Sand vergrabenen Plastikschuh, richtete sich vor Elie auf und bot ihn ihm höflichst an. Auf dieses Scheißteil hatte Elie schon komplett vergessen und er kam sich nun endgültig entlarvt vor. Wie konnte er nur glauben, hier irgendjemandem etwas vorzuspielen? Er griff demütig nach seinem ollen Schuh, den er innerlich verfluchte.

Wenn der Fremde ihn nun tatsächlich bis auf die Knochen ausrauben wollte, oder Schlimmeres, dann sollte er einfach machen, dachte er sich ergeben.

Der Mann warf ihm ein breites Grinsen zu, das mit einem galanten Vorschlag in Verbindung kam: „Nun, bis zur Raketenstation sind es noch gut zehn Kilometer. Das weiß ich ganz genau. Und bei dieser Hitze kann es dir keiner verübeln, wenn du noch wo eine ausgewogene Rast einlegen würdest – vielleicht sogar ein Lager für die Nacht." Kurz schien der Fremde darüber nachzudenken, ob er nicht der war, der hier etwas falsch sah. Da nahm aber auch schon wieder seine selbstsichere Art überhand. „Meine Farm ist keine drei Kilometer von hier entfernt und liegt direkt am Weg. Gleich am anderen Ufer des Flusses. Sei also mein Gast! Sofern es deinen Plan nicht durcheinanderbringt, versteht sich."

Der Fremde wollte nicht mutmaßen, welche Tricks Elie tatsächlich noch auf Lager hatte. Aber er wusste besser als irgendwer, dass man hier ohne Wasser nicht lange durchhält und es – auch wenn es jetzt brennend heiß war – in der Nacht unangenehm kalt sein konnte.

Da fügte er herabspielend hinzu: „Aber, was weiß ich schon? Vermutlich bist du doch für alles gewappnet."

Elie begann den Worten des Fremden zu glauben. Er glaubte ja ohnehin schon länger, dass er es nicht ohne eine Verschnaufpause im Schatten und etwas Wasser schaffen würde. Und er glaubte schlussendlich, dass der Fremde tatsächlich seine einzige Chance war und dass sein Auftauchen eine glückliche Wendung sein könnte.

Also räumte er, nach wie vor zu kokettiert für seine eigentliche Lage, ein: „Gegen einen solchen Aufenthalt würde tatsächlich nichts sprechen, ja. Ich könnte mir deine Farm, wie du sagst, zumindest einmal ansehen. Danke für dein Angebot."

Und da musste er einfach nachfragen: „Aber warum willst du mir helfen? Was versprichst du dir davon?"

Der Mann schien über diese Frage ernsthaft verwundert zu sein. Seine Antwort fiel daher äußerst lakonisch aus: „Ich erwarte mir gar nichts. Aber was wäre ich denn für einer, wenn ich es nicht täte?“

Elie nickte, als würde er verstehen, wie er das meinte. Dann folgte er ihm, ohne zurückzuschauen.

17

Elie ging nur wenige Schritte hinter dem für ihn immer noch namenlosen Fremden her. Sie haben das ziemlich breite, aber flache Flussbett, das er bereits vorhin vom Gipfel aus gesehen hatte, erreicht.

Wie er richtig vermutet hatte, war der Fluss fast völlig ausgetrocknet. Ein kleines Rinnsal bildete den Rest des vormals stolzen Stroms.

Der Fremde setzte zu einem weiten Schritt an, ging eine kleine Kurve, um mit einem weiteren Satz am wieder trockenen Rand des Flussbettes zu landen. Elie, der sein Tempo etwas gesenkt hatte, trat ins Wasser. Es war nicht wirklich ohne Absicht. Vermutlich wollte er einfach das rare Nass hier spüren. Es war ein seltsames Gefühl, als sich die Socke in seinem linken Schuh mit Wasser ansog.

Er blieb einige Sekunden so stehen.

Als der Fremde Elies Gedankenlosigkeit bemerkte, warf er ihm einen skeptischen Blick zu. Dann machte er ihn auf etwas aufmerksam: „Es ist doch traurig, den großen Fluss in dieser Verfassung zu sehen, was?“

Elie nickte. Er fühlte darüber, genauso wie es der Fremde sagte. Und das war doch komisch, denn ihn verband nichts mit diesem Fluss oder diesem Landstrich. Er konnte nicht einmal erahnen, wie der Fluss für normal aussah.

„Ich kann dir leider nicht sagen, wann das Wasser zurückkommt. Würde es selbst gerne wissen.“ Dabei blickte er stromaufwärts, dort wo er die Fluten erwarten würde. Eines konnte er Elie dennoch weismachen: „Immerhin kann ich dir sagen, warum der Wasserlauf gerade abgeschnitten ist. Wenn es dich interessiert.“

Elie, der nicht wirklich sagen konnte, warum ihm das Schicksal dieses Gewässers so beschäftigte (vermutlich war es aber so, weil er in einer Wüste stand), wollte die Erklärung für die vorherrschende Dürre hier gerne hören.

„Ich sag's dir, Junge", fing der Fremde an, „Eure Helix, die Helix 7, wenn ich mich nicht irre, sie *wächst* wieder einmal."

Elie sah ihn verdutzt an. Er wusste zwar, dass es in der Natur seines Zuhauses lag, dass es sich immer wieder einige hunderte Meter in Richtung Himmel schraubte – allgemein würde dieses Phänomen auch ‚Wachsen' genannt, ja, – aber er hatte keine Ahnung, welchen Einfluss dieses Ereignis auf die unmittelbare und weiter entfernte Umwelt haben konnte.

„Immer, wenn eurem utopischen Koloss die Wachstumsfugen jucken – und er sich weiter aus der Erdkruste herausschraubt, verbraucht er Unmengen an Ressourcen. Natürlich auch Wasser." Er wartete kurz, ob Elie seiner Ausführung auch folgen konnte. Dann stellte er fest: „Ohne Wasser geht halt nichts. Das war schon immer so."

Elie verstand schnell. Er verstand sogar die Ungerechtigkeit dahinter, wollte sie aber nicht aussprechen. Immerhin stand vor ihm einer, der unmittelbar an dieser unbeschreiblichen Einverleibung von lebenswichtigem Wasser und vermutlich von noch vielen weiteren begrenzten Rohstoffen litt. In Folge hoffte er, dass er seinen Groll nicht doch noch früher oder später zu spüren bekam.

Jedenfalls schien zu diesem Augenblick noch alles entspannt zwischen ihm und dem Fremden zu sein. Nachdem sie das Flussbett zurückgelassen hatten, kamen sie nach ungefähr einer halben Stunde auch schon beim Anwesen des Fremden an. Dort sah Elie ein heruntergekommenes zweistöckiges Wohnhaus, das von einigen Nebenbauten umgeben war. Viele dieser Gebäude, die vermutlich ursprünglich Ställe und Scheunen waren, schienen verlassen zu sein. Sie waren auch viel zu riesig für einen Ziegenbauern ohne fruchtbare Wiesen und Felder. Sie waren somit eher traurige Zeugnisse einer besseren Vergangenheit.

Der einzige Anblick, der bei Elie so etwas wie Begeisterung erzeugen konnte, war der Anblick des gigantischen Baumes in der Mitte des Farmgeländes. Eine mächtige Baumkrone überragte alle Giebel. Getragen wurde sie von einem altehrwürdigen Stamm, von dem dicke Wurzeln den umliegenden Boden in Wellen auslaufen ließen. Der größte Blickfang aber war ein zierliches Grün an der Spitze der Krone. Frische Triebe und Blätter.

„Unser Baum treibt das erste Mal seit Jahren wieder, wenn ich mich nicht irre. Könnte ein gutes Omen sein, auch wenn ich noch nicht weiß, wofür“, führte der Fremde sogleich aus, und hat damit Elies Gedanken schon wieder erraten.

Elie hätte gerne gesagt, dass der wieder im Saft stehende Baum ein einzigartiges Zeichen für Leben sein musste, hätte damit aber den Fremden wohl gekränkt, weil hier sonst alles so hinuntergewirtschaftet und trostlos aussah. Alles war mit einer dicken Staubschicht überseht. Sogar an den Fensterscheiben schien der Staub zu kleben. Dann wurde sein Blick auf die Ziegen gelenkt. Eine kleine Herde von ihnen war dabei, sich in ihre Richtung zu bewegen.

„Das sind also deine Ziegen, von denen du gesprochen hast. Schöne Tiere“, kommentierte Elie das vorwitzige Aufgebot. Ihm war natürlich klar, dass sein Urteil über Nutztiere nicht viel wert war. Er wollte einfach nett wirken.

„Genauso ist es. Intelligente Tiere noch dazu. Sind schnurstracks nachhause gelaufen, nachdem ich sie am anderen Flussufer allein gelassen habe, um dir entgegenzulaufen“, erklärte der Mann, durchwegs mit einer Prise Stolz für seine Tiere in der Stimme tragend.

Elie war fasziniert von den neugierigen Viechern. Vorsichtig streckte er seine Hand in Richtung des Kopfes eines besonders forschen Ziegenbocks, der neugierig an seinen Fingerkuppen zu knabbern begann.

Noch bevor ihm seine Fanschar überdrüssig werden konnte, folgte aber schon die nächste sonderbare Begegnung. Aus heiterem Himmel wurde die Tür des Wohnhauses aufgestoßen und zwei Kinder kamen herausgestürmt. Sie waren recht klein, ein Mädchen und ein Junge. So zumindest Elies unkundige Einschätzung. Tatsächlich war das Mädchen fünf und der Junge sieben Jahre alt. Beide waren aufgeweckte Dinger mit pechschwarzem Haar. Anders als die ungenierten Ziegen überfielen die Kinder zuerst Elies Retter. Er war immerhin ihr Vater und sie hatten sich große Sorgen um ihn gemacht.

„Wo warst du, Papa?“, fragten beide fast im Einklang. „Die Ziegen sind allein zurückgekommen. Warum hast du sie allein gelassen?“

Da fuhr der Vater dem Jungen durchs Haar und nahm das Mädchen auf den Arm. Mit fröhlicher Stimme erklärte er ihnen, dass er jemanden aufgelesen hatte und diesem jemanden angeboten hatte, sich ihre Farm anzusehen.

„Sagt doch bitte ‚Hallo‘ zum netten Herrn“, trug er ihnen daraufhin auf.

Die Kinder scheuchten die Ziegen etwas weg und reichten dem Gast höflich die Hand. Elie schüttelte die kleinen Händchen und als die Zeremonie vorüber war, gingen sie wieder verstohlen ihre Wege, ohne sich nach ihm umzusehen.

Elie wusste nicht genau, was ihr Deal war, glaubte aber, dass Kinder nun einmal so waren. Was wusste er schon von Kindern, dachte er sich weiters. Er sah ihnen noch kurz zu, und ließ sich von ihrem Benehmen überraschen. Ohne aufgefordert geworden zu sein, begannen sie aus einem riesigen Kunststoffsack granulatartiges Futter in Tröge für die hungrigen Ziegen zu füllen. Der Sack mit dem Futter war wohl in etwa so schwer wie eines der Kinder, doch gemeinsam stemmten sie die schwere Aufgabe. Zur Freude der Ziegen und scheinbar weniger zur Freude des Vaters. Der Blick des Vaters verriet Elie höchstens, dass die Arbeitsbeteiligung seines Nachwuchses ganz selbstverständlich war. Danach spielten die beiden auf der Veranda mit irgendwelchem Spielzeug.

Da bemerkte Elie, dass die Kinder genauso schmutzig waren, wie eigentlich alles hier draußen. Er ekelte sich nicht davor, er sah ja bereits an ihm selbst den Schmutz deutlich an Kleidung und Haut wachsen, er war es einfach nicht gewohnt – und natürlich hätte er sich gerne gewaschen und alles etwas sauberer gesehen. Aber so war es nun einmal.

Und dann traf sein Auge schon wieder auf etwas, das er in dieser Form nicht kannte. Aus der Tür trat mit energischem Schritt eine Frau heraus. Elie hätte gerne gesagt, dass er sie bildhübsch fand, aber sie war nicht so schön, wie die Frauen, die er in der Helix als schön erachtete. D. h. sie hatte wirklich überhaupt nichts mit den vielen Frauen gleich, die ihm in den unzähligen allSex-Simulationen als schön verkauft wurden. Er wusste also nicht, woher seine Einschätzung über ihre Ansehnlichkeit herrührte. Weil er aber nicht anders konnte, blieb er dabei: Sie war wunderschön. Es musste etwas anderes sein, etwas, auf das er nicht sofort kommen wollte, das sie ihm imponieren ließ.

Als sie ihre ersten Worte vor ihm aussprach, wurde es ihm etwas klarer. Sie rief: „Essen ist fertig! Kommt bitte alle rein!“, dann warf sie einen kecken Blick auf Elie zu und sagte konstatierend: „Das gilt natürlich auch für unsere Gäste.“

Es war ihre unbekümmerte Entschiedenheit, die sie, ohne darauf zu achten, in alle Richtungen ausstrahlte.

Elie hatte immer wieder damit zu kämpfen, dass er die Frau, die ihm vom Fremden als Saskia vorgestellt worden war, nicht anstarrte. Ihr Essen war einfach zubereitet, aber doch schmackhaft. Die Art und Weise, wie sie sich um ihre Kinder sorgte und sie am Esstisch in Schach hielt, war beeindruckend. Sie wirkte bescheiden; schenkte dem Raum so viel, und verlangte so wenig. Und all das führte dazu, dass Elie sie auch weiterhin für die schönste Frau auf der weiten Welt hielt.

Er wollte sich diesen Gedanken aus dem Kopf schlagen, denn er fühlte sich nicht richtig an. Warum sollte es ihm gerade diese Frau, mitten in der Wüste, so angetan haben? Dabei wusste er nur nicht, dass er gerade ein neues Gespür für die weibliche Schönheit entdeckt hatte. Es war ein Eindruck, der tiefer ging als glatte Haut und gewogene Proportionen und sich ihm hier in diesem Moment nicht nur in ihrer Art, sondern auch in ihrer Beziehung zu ihren Kindern, zu ihrem Mann und schlussendlich dem ganzen Haus ausdrückte.

Obwohl niemand hier etwas von seiner Verwirrtheit – nicht nur über Saskia, sondern auch über die ganze Szene hier zu Tisch – unmittelbar mitbekam, glaubte er, dass er auf seine Gastgeber ebenso befremdlich wirken musste. Daher störte er sich nicht daran, dass ihm nicht viele Fragen angetragen wurden, oder dass sonst viel am Tisch geredet wurde.

Das gemeinsame Essen lief somit gemächlich ab, wurde aber auch nicht unnötig in die Länge gezogen. Nach dem späten Mittagsmahl wurde er eingeladen, das Bad zu benutzen. Saskia, die ‚Perle des Hauses', wie er immer wieder vom Fremden zu hören bekam, schlug Elie vor, er könnte ihr seine schmutzigen Kleider geben, damit sie sie im Schnellwaschgang sauber machen konnte. Dazu sollte er einfach sämtliche Kleider in den kleinen Wäschekorb, der im Bad bereitstand, geben und raus auf den Flur schieben. Wenn er fertig mit seiner ausgiebigen Dusche sei (die Hausleute legten ihm nahe, er müsse nicht mit dem Wasser sparen; Elie glaubte aber nicht wirklich daran), würde die Wäsche bereits fertig sein, wurde ihm versichert. Er nahm das Angebot dankend an und verschwand ins Bad.

Das Bad war im Gegenzug zu seiner allHygiene-Einheit bei sich zuhause natürlich primitiv. Aber nachdem er kurz gebraucht hatte, um mit den befremdlichen Hebeln die Wassertemperatur passend einzustellen, konnte er unter dem sanften Wasserstrahl sogar kurz durchatmen. Er musste sich selbst einseifen, was aber auch seine Vorzüge hatte. Da bemerkte er erst wieder seine vielen Schürfwunden. Manche davon waren nicht schön anzusehen und brannten, als das Wasser darüberlief. Sie würden wohl versorgt werden müssen, dachte er sich und wünschte sich irgendein passendes Modul her, das diesen Task in null Komma nichts erledigt hätte. Jetzt aber war viel eher angesagt, beim Abtrocknen vorsichtig vorzugehen, um einige der tieferen und nässenden Stellen nicht unnötig zu belasten und sich keine zusätzlichen Schmerzen zuzufügen.

Wie er den Duschvorhang zur Seite schob und blindlings zum Handtuch griff, das er vorhin in greifbare Nähe gehenkt hatte, wurde er fast vom Schlag getroffen. Saskia, die Hausherrin, stand mitten im Badezimmer. Die versprochene frische Kleidung lag in einem Korb zu ihren Füßen. Ihre Hände waren dennoch nicht frei. Sie hielt eine Tube mit Salbe in der linken, und eine Rolle Bandagen in der rechten Hand. Ehe er sich versehen konnte, kniete sie sich vor ihn hin und fing an, seine Wunden zu versorgen.

„Ich habe gleich gesehen, wie zugerichtet du bist. Aber mein Mann hätte natürlich nichts gesagt, – und du augenscheinlich auch nicht", flüsterte sie, ohne ihren Blick dabei hochzurichten.

Sie war gerade bei der linken Wade angelangt, wo ein besonders langer Kratzer die Innenseite hinauflief. Elie hoffte nur, dass das Handtuch an seiner Hüfte hielt und nichts Ungebührliches offenlegte. Auch wenn er gerne etwas sagen wollte, sie am liebsten aufgehalten hätte, brachte er kein Wort heraus. Er ließ die Prozedur unkommentiert über sich ergehen.

Nachdem beide Beine und auch die Arme verarztet waren, stieß Saskia ein zufriedenes „So!" aus und signalisierte damit, dass sie fertig war. Ohne weitere Beanstandungen verließ sie wieder das Bad und ließ Elie sich weiter fertigmachen.

Als er nach draußen auf den Flur trat, wartete dort schon der Fremde. Elie wurde zum wiederholten Male bang ums Herz. Er hoffte sehnlichst, dass sich hier kein Missverständnis einschleichen würde. Immerhin war er fast fünf Minuten allein mit seiner Frau in einem Raum gewesen und das fast nackt. Aber der Fremde wirkte aufgeweckt und unbekümmert wie eh und je. Er hatte Elie aufgesucht, um zu klären, wie es für ihn weiterging.

So trug er also seine gut gemeinten Vorbehalte vor.

„Es ist zwar noch nicht spät", sagte er, und wollte damit wirklich keinen Stress initiieren, „aber wir könnten trotzdem einmal die weiteren Optionen besprechen: Entweder du beziehst hier einen der leer stehenden Räume und bleibst über Nacht, wobei ich gleich sagen muss, du müsstest in einer Hängematte schlafen – die garstigen Bettwanzen haben unsere letzten guten Matratzen verseucht, oder aber, ich fahr dich mit meinem Buggy zu deiner Raketenstation. Hab das Teil doch noch hinbekommen. Fährt jetzt wieder wie ein Einser, wenn ich mich nicht irre. Du wärst dann, sicherlich lange bevor die Sonne untergeht, dort und hättest noch genug Zeit, deinen Geschäften nachzugehen. Wie du willst…"

„Das wäre großartig!", unterbrach Elie ruckartig den Redeschwall des Fremden. „Also, wenn du mich fahren könntest. Das wäre großartig."

Der Grund, warum er darüber nicht zweimal nachdenken musste, war die Tatsache, dass ihm gerade wieder klar wurde, wie abartig es war, dass ihm diese Fremden hier so aufopferungsvoll bewirteten – und dabei Grenzen überschritten, die er nicht für möglich gehalten hätte (die Erfahrung im Bad stand ihm noch ins Gesicht geschrieben). Er hatte ja gesehen, wie bescheiden sie hier lebten. Der Umstand, dass er ihnen im Gegenzug nichts anbieten konnte, und womöglich für immer in ihrer Schuld stehen würde, beschämte ihn.

Auch Gast sein, musste gelernt sein. Das lernte Elie auf die harte Tour – und hätte dies so in der Helix nie lernen müssen.

Die Fahrt sollte das Letzte sein, um das er bat.

„Nun, gut – abgemacht!", verlautbarte der Fremde. „Meine Frau wird dir noch einen Wasserproviant richten. Dann können wir los, also wenn du so soweit bist. In Ordnung?"

Elie war damit mehr als einverstanden und bald schon hatten sie das Haus verlassen und saßen im Buggy. In diesem überraschend schnellen Gefährt, in welchem ihm der Wind nur so um die Ohren pfiff, fragte er sich immer noch, wie es kam, dass ihm einfach so von völlig fremden Menschen geholfen wurde. Dann fiel sein Gedanke auf Haidar, seinem alten Freund und der Grund, warum er hier draußen gelandet war. Er glaubte sich daran zu erinnern, dass Haidar gerne vom ‚einfachen Leben' gesprochen hatte, ohne davon aber jemals ein klares Bild gezeichnet zu haben.

Was daran einfach sein sollte, sah Elie nicht. Was er zuhause hatte, das war einfach! Bevor er diesen Gedanken weiterspinnen konnte, wurde er schon aus seiner Nachdenklichkeit befreit.

„So, da wären wir“, verkündete der Fremde und drosselte die Geschwindigkeit deutlich. Sie fuhren in ein Gelände ein, das von Weitem eine kleine Skyline gebildet hatte und von nahe an eine futuristische Geisterstadt erinnerte.

Das war also der Ort, der sich in so kurzer Zeit als Ort seiner Sehnsüchte aufgedrängt hatte. Der Ort seiner frühesten Kindheit und der Ort, wo sich möglicherweise seine Zukunft entscheiden sollte. Vor allem war es aber ein Ort von Rost und Ruin. Verlassen lagen die einst prunkvollen und am neuesten Stand der Technik stehenden Gebäudekomplexe darnieder. Er hätte nicht mehr genau sagen können, wie es hier zu seinen frühen Kindheitstagen ausgesehen hatte, aber sicherlich nicht so.

Wie sie das große Eingangstor zum Gelände passierten, lasen sie in großen Lettern geschrieben: *„Willkommen bei allScience!“*. Obwohl Elie eine nicht zu missachtende Ähnlichkeit zu den Namen für die zentralen Unternehmen in der Helix erkannte, glaubte er nicht, dass es allScience noch gab, oder aber etwas mit der Art zu tun hatte, wie heute Wissenschaft gemacht wurde. Denn die ganze Anlage war ein Relikt einer vergangenen Zeit. Eine Fußnote in der menschlichen Fortschrittsmanie. Mehr auch nicht.

Und dann kamen sie zum architektonischen Highlight, wenn man so wollte: das Raketensilo. Der Bau war im Grunde ein kolossaler Tresor, der trotz seiner geometrischen Einfachheit alle anderen Gebäude hier in den Schatten stellte. Jetzt, inmitten dieser Trostlosigkeit, erinnerte das monströse Konstrukt aber eher an einen aufgestellten Sarg, und ließ somit die Assoziation zur hypermodernen Raumfahrt gar nicht erst zu. Der monumentale Totenschrein aus dickstem Stahl stand auf einem riesigen Plateau aus Beton. Zu deren Oberkante verlief eine breite Rampe aus Stein. Weder an Beton, Stein oder Stahl war eine Schramme zu sehen – nur die Farbe war auch hier abgeklungen und ging in das übrige Braun der Landschaft über. Es war zweifelsohne ein imposanter Anblick, aber gleichzeitig stellte sich die übliche Ernüchterung ein, wenn man bedenkt, was Zeit Dingen antun konnte. Eine Beobachtung, an die sich Elie immer noch nicht gewöhnen konnte.

Hier am Fuß der Rampe hielt der Fremde seinen Buggy an. Der Fremde kannte diesen Ort, denn natürlich hatte ihn früher schon die Neugierde hierhergeführt. Das war recht bald nachdem der Betrieb hier eingestellt worden war und alles von einem Tag auf den anderen sich selbst überlassen wurde.

Da er sehr daran zweifelte, dass sein Gast hier tatsächlich finden würde, was er suchte, machte er diesem ein letztes Angebot: „Hör zu, Junge", sagte er zu Elie. Er sah ihm an, dass er unschlüssig wirkte und wollte ihn aufmuntern. „Hierher wolltest du, und nun bist du da. Vermutlich bist du etwas enttäuscht – also ich könnt's verstehen, glaub mir."

Elie schenkte ihm keinen Blick, noch wollte er sich dazu äußern, wie er tatsächlich über diesen Ort dachte und fühlte. Er tat unbeirrt. Es war nicht klar, wem er hier etwas vormachen wollte. Dem Fremden, oder sich selbst?

„Jedenfalls kannst du dich in Ruhe hier umsehen. Nach meinem Wissen ist hier niemand – und in den ganzen letzten zwanzig Jahren war hier auch niemand. Nimm dir also die Zeit, die du brauchst."

Elie nickte ihm nun wenigstens zu.

Daraufhin schlug der Fremde vor: „Wenn du aber genug von diesem Ort hast, und du nicht auf deine Helix-Freunde warten willst, bis sie dich holen", er flunkerte wieder, oder viel mehr, er wollte weitere Lügengeschichten von Elie unterbinden, „kannst du mich auf meinem Mobiltelefon anrufen. Ich habe ja dein allDevice gesehen – und nach meinem bescheidenen Wissen, kannst du mich damit erreichen. Hier ist meine Nummer."

Er reichte Elie einen kleinen Zettel mit einer elfstelligen Nummer. Elie wusste diese weitere unter bereits zu vielen netten Gesten zu schätzen. Er bedankte sich auch in aller Deutlichkeit. Gleichzeitig wusste er aber, wenn sein allDevice nach wie vor kein Lebenszeichen von sich geben würde, die Geste recht fruchtlos bleiben würde. Dass er dieses nicht unbedeutende technische Manko jetzt ansprechen würde, war ausgeschlossen. Es war nicht so, dass er seinem Retter noch immer nicht vertraute, es lag viel eher daran, dass er sich in der Rolle des verletzbaren Zu-Rettenden noch immer nicht wirklich zurechtfand.

Da hörte er den Fremden die unverhofften Worte sprechen: „Übrigens mein Name ist Samonte – aber du kannst mich gerne Sam nennen.“

Elie, der den ganzen Tag nicht für ein offenes Gespräch mit seinem Beschützer zu haben war, verblieb auch in Angesicht dieser Mitteilung erst teilnahmslos. Das sollte aber nur hinwegtäuschen, wie gerührt er war, dass der Fremde sich immer fürsorglicher für die Beziehung zu ihm bemühte. Umso mehr schämte er sich jetzt, weil er nie nach seinem Namen gefragt hatte.

Mit Selbstvertrauen vortäuschender Stimme sagte er also nun, er heiße Elie, dass er doch dankbar war, aber der nette ‚Sam‘ eben nicht damit rechnen müsste, dass er ihn in nächster Zeit tatsächlich kontaktieren würde.

„Alles läuft nach Plan“, log er.

Dann stieg er aus dem Buggy und sah Sam nach, wie er sich in Richtung der sich immer weiter senkenden Sonne aufmachte. Er war wieder allein. Und diesmal glaubte er mehr denn je, dass es so bleiben würde.

Befreit von allen Erwartungen, die er vorher jemals an diesen Ort, oder an diese völlig schieflaufende Unternehmung gestellt hatte, ging er die breite Rampe gemächlich hoch. Als er oben ankam, konnte er nicht anders, als die Überdimensionalität des zweiflügligen Tors, das im Grund die ganze vordere Front des kalten Turms einnahm, zu bestaunen.

Wenn dieses Tor tatsächlich etwas über seine Mutter, oder irgendetwas über die geheimen Hintergründe der Helix, oder sonst etwas von Bedeutung verbergen sollte, dann war das hier, der letzte unüberwindbare Schritt, der ihm das alles verweigerte.

Da bemerkte er auf einmal etwas Herausstechendes in der sonst akzentlosen Fassade. Auf der linken Seite des gewaltigen Tors war ein kleines Display angebracht. Unter diesem befand sich ein Tastenfeld. Es musste die Konsole sein, damit man hineinkam. Zu seiner weiteren Überraschung stellte er fest, dass das Display wohl erst vor kurzer Zeit von einer dicken Staubschicht befreit worden sein musste. Auch die Tasten des Ziffernblocks schienen vor nicht allzu langer Zeit rege gedrückt worden zu sein. Er kombinierte im Geiste, dass da im Laufe der Jahre wohl schon allerlei Leute versucht haben mussten, den Zugangscode zu knacken. Eindeutig auch erst vor Kurzem.

Fast zwanghaft drückte er blindlings irgendwelche Tasten. Er staunte nicht schlecht, als das Licht des Displays anging. Es musste also noch Leben in diesem Ding sein. Gleichzeitig fand er den Umstand, dass ein solch epochales Gebilde durch ein primitives Zahlenschloss gesichert wurde, mehr als verwunderlich.

Er wandte sich wieder davon ab. Bevor er sich ganz umgedreht hatte, vernahm er eine Stimme.

„Da bist du ja endlich, Elie."

Er drehte sich um und da stand er: Es war Haidar.

18

Haidar wäre nicht Haidar gewesen, wenn er sich nicht bis zum Schluss felsenfest davon überzeugt gezeigt hätte, dass Elie doch noch früher oder später genau an jenem Ort aufkreuzen würde, den er für ihr Wiedersehen festgemacht hatte.

Das war einfach Teil seines Plans. Und in letzter Zeit hatten seine Pläne die Eigenart, in Erfüllung zu gehen.

Früher hatte er auch schon Pläne gehabt. Pläne, die eher Träumereien waren. Gleich mit diesen früheren Plänen war, dass das ‚Wie' immer noch nur Nebensache war. Dass in letzter Zeit aber alles in etwa so funktionierte, wie Haidar sich das vorstellte – das gefiel ihm erstens, zweitens war es aber doch mehr als Tollkühnheit. Irgendetwas Größeres musste seine Vorhaben leiten, um sie tatsächlich in an Absicht gleichende Ergebnisse zu verwandeln. Das beinhaltete die Flucht aus der Helix, den vorgetäuschten Tod, die subtile Art, wie er seinem Freund Elie diesen mitteilte (als ein für alle sichtbarer Warnhinweis), sowie die Tatsache, dass nun in seinem Leben zentrale Freunde hierher zu ihm fanden.

Alles fügte sich so zusammen, wie er es sich in seinen visionärsten Gedanken ausgemalt hatte. Darin fand er nicht nur Selbstbestätigung, sondern auch das unumstößliche Bewusstsein darüber, dass er nach wie vor auf dem richtigen Weg war. Fortuna meinte es gut mit ihm.

Haidar sah sich in alledem, das sich vor ihm wie ein Automat in Bewegung setzte, in erster Linie in der Rolle des ideologischen Richtungsgebers. Daher war das ‚Wie' immer nur zweitrangig. Dass er aber auch seine Probleme beim Finden des ‚Was' – des großen letztlichen

‚Was' – hatte (eindeutig die Krux des Ideologen), war wohlgemerkt nicht unbedeutend – und folglich nicht jedem bekannt.

Zuerst wollte Haidar daher das ‚Wie' ins Rampenlicht rücken. Damit sollte Elie einen ersten Geschmack davon bekommen, in was für einer Welt er sich jetzt befand: In einer Welt, die Haidar möglich machte.

„Elie! Wie bestellt!", sein Ton zeugte fraglos von Überheblichkeit. „Genau wie ich immer gesagt habe: Dein Schicksal ist unser Schicksal! Ich hoffe, du glaubst endlich daran."

Elie war zwar überrascht, Haidar hier in voller Lebensgröße wiederzusehen, sein kryptisches Gerede war für ihn jedoch absehbar. So war er schon immer. Dennoch fragte er sich gerade, was sich an Haidar seit ihrem letzten Treffen verändert hat. Was auch immer seinem alten Freund die letzten Wochen oder Monate untergekommen war, es hatte nur noch mehr seine pseudointellektuelle Persona kultiviert. Rein äußerlich war ihm dies anhand eines spitzen Ziegenbärtchen, einem noch recht kurzen Pferdeschwanz und einem langen Ledermantel – plus Lederhandschuhe natürlich – sofort anzumerken.

Nein, Elie fühlte keine Gefühle der Freude, als er Haidar hier an diesem seltsamen Ort wiederfand. Dennoch würde er ihm wohl eine Chance geben, sofern er sich nachvollziehbar erklärt. Wie wahrscheinlich das aber war, war ihm mehr als bewusst. Er machte es ihm aber auch nicht leicht.

„Schicksal für'n Arsch. Was ziehst du hier für eine Scheiße ab?!" Elie sprach selbst für seinen eigenen Geschmack zu obszön, fand es aber in Angesicht der offenbarten Tatsachen recht passend.

„Ach, Elie. Elie, Elie, Elie. Immer so wütend. Immer so wütend – aber nie mit dem richtigen Ventil ausgestattet, um die Wut gezielt abzulassen. Das meinst du ja nicht so, oder? Du freust dich, mich endlich wiederzusehen, habe ich recht?"

Haidar öffnete seine Arme etwas, um seinen wahrlich vermissten Freund zu empfangen. Doch dieser dachte nicht daran, auch nur einen Schritt in seine Richtung zu tun. Er blieb wie angewurzelt stehen und warf ihm einen bösen Blick zu.

„Ich bin nicht wegen dir hier“, äußerte er schließlich. „Ich bin wegen Sophie hier. Sie wollte dich wiedersehen – dich zurückbringen. Sie bat mich um Hilfe. Das ist alles“, stellte Elie klar.

Als er Sophies Namen aussprach, wurde ihm erst bewusst, wie große Sorgen er sich um sie machte. Er wusste ja nicht, was mit ihr geschehen war.

„Sophie, also? Ein kluges Mädchen. Darin besteht kein Zweifel.“

Sein Blick verriet Elie sofort, dass er schon wieder etwas ausheckte oder etwas schon im Vorhinein ausgeheckt hatte und seine Intrigen nun zu enthüllen beabsichtigte. Und er sollte recht behalten.

„Sophie war immer ein großer Fan meiner Ideen und Ansichten. Vermutlich sind wir nur deshalb schon so lange zusammen. Solche Leute hat man gerne um sich. Du warst da immer schwerer zu überzeugen. Aber wir haben trotzdem immer eine gute Zeit gehabt, nicht wahr?“

Es folgte keine merkliche Reaktion.

„Wie dem auch sei. Sophie macht aber noch mehr aus: Sie ist überaus loyal. Ein weiterer Punkt, den ich ihr immer hoch anrechnen werde. Findest du nicht auch, Elie, dass Loyalität wichtig ist?“

Elie schwieg auch auf diese Frage hin. Er wusste, dass sie rhetorisch und irreführend gemeint war. Er stellte also eine dringlichere und konkrete Gegenfrage: „Was ist mit Sophie? Weißt du etwas?“

Haidar sah ehrliche Besorgnis in Elies Augen. Er dachte aber nicht daran, ihn sofort davon zu erlösen. Er quälte ihn weiter, indem er erstmals eine besonders lange Pause einschob.

Dann schließlich sagte er zu Elie mit knappen, abschätzigen Worten: „Ihr geht es gut.“

Elie wäre grundsätzlich froh gewesen, diese Worte zu hören, nur konnte er dem Boten nicht trauen. „Wie kannst du dir da so sicher sein? Wir sind gestern überfallen worden. Hast du sie gesehen?!“, fragte er aufgebracht nach.

Darauf folgte wiederum ein besonders hämischer Blick von Haidar. Erst dann rückte er mit so etwas wie der Wahrheit raus: „Ich weiß von dem Überfall. Ich weiß genau, was passiert ist. Um aber deine erste Frage zu beantworten: Ich bin mir da so sicher, weil sie gerade in meinem Basislager ist. Wohlauf und in Begleitung eurer Freunde. Den meisten davon wenigstens."

„Was?! Das ist unmöglich", stammelte Elie. „Wir waren mit einer offiziellen Helix-Mission unterwegs. Kein Feind der Helix kann da ungestraft etwas anrichten. Und schon gar nicht du!" Elies Bild von der Welt zerbröckelte mit jeder weiteren Sekunde, jedem weiteren Wort von Haidar, mehr und mehr.

„Ach, das? Das war ein Kinderspiel. Dir fehlt einfach noch eine konkrete Vorstellung von meinen neuen Fähigkeiten – von meiner Macht. Diese in ihrer Ganzheit zu erklären, würde jetzt aber zu weit gehen." Haidar sah in Elies aufgelöstem Blick, dass er sichtlich damit zu kämpfen hatte, die richtige Schlussfolgerung zu ziehen. Er machte ihm daher endgültig Sophies Platz in der Geschichte weis: „Was ist, wenn ich dir sage, dass es mein Plan von Anfang an war, sie als Köder zu benutzen? Sophies Rolle in meinem Stück war es immer nur – dich genau hier an diesen Ort zu bringen. Vor das versiegelte Raketensilo!" Dabei machte er eine ausschweifende Handbewegung, um die Überdimensionalität des Bauwerks, aber auch die Überdimensionalität seiner eigenen Person, zu unterstreichen. „Genial, oder? Natürlich hättest du das alles einfacher haben können. Du hättest nur mehr auf mich hören sollen. Hättest mich nicht nur als deinen Freund, sondern auch als deinen geistigen Führer anerkennen sollen. Aber, so gings nun auch."

Elie konnte nicht fassen, was er da hören musste. Ungebremste Wut kam in ihm auf. Wenn das wahr war, dann konnte er Sophie nie wieder in die Augen schauen. Der Blick in die Augen von Haidar verriet ihm aber, dass es wohl die Wahrheit war. Ein Eindruck von ernsthafter Bosheit und Wahnsinn, den er vorher leider nie in dieser Deutlichkeit in seinem Freund sehen wollte, verfestigte sich. Was konnte er in Angesicht der offensichtlichen Täuschung sagen, um nicht völlig sein Gesicht zu verlieren? Nichts wollte ihm einfallen.

Daher fing er durchaus etwas weinerlich zu lamentieren an: „Was willst du von mir? Was verdammt soll ich hier? SAG ES EINFACH – oder lass mich verdammt noch mal in Ruhe!“

Haidar war nicht erstaunt darüber, dass seinem immer ahnungslosen Freund hier alles zu viel wurde. Er scherte sich aber nicht weiter um sein Befinden. Es ging um den Zweck – und in Elie sah er schon lange nur mehr ein Mittel zu diesem Zweck.

Haidar ließ sich erneut absichtlich Zeit mit der geforderten Stellungnahme. Er ergötzte sich sogar etwas an den Tränen in den Augen seines Freundes.

„*Aber-aber.* Nicht so schnell. Wir sollten uns erst einmal dankbar zeigen, dass alles funktioniert hat – und alle gesund und munter sind, nicht wahr?“, dabei machte er wieder eine kurze Pause, um eine Reaktion zu evozieren. Als er glaubte, ein halbherziges Nicken vernommen zu haben, fuhr er fort: „Na, also. Sophie ist, wie gesagt, in meiner Zentrale. Nicht weit von hier. Ihr könnt ja dann später über alles reden. Bevor ich dazu komme, dir zu erklären, was ich jetzt hier genau von dir haben möchte, will ich noch sagen, dass ich überaus dankbar für Sam und seine nette Familie bin. Wie ich sehe, haben sie sich genügend um dich gekümmert und dich wie ausgemacht hierhergebracht.“ Dabei zeigte er auf die volle Wasserflasche, die vor Elies Brust an einer Plastikschnur baumelte. „Wirklich sehr nette Leute. Leute wie sie werden von unserem Vorhaben am meisten profitieren!“

Elie wollte wieder nicht glauben, was er da hörte. Wie konnte es sein, dass Haidar auf einmal für alles einen Plan hatte – und hinter seinen Worten mehr war, als bloß weitere leere Worte? Und wie kam es, dass ihm die Leute zu folgen begannen? Das könnte gefährlich werden, und bei diesem Gedanken wuchs die Abscheu gegen seinen einstigen Freund nur noch mehr.

Da bemerkte er erstmals zwei zwielichtige Gestalten, die sich am unteren Ende der Rampe in Position begeben hatten. Sie wirkten bedrohlich und das aus einem einfachen Grund: Sie zählten zu Haidars Gefolgschaft. Da sagte sich Elie selbst, dass er sich nicht weiter einschüchtern lassen wollen würde. Er wollte ihm etwas entgegensetzen. Doch der letzte Anstoß, um diesem Impuls Ausdruck zu verleihen, fehlte noch.

„Nicht sehr gesprächig heute, was?“, meinte Haidar mit einem niederträchtigen Ton in der Stimme. „Nun, dann kann ich gleich zum Punkt kommen: Ich will, dass du dieses Tor hier öffnest. Du bist der Schlüssel zur Wirkungsstätte deiner Mutter, verstehst du? Du warst immer der Knopf an der Weltendetonation, die deine Mutter für uns hier versteckt hat. Also nur zu – *mach auf!*“

Elie glaubte nicht richtig zu hören. Er musste angestrengt dagegen ankämpfen, nicht in ein neurotisches Gelächter zu verfallen. Er wusste nichts von einem Schlüssel, und war sich sicher, dass er keinen Schimmer davon hatte, wie man dieses Tor hier aufbekommen konnte. Wer zum Teufel hat diesen Floh in Haidars Ohr gesetzt, fragte er sich amüsiert. Was sollte diese Weltendetonation sein? Das war alles einfach lächerlich.

Anstatt aber einen Einspruch zu artikulieren und sich hier gleich gegen seinen verrückten Freund aufzulehnen – verfiel er in eine gleichsam unentspannte Stille. Für den Moment jedenfalls.

„Klar doch, mein Freund“, fauchte Elie durch seine zusammengepressten Zähne, „– ich mach das. Ist ja immerhin Teil deines Plans, nicht?“

Haidar, der seiner Show schnell überdrüssig wurde, nickte ihm nachdrücklich zu. Er wusste einfach, dass Elie das ausschlaggebende Schlüsselelement war und dass alles, was hier in den nächsten Augenblicken geschehen würde, kein Zufall war. Hier wurde gerade Geschichte gemacht, so seine feste Überzeugung. Es war – die Erfüllung einer Prophezeiung. Es war Schicksal.

„Also, dann“, Elie benahm sich sonderbar gelöst und sprach in einem unheimlich gelassenen Ton, „mir wirds gleich einfallen, wie man da reinkommt. Zurzeit hapert es ein bisschen an den unterbewussten

Erinnerungen an meine Kleinkind-Indoktrinierungen und unterschwelligen Botschaften von meiner Mutter, die, wie du ja am besten weißt, schon seit gut zwanzig Jahren keinen Kontakt mit mir gepflegt hat. Aber, egal, stimmts?"

Haidar nickte wieder nur. Warum stellte er sich bloß so an, fragte er sich gelangweilt.

„Ich schätze, ihr habt schon alle Zahlenkombinationen ausprobiert, oder?", warf er scherzend nach.

„Ja", sagte Haidar, „Wir haben einem Bot aufgetragen, alle 10.000 möglichen Kombinationen auszuprobieren. Ohne Ergebnis."

Elie verringerte den Abstand zur Konsole mit dem kleinen Display und dem Ziffernfeld um einige Schritte. Auf eine ironische Art griff er sich ans Kinn und tat so, als würde er tatsächlich über dieses Rätsel grübeln. Da bemerkte Elie, dass Haidars Kumpanen gerade das obere Ende der Rampe erreicht hatten und nun nur einige Meter hinter ihm und Haidar am Plateau Stellung bezogen.

„Wir müssen wohl etwas übersehen haben. Der offensichtliche Weg war eine Finte", Haidars Ton wurde düsterer, als würde er bald die Geduld verlieren. „Wir würden uns also sehr freuen, wenn du uns weiterhelfen könntest." Dann fügte er noch hinzu: „Das ist dein großer Moment, auf den wir alle gewartet haben. Auf den die Welt gewartet hat." Das Gesagte war neben aller Schaumschlägerei unverkennbar als Drohung gemeint.

Die Atmosphäre schlug ins Unbehagliche um. Die Sonne stand schon tief und Haidar und seine undurchsichtigen Freunde, die er immer nur als ominöse Präsenzen wahrnahm, zeigten immer mehr Anzeichen von Feindseligkeit. Das glaubte er zumindest. Elie glaubte auch, dass sein irrer Freund wohl keine weitere Verwendung für ihn haben würde, wenn er tatsächlich nicht den Teil in seinem Plan erfüllte, der so zentral war: dieses Tor hier zu öffnen.

Das kümmerte ihn aber nicht weiter. Wenn das hier irgendein Ende, von ihm aus, sein Ende, darstellen sollte, dann sei es eben so.

Er wollte aber noch etwas Zeit schinden.

„Mhm-hmm“, brummte Elie zwischen seinen ans Kinn angelegten Zeigefinger und seinen Daumen, „Echt krass, wenn man bedenkt, wie lange dieser Schuppen schon verriegelt ist. An die zwanzig Jahre, nicht? Und keiner weiß genau, was da drinnen wartet. Faszinierend. Ich versteh langsam den Reiz dahinter.“

Haidar wusste, dass Elie sich einen Jux erlauben wollte. Er ging aber trotzdem darauf ein: „Ja, Elie. Ich habe zwar geprüfte Anhaltspunkte, was sich hinter dieser Tür befindet – aber wissen tuts wohl keiner wirklich. Außer deiner Mutter natürlich. Wo immer sie auch ist.“

„Was glaubst du, was dahinter ist?“, fragte Elie und tat so, als würde ihm tatsächlich etwas an seiner Einschätzung liegen.

„Na, zum einen, die Möglichkeit mit deiner Mutter Kontakt aufzunehmen.“

„Gewiss“, heuchelte Elie, „und sonst?“

„Sonst, so meine Annahme, befindet sich darin ein Art Re-Set-Button für die Helix-Ordnung. Du weißt ja, deine Mutter war im wissenschaftlichen Gründerteam der Helix-Ordnung. Ich nenne sie die ‚Ermöglicher‘. Und nach ihren Tagebüchern zufolge, war sie die Einzige der hochrangingen Mitarbeiter, die ehrliche Bedenken in diesem neuen und zukunftsweisenden System sah – und diese auch offen ansprach und anprangerte.“

Elie brummte und nickte energisch. Er hätte dazu nichts sagen können, ohne wieder Gefahr zu laufen, in ein auflösendes Gelächter zu verfallen. Er wusste von diesen ‚Tagebüchern‘, von denen Haidar hier abermals redete. Wie die meisten war Elie davon überzeugt, dass diese Einträge völlige Fälschungen waren. Diese Texte waren wahrscheinlich nicht mal das Erzeugnis eines menschlichen Geistes, sondern das Resultat von einem selbstlernenden Programm, das zu seinem Leid zu vielen Verschwörungstheorien ausgesetzt worden war. Ja, es ging dabei um eine mögliche aufkommende Ungerechtigkeit in einer ‚maschinengelenkten Zukunft‘, aber auch um sehr viel mehr. Etwa handelt eine Passage vom Verbergen außerirdischen Lebens auf der Erde (ein zeitloser Klassiker), beziehungsweise verborgenes Erdenleben im Weltall.

Wie absurd diese Schrift war, hatte er Haidar schon hunderte Male erklärt. Wie er bemerken musste, ohne Erfolg.

„Mhm, ich verstehe – ein Re-Set-Button, also. Alles klar“, Elie tat sich richtig schwer, sein Lachen zu unterdrücken. Aber er fand es, aufgrund der angestauten Dramaturgie vor Ort, wert, ernst zu bleiben. „Dann sollten wir wirklich mal nachschauen.“

Mit vorgegaukelter Anspannung fokussierte er seinen Blick abermals auf das kleine, gerade mattschwarze Display. Er wollte zwar nur so tun, als würde er nachdenken, doch ehe er sich versah, holte ihn tatsächlich eine Idee ein. Es war wieder die Idee von seiner Mutter. Oder, viel eher, eine Idee unter mehreren, die seiner Mutter entsprechen sollte. Das Gedankenkonstrukt, das Haidar von seiner Mutter haben musste, und diesen tagein, tagaus quälte, war sicherlich ein ganz anderes. Warum das alles, fragte er sich. Warum konnte er sich davon nicht lossagen?

Er dachte gerade daran, wenn er es geschafft hätte, dass Haidar auch nur einen Teil von seiner Einschätzung übernommen hätte, wäre der restliche Bau krachend eingestürzt.

Was er dahingehend nicht anbieten konnte, waren große, ausführliche Reden aus ihrem Mund. Oder sonstige tiefergehende Botschaften an sein jüngeres Ich. Haidar hatte in der Vergangenheit oft danach gefragt. Ohne Erfolg. Das lag natürlich daran, dass Elie ein dreijähriges Kind war, und keinen Sinn für große, sinnstiftende Mitteilungen gehabt hatte, aber wohl auch daran, dass sie diese nicht vor ihm vorgetragen hätte, sofern sie überhaupt jemals solche Reden, wie sich Haidar das vorstellte, geschwungen hatte. Seine Mutter war eine sehr verschlossene Person, glaubte Elie zu wissen.

Was war es aber, an das er sich erinnern konnte? Was hatte sie jemals zu ihm gesagt? Seine Mutter sprach oft recht simpel zu ihm, wie man eben mit einem naiven kleinen Jungen redete, stellte er sich vor. Davon abgesehen hatte er nie das Gefühl, dass sie eine von

Großartigkeit gesegnete Wissenschaftlerin war. Ihre Worte waren oft gar recht ‚abergläubisch', beziehungsweise rochen sie danach.

Elie nahm sich trotz, oder gerade wegen der angespannten Situation Zeit, sich ihre Worte in Gedanken zu rufen. Zumindest eine Phrase fiel ihm sofort ein.

„Sieben Siegel hat das Glück", hatte sie ihm damals in die Krippe geflüstert. Seltsam, dass ihm das – und nur das – gerade einfiel.

Er drückte die Sieben.

Das Display leuchte hell auf.

Er drückte keine weitere Zahl.

Die letzten drei Platzhalter blinkten weiter.

Er drückte ‚*OK*'.

„*Passwort akzeptiert*", stand da.

Und tatsächlich: Die Raketenstation brach mit einem gewaltigen Knarren und Raunen auf. Rost- und Staubpartikel wurden durch die Luft gewirbelt. Das unbeschreiblich laute Ausdehnen des so lange inerten Stahls stach in den Ohren der Anwesenden. Ihr Starren war an den sich andeutenden Spalt gefesselt; Elies Mimik glich dabei mehr dem von purem Unglauben; das Gesicht von Haidar war das der Genugtuung, die Genugtuung eines Versessenen, dem wieder einmal alles gelang, ohne nach der Spur einer Erklärung zu fragen.

Alle, eingeschlossen Haidars Kameraden, mussten sich die Hände gegen die Ohren pressen, da der metallische Lärm noch eine gute Minute anhielt, bevor sich die unglaublich dicken Torhälften in die vorgesehene Position bewegt hatten und nun wieder ruhten.

Es sollte aber noch eine weitere Zeit dauern, bis sich die dicke Staubwand legte. In der Zwischenzeit fragte sich Elie, ob das gerade wirklich geschieht, weil er hier bloß die Zahl Sieben eingegeben hatte. Konnte das sein? Hunderte Jahre von ‚Ihr Passwort ist zu kurz' mögen schon ihre Wirkung auf das kollektive Gedächtnis der Menschheit gehabt haben, aber hat wirklich keiner vor ihm je gedacht, wenigstens die Möglichkeit in Erwägung zu ziehen?

Er hatte es jedenfalls getan, versicherte er sich. Wie nichtssagend sich der Grund für ihn auch anhörte, es war nun einmal ein Fakt, dass Sieben immer so etwas wie eine Glückszahl für ihn gewesen ist. Etwas, das er von der großen mütterlichen Naturwissenschaftlerin mit Hang zum Aberglauben geerbt zu haben schien.

Immerhin hatte seine Mutter ihn auch in der Helix 7 und nicht in einer der vielen anderen Helices abgegeben.

Oder war alles nur ein Trick von Haidar? Er konnte es nicht sagen. Wie er einen prüfenden Blick zu seinem manischen Freund hinüberwarf, sah er nun nicht unbedingt Diabolisches, sondern einfach nur Freude. Die Freude eines Glücksritters, der seinem Ziel wieder einen Schritt nähergekommen ist.

Freuen wollte er sich dennoch auf keinen Fall für ihn. Wer weiß, wie es von hier weitergehen sollte.

Der schwere Staub war soweit mit den Winden davongetragen worden und die letzten dickeren Rostpartikel rieselten gemächlich zu Boden. Das Innere der korrodierten Lungen wurde langsam aber doch für alle preisgegeben.

Völlige Stille zog ein.

Als das Spektakel vorbei war, hörten sie ein Geräusch. Es war ein hell-hallendes Geräusch von weit hinten im Raketensilo.

Es hörte sich an wie: „Wuuff-Krrrrh-Grrr-Biep-Boink. Wuff. Wuff-Wuff.“

19

„Was zur Hölle? Das ist ein Köter“, kommentierte einer der Männer, die mit Haidar mitgekommen waren. Die beiden wirkten nun gar nicht mehr so bedrohlich.

„Eine Art Roboter-Köter, genauer gesagt“, fügte der andere rechthaberisch hinzu.

„Das sehe ich doch“, erwiderte der Erste, der über einen Kopf größer war, als der Zweite.

Sein Name war Charles, der Name des Kleineren war Tim. Die beiden standen da und glotzten das kleine herumhüpfende Wesen aus Metall und Kunststoff ungläubig an. Neugierig, wie sie waren, hatten sie sich vor Elie und Haidar gedrängt, um einen besseren Blick darauf zu erhaschen. Sie standen an der Schwelle zum Inneren des Raketensilos, das tatsächlich bis auf den kleinen Roboterhund komplett leer war.

Daraufhin explodierte Haidar. Er stieß Charles und Tim ohne Rücksicht zur Seite und stürmte auf den Hund zu.

„Lasst mich mal sehen!“, schnauzte er sie an. „Dieses Gerät muss irgendeine Funktion haben! Vielleicht kann man damit ein Signal absenden…“, murmelte er wütend vor sich hin.

Er drehte und wendete den kleinen Blechköter in der Luft hin und her und suchte dabei nach irgendeinem Hinweis auf einen Schalter oder gar auf ein Interface, das zur Kommunikation dienen könnte. Dabei ging er überaus grob und unnachsichtig vor. Das führte dazu, dass Elie aus seiner Apathie erwachte. Die anfängliche Gleichgültigkeit gegenüber dieser absurden Wendung schlug in Besorgnis um. Ihm gefiel nicht, wie Haidar den Roboterhund behandelte und wollte etwas dagegen unternehmen. Der Grund war der, dass er den Roboterhund kannte.

Es war *sein* Roboterhund.

„Fritz!“, rief er konstatiert. „Lass ihn runter! Er hat dir nichts getan.“

Er riss den fidelen Klapperkasten aus den Fängen Haidars, der nicht ganz verstehen wollte, was hier gerade vor sich ging. Elie stellte den antiquarischen, aber wohl unbeschadeten Roboterhund behutsam am Boden ab und beugte sich zu ihm hinunter.

„Hallo, Fritz!“, flüsterte er ihm zu. „Nach all den Jahren habe ich dich endlich wieder.“

Haidar zog sich einige Schritte zurück und machte sich sein eigenes Bild von der Szene. Er verstand langsam, dass das Wiedersehen zwischen Elie und diesem Hund kein Zufall sein konnte: Er war für ihn hier zurückgelassen worden. Eine Wendung des Schicksals, die er so nicht vorhergesehen hatte, und ihn nun panisch nach dem Sinn dahinter Ausschau halten ließ.

„Du kennst dieses Ding?!“, fragte er Elie aufgewühlt.

Dieser ignorierte ihn, spielte einfach weiter mit dem Roboterhund, an dem ihm eindeutig viel zu liegen schien. Elie brachte Fritz dazu, sich zweimal im Kreis zu drehen und dabei wie wild mit seinem dreigliedrigen Schwanz zu wedeln. Bei diesem Anblick machte sich in seinem Gesicht der unbeschwerte Ausdruck eines kleinen Jungen breit. Ganz anders war es bei Haidar. Dieser stand wie versteinert daneben und schnaubte vor Wut.

Da fauchte dieser wieder in Richtung Elie: „Was hat es mit dem Ding auf sich? Sag schon!“

Ohne von seinem Hund abzulassen, erwiderte Elie schließlich: „Gar nichts. Mit diesem ‚Ding‘, wie du sagst, hat es gar nichts auf sich. Das ist einfach Fritz. Den hat mir meine Mutter zu meinem dritten Geburtstag, oder so, geschenkt. War immer mein Lieblingsspielkumpane. Dachte nicht, ihn jemals wiederzusehen.“

„Ja, aber was kann er?! Was ist sein Zweck?!“

„Sein Zweck?“, fragte Elie wieder verständnislos. „Ich will meinen, sein Zweck war, mir Freude zu bereiten. Mich weniger einsam fühlen zu lassen.“

Dabei dachte er daran, dass er als Kind wohl tatsächlich unüblich viel allein war. Seine Mutter hatte nun einmal sehr wenig Zeit gehabt und auch sonst mangelte es in der Forschungsstation an gleichaltrigen Kindern, mit denen er spielen hätte können. So, oder so ähnlich musste es gewesen sein.

„Völlig nutzlos!“, geiferte Haidar, bevor er, ohne noch einmal zurückzusehen, aus der Raketenstation stürmte. Seine Enttäuschung war für alle Anwesenden unmissverständlich einsehbar. Sie wussten alle, wie groß seine Hoffnungen, die er auf diesen geheimen Ort gesetzt hatte, waren.

Charles und Tim blieben zurück und Elie spielte noch weiter mit Fritz. Er machte sich keine Gedanken, wie es nun weitergehen würde. Er war ausnahmsweise für einen Augenblick glücklich.

Nach einer Weile fragte er die beiden, die ihm und seinem Hund beim lustigen Treiben zusahen, ob das Ganze hier auch für sie so eine große Enttäuschung sei.

Tim meinte darauf: „Ich weiß nicht. Ich weiß ja nicht genau, was wir uns erwartet haben.“

Dann machte dieser eine Geste, um anzudeuten, dass er den kleinen Fritz wohl auch gerne streicheln wollen würde. Streicheln war bei diesem felllosen Hundemodell wohl zu viel verlangt, aber Elie ließ ihn machen und sah zu, wie er ihn bedachtsam tätschelte. Fritz gefiels.

Da brachte sich Charles ein: „Wir sollten jedenfalls dann auch zurück ins Lager fahren. Haidar ist sicher schon am Weg dorthin. Und immerhin wird es auch schon spät.“

Damit hatte er sicherlich recht. Es blieb die Frage, was Elie machen wollte. Daher schlugen ihm die beiden vor, dass er bei ihnen willkommen wäre und mit ihnen mitfahren können würde. Da Elie natürlich keinen alternativen Plan für seine wenig aussichtsreiche Situation hatte, stimmte er zu. Er nahm Fritz auf seinen Arm und begleitete die beiden, die ungewöhnliche schnell ihre ursprünglich nicht vertrauenswürdige Aura für ihn verloren hatten, aus der Raketenstation, die wiederum endgültig ihren Zauber verloren hatte. Stattdessen hat er einen alten Freund und Spielkameraden wiedergewonnen, was er als doch glückliche Wendung sah.

Sie schritten ohne Hast die Rampe, auf deren glatter Oberfläche sich die untergehende Sonne spiegelte, hinunter und begaben sich dann auf die Rückseite des monumentalen Plateaus. Dort fanden sie die beiden Buggys vor, mit denen Charles und Tim hergekommen waren. Von Haidars schnellem Verschwinden zeugte eine tiefe Spur im aufgewühlten Sand. Er war mit einem baugleichen Buggy unterwegs, musste jedoch bereits den Horizont passiert haben.

Ihr Lager war keine dreißig Minuten Fahrzeit entfernt, teilte man Elie mit. Dann setzte er sich zu Tim (er hätte sich auch zu Charles setzen können) in den Buggy, platzierte Fritz sicher auf seinem Schoß – und ab ging die Fahrt. Aufgrund des Fahrtwindes im offenen Chassis des Buggys war es zwar unglaublich laut, aber Tim und Elie fingen trotzdem eine kleine Unterredung an.

Tim erkundigte sich zuerst über Fritz. Da sich aber hinter dieser durchaus niedlichen Maschine nicht mehr verbarg, als eben eine niedliche Maschine aus Elies lang zurückliegender Vergangenheit, verfielen sie bald auf ein anderes Thema. Es war Elie, der Fragen zu Haidar hatte und sich erhoffte von einem seiner Vertrauten brauchbare Antworten zu erhalten.

Als Erstes fragte er Tim, wie sie zusammengefunden hatten und in welcher Art von Organisation sie nun koexistierten. Dabei wollte er nicht jedes Detail hören, machte er deutlich; ein grober Überblick würde ihm reichen. Tim erklärte ihm, dass sie auf Haidar das erste Mal in einem Forum aufmerksam geworden sind. Dort habe dieser regelmäßig wilde und ausschweifende Blogeinträge geteilt, aber vor allem immer wieder seinen Senf in den Kommentaren zu Beiträgen anderer Poster dazugegeben. In dieser ‚Szene von Freidenkern' (oder Spinnern, wie Elie sie nennen würde) war Haidar somit schon lange ein großer

Name, obwohl sein Forumsname nicht Haidar war. Er war dort als Hux Lee bekannt. Jedenfalls war es aber so, dass Haidar Charles und dann Tim persönlich kontaktiert hatte, und nicht umgekehrt. Warum er genau sie ausgewählt hatte, hatten sie nie wirklich erfahren. Von da an hatte er immer wildere Pläne mit ihnen geteilt, die sie vor nun vier Monaten das erste Mal Stück für Stück umzusetzen begannen.

„Von Plänen und großen Revolutionen hat er in meiner Gesellschaft auch immer gesprochen", warf Elie ein. „Aber mit nichts dahinter."

„Das ist was dran", sagte Tim. „Wir haben ihn auch erst für den ‚Real-Deal' gehalten, als er die ersten Sachen umgesetzt hatte."

„Was zum Beispiel?", hakte Elie nach.

„Naja, er hat uns gezeigt, dass er in der Lage ist, auf verschiedenste Sachen in der Helix Einfluss zu nehmen. Erst waren es kleinere, unbedeutende Dinge, später aber auch größere, augenöffnende Dinge. Und für normal kann ja niemand wirklich Einfluss auf die Dinge und die Umwelt in der Helix ausüben.

Also, klar, man kann die Farbe an den Wänden seiner Wohnung im Sekundentakt ändern, oder sich aussuchen, wie das Wasser aus der Leitung schmeckt. Das ist auch alles toll, und so, aber eben auch nur immer auf einen selbst beschränkt. In der Helix kann man aber nichts von wirklicher Substanz ändern, oder dabei mitbestimmen, wie etwas gemacht werden soll, etwas mit gesellschaftlichen Auswirkungen, verstehst du? Man kann sich ja nicht einmal einen Einblick darüber verschaffen, wie und wo solche weitreichenden Dinge geregelt werden. Und wenn man's noch so sehr versucht.

Wir werden von einem technologischen Moloch beherrscht, wobei es sich genauso gut um einen Zauberer mit einer magischen Kugel handeln könnte, der sich partout nicht in die Karten schauen lässt. Haidar kann das aber."

Elie wollte etwas Konkreteres hören und da machte ihm Tim weis, dass Haidar es einmal geschafft hatte – durchaus zu Demonstrationszwecken – die vollständigen Persönlichkeits-Logs, also alle Einträge, die über sie in der Helix vom Monitoringsystem hinterlegt waren, für sie einsichtbar zu machen. Die zwei Datensätze waren zu überwältigend und zu ungeordnet, um sich auch nur einen kleinen Überblick zu verschaffen, was alles über sie gesammelt wurde. Außerdem hatten sie kein echtes Interesse an dieser Information, weil sie sowieso davon ausgingen, dass wirklich *alles* über sie aufgezeichnet wurde. Aber dennoch, allein die Tatsache, dass Haidar an diese Daten gekommen war, war beeindruckend.

„Aber Haidar ist kein Hacker", warf Elie sofort ungläubig ein.

„Ja, den Eindruck hatten wir auch. Er hat es aber trotzdem gemacht. Einfach so."

Dabei sah er Elie länger scharf an. Da sie geradlinig durch eine ebene Wüstenlandschaft fuhren, brauchte sich Elie als Beifahrer keine allzu großen Sorgen machen, dass ein Hindernis übersehen wurde, ihr Fahrzeug daran zerschellte und sie in einem brennenden Wrack sterben könnten.

„Wie er solche krummen Dinger trotzdem abziehen konnte, haben wir erst viel später erfahren", führte Tim weiter aus.

„Wie hat er's gemacht?", fragte Elie nach.

„Mit einem besonderen ‚Werkzeug'", sagte Tim, diesmal ohne sich zu seinem Beifahrer zu wenden. Sein Blick war auf den Horizont gerichtet und er schaltete einen Gang hoch. „Er nennt es *das ALL-DEVICE*. Ich weiß nicht, wie er dazu gekommen war, oder was sein tatsächlicher Ursprung ist – aber das Teil ist enorm machtvoll. Du fragst ihn am besten selbst darüber aus. Er ist sehr geheimniskrämerisch, wenn wir ihn darüber aushorchen." Elie nickte. „Wir sind auch schon fast da. Ich lass dich gleich bei ihm aussteigen."

Sie fuhren in eine kleine Talsenke ein, von wo aus sich Elie sogleich ein erster Eindruck von ‚Haidars Reich' erschloss. Es war eine Ansammlung von mobilen Wohneinheiten.

„Immerhin", dachte sich Elie.

Elie konnte das Modell sogar identifizieren. Es waren drei mehrstöckige Ausführungen des allCaravan. Diese Teile waren einmal der letzte Schrei gewesen, als unter den Helixianern noch die Nachfrage nach outdoortauglichen Reisemöglichkeiten bestand. Wenn man sich so einen allCaravan geliehen hatte, konnte man auf eigene Faust zum nächsten Canyon oder zu sonstigen Natur-Sehenswürdigkeiten fahren, um dort ein bisschen Abenteuerurlaub mit seinen Freunden zu verbringen. Elie hatte das Angebot selbst nie genutzt, aber er konnte sich noch gut an die Werbeclips erinnern.

„*Draußen ist auch noch ein Ort*", so, oder so ähnlich, ging einer der Slogans.

Er wusste nicht genau, warum die Produkte von allCaravan in letzter Zeit nicht mehr beworben wurden und wohl früher oder später völlig in Vergessenheit geraten werden. Natürlich könnte die Angebotsschiene aus Sicherheitsbedenken abgedreht worden sein. Davon wusste er aber nichts. Wahrscheinlicher war es da schon eher, dass die rein virtuellen Reisemöglichkeiten, mit denen man fremde Orte erkunden konnte, ohne sein zu Hause verlassen zu müssen, diese Art des physischen Reisens obsolet gemacht hatte. Immerhin konnte man sich bei den virtuellen Reisen aussuchen, zu welcher Zeit und in welchem ‚Zustand' man die Orte und Sehenswürdigkeiten aufsuchen wollte. Eindeutig ein nicht zu missachtender Vorteil in diesem maroden Erdzeitalter. Außerdem konnte man wirklich jeden, real oder erfunden, auf seine virtuellen Reisen mitnehmen.

Und da erinnerte sich Elie daran, dass er einmal mit Mickey Mouse, Marilyn Manson und einer sprechenden Taschenvagina ein ausgelassenes Wochenende am östlichen Ende der Chinesischen Mauer verbracht hatte. In Wahrheit lag er drei Tage völlig zugedröhnt allein in seinem Schlafzimmer. Gute Zeit, dachte er sich.

Sie waren aber doch beeindruckend, diese allCaravans, musste er zugeben. Drei Stöcke türmten sich vor ihm auf – und dabei sollte das ganze durch sämtliche Landschaften und sogar übers Meer tuckern können. Mehr Gedanken machte er sich aber eindeutig darüber, was sich im Inneren verbergen würde. Wie würde Haidar zu sprechen sein, fragte er sich. Vermutlich hat er noch weitere Pläne auf Lager und würde sich nach der Enttäuschung vorhin bei der Raketenstation nicht geschlagen geben.

Elie würde ihn jedenfalls überreden wollen, zu ihrem alten Leben in der Helix zurückzukehren. Das war das Richtige zu tun und nichts hier draußen hatte ihn bisher davon überzeugen können, sich nach etwas anderem umzusehen.

Da war auch noch der Gedanke an Sophie. Haidar hatte ihm gesagt, er würde sie hier wiedersehen.

Mit einem mulmigen Gefühl stieß er die Tür ins Innere des allCaravan auf. Da sah er auch schon Haidar. Er saß über ein Buch gebeugt an seinem Schreibtisch inmitten des offenen Raums. Das Interieur in dieser überraschend geräumigen Wohnstube erinnerte Elie stark daran, wie seine eigene Helix-Wohnung einige Updates zurück ausgesehen hatte.

Er ließ Fritz, den er die ganze Zeit fest im Arm gehalten hatte, hinunter. Vorsichtig tappte dieser sogleich in Richtung Haidar. Elie tat es ihm nach. Haidar aber ignorierte die Ankömmlinge, solange er konnte. Er tat beschäftigt.

„Was liest du da?“, fragte Elie und wagte einen Blick auf den dicken Schmöker.

Ohne seinen Blick aufzurichten, erwiderte Haidar anfeindend: „Nur das wichtigste akademische Werk des letzten Jahrhunderts: ‚Die revolutionäre Tradition‘ von Hux Lee.“

Elie hatte diesen Namen erst kurz zuvor das erste Mal gehört. Haidar hatte diesen Namen für seine Online-Präsenz gewählt, erinnerte er sich.

„Noch nie gehört. Um was geht es darin?“, fragte Elie arglos. Mit Ignoranz konnte man Haidar immer aus der Reserve locken, das wusste er nur zu gut.

Mit neu erweckten Geistern fing Haidar, wie es zu erwarten war, an zu erklären: „Dieses Werk stellt bloß den bedeutenden Versuch dar, die Geschichte der menschlichen Revolutionen diskurskritisch abzubilden und dabei zu beurteilen, warum manche Revolutionen funktioniert haben und andere von vornherein zum Scheitern verurteilt waren."

Mit diesen Worten schlug er das Buch zu und ermöglichte Elie einen guten Blick auf den prunkvoll mit Gold verzierten Buchdeckel.

„Sollte eigentlich jeder lesen", fügte er hinzu und strich gemächlich mit seinem Handrücken über das schöne Cover.

„Und warum haben die einen funktioniert und die anderen nicht?", fragte Elie mit absichtlicher Naivität nach, aber auch, weil er glaubte, dass dies die Frage war, nach der hier doch verlangt war.

Haidar sah ihn genervt an und vermittelte Elie damit, dass er schon wieder peinlich ahnungslos war. Er holte also etwas weiter aus, ohne dabei aber, wie so oft, allzu konkret zu werden: „Das kann man so nicht sagen. Es kommt immer auf den richtigen Ort und vor allem den richtigen Zeitpunkt in der Geschichte an. Jeder revolutionäre Schritt muss sowohl richtig geplant sein als auch auf aufnahmefähigem Untergrund gesetzt werden."

Elie nickte verständnisvoll. Nicht, weil er völlig verstand, sondern weil er das Gespräch auf eine andere Ebene heben wollte.

Seine nächste Frage lautete: „Und du glaubst, es ist wieder Zeit für eine große, alles vernichtende Revolution?"

Haidar atmete verdrossen aus. „Es geht nicht darum, etwas zu zerstören, oder zu vernichten", im selben Moment legte er das Buch zur Seite, stand auf und lehnte sich gegen den Stuhlrücken. „Es geht darum, an besseren Alternativen zu arbeiten. Und ja, die Zeit ist wieder einmal dafür da! Dringlicher denn je."

„Worauf wartest du dann noch?", fragte Elie überaus unverblümt. „Ich habe von deinen Freunden erfahren, du kannst einiges ins Rollen bringen. Stichwort: ALL-DEVICE – in Großbuchstaben. Ist da was dran?"

Ein gequältes Grinsen schlich sich in Haidars Gesicht. Er war nicht überrascht, dass Charles oder Tim (aber wahrscheinlich Tim, dachte er sich) mit der Information über das ALL-Device rausgerückt war. Er war geradezu froh darüber, dass nun der Moment gekommen war, wo er seinem immer zweifelnden Freund mit Nachdruck erklären konnte, warum er der Größte war.

„Hier“, sagte er und holte etwas aus seiner rechten Hosentasche hervor. Es war ein allDevice, erkannte Elie. In Wirklichkeit war es aber *das* ALL-Device. „Sieht ganz normal aus, nicht?“

Elies Blick war durchaus von etwas Ehrfurcht durchdrungen. Er erkannte zwar keinen Unterschied zu seinem allDevice (es war ein kleines akzentloses Rechteck), aber wenn etwas davon stimmte, was Tim ihm vorhin erzählt hatte, war das hier ein besonderes Artefakt.

„Ist aber nicht normal. Mit diesem Gerät kann ich unsere Welt auf den Kopf stellen. Das steht fest.“ Haidar ließ keinen Zweifel zu, dass er das genauso meinte, wie er es sagte. „Es hat mich schon so weit gebracht. Die drei allCaravans habe ich etwa damit aus der Versenkung geholt. Aber auch noch viele andere Dinge konnte ich damit realisieren. Dinge, die du für unmöglich halten würdest,“, fügte er hinzu, ohne allzu angeberisch wirken zu wollen. Das gelang ihm aber nicht.

„Wie bist du dazu gekommen?“, fragte Elie geradeheraus.

„Das ist unwichtig. Wichtig ist nur, dass ich der Einzige bin, dem diese Macht zuteilwurde.“ Wie einen zu behütenden Schatz versteckte er den geheimnisvollen Gegenstand wieder in seiner Hosentasche.

„Komm, sag“, löcherte Elie ihn weiter.

„Meinetwegen. Im Grunde ist es mein altes allDevice, nur mit einem divergenten System-Update darauf. Woher oder von wem es hinaufgeladen wurde, weiß ich nicht. Zufrieden?“ Haidar zeigte sich sichtlich verärgert über Elies Pedanterie.

„Dein Ernst?“, fragte Elie fassungslos nach. Er fand diesen Umstand zu komisch.

„Ja“, erklärte Haidar. „Du kannst das als Beweis dafür sehen, dass ich auserwählt worden bin. Niemand sonst ist dies zugesprochen worden. Diese Macht ist mein Schicksal!“

„Für was denn auserwählt? Oder besser, von wem? Machst du dir keine Sorgen, dass es sich um ein Missverständnis handeln könnte?“

„Nein, ich glaube nicht an Zufälle. Und es ist ja nicht so, dass man keinen großen Verstand brauchen würde, und besondere Fähigkeiten, Scharfsinn und ohnehin alles, was mich auszeichnet, mitbringen müsste, um dieses Gerät bedienen zu können.“ Seine Stimme überschlug sich fast bei der kleinen Aufzählung von persönlichen Hervorhebungen, bevor er abschließend hinzufügte: „Ich selbst hab einige Wochen gebraucht, bis ich verstanden habe, wie es funktioniert.“

„Wie funktioniert es denn?“, fragte Elie nach.

„Ganz anders als ein herkömmliches allDevice“, machte er ihm begreiflich. „Es wird doch angenommen, dass ein allDevice, deins und das von allen anderen, ohnehin schon alles macht, was man sich wünscht – aber das ist ein gewaltiger Irrtum! Es verwandelt deine Wünsche, die sehr oft nicht einmal deine eigenen sind, in verwirklichbare Konsumlösungen. Wünschen heißt Konsumieren!“ Nach seiner hitzigen Kritik kam er endlich zum Punkt: „Bei diesem ALL-Device muss man auf einen antiken Eingabemodus zurückgreifen. Es ist ein völlig anderes Betriebssystem, wenn du willst. Es funktioniert nur mit den richtigen Anweisungen in einer imperativen Programmiersprache. Dafür kann man damit aber viel-viel mehr als seine oberflächlichen Wünsche umsetzen!“

Elie hatte keinen Schimmer, von was er da redete. Er fragte nach einer Demonstration.

„Klar kann ich dir was zeigen. Was willst du sehen?“

„Mach die Sonne finster!“, forderte Elie scherzhaft.

Haidar schüttelte mürrisch den Kopf. „Ich habe zwar noch nicht völlig die Grenzen des Möglichen erforscht, aber das ginge wohl zu weit. Sagen wir, für den Moment beschränken sich die ausführbaren Manipulationen auf digitalisierte Dinge in unserer Umgebung. Sprich, ohnehin fast alles.“

„Okay, lass mich nachdenken.“

Elie sah sich in seiner Nähe um. Unumgänglich fiel ihm Fritz ins Auge, der sich vor ihm wartend positioniert hatte. Sollte er den armen

Racker für ein solches Experiment heranziehen? Nun ja, er würde kein Risiko eingehen wollen, aber wieso nicht.

„Bring Fritz dazu, dass er mir einen Schuh, den er noch nicht sehen kann, holt. Aus dem oberen Stock, oder so." Die Aufgabe war prinzipiell lösbar für Fritz, aber doch so komplex, dass er sie diesem alten und noch recht einfachen Hundemodell nicht ohne Probleme zutraute.

„Nichts leichter als das", sagte Haidar selbstsicher.

Sofort zückte er das schwarz schimmernde Eingabegerät, aktivierte es, was dazu führte, dass das Schwarz schwarz blieb, doch ein kleiner weißer Balken erschien, der unaufhörlich blinkte.

Dann tippte er konzentriert folgendes Kommando ein: „ALL:\Users\Fritz" und fügte „>bringSchuh" hinten an.

Und, siehe da, Fritz machte sich auf den Weg. Mit dem klaren Ziel, einen Schuh von oben zu holen.

Das war die ganze Zauberei.

„*bringSchuh?* Dein Ernst?", fragte Elie Haidar ungläubig.

„Ja, mit den genauen Bezeichnungen für die einzelnen Kommandos liege ich meistens richtig. Ist vielleicht Intuition, aber sicherlich ein weiterer Beweis dafür, dass ich der Richtige für dieses mächtige Gerät bin."

Elie trat skeptisch zurück. Er setzte sich auf die Treppe, die in den oberen Stock führte, nahm Fritz, der mittlerweile tatsächlich mit einem Schuh in der Schnauze wieder heruntergekommen war, auf den Arm und inspizierte ihn aufmerksam. Er zeigte keine Spuren eines Schadens. Er hat einfach getan, was Haidar ihm über das bizarre Eingabegerät aufgetragen hatte. Und das, obwohl das Kommando viel Platz zur Interpretation offengelassen hätte.

Da kam ihm ein Gedanke unter. „Hast du mit dieser Methode also auch den Überfall auf unseren Trupp gestern veranlasst?"

„Ganz genau", verlautbarte er durchaus mit etwas Stolz. „Auch meinen Ausstieg aus der Helix, den vorgetäuschten Tod und vieles mehr, habe ich so umgesetzt. Für den Überfall waren natürlich mehrere

Zeilen Code notwendig. Die meiste Arbeit hat schlussendlich mein allSecure-Bot gemacht. Stell dir vor, ich habe einen dieser furchtbaren faschistischen Blechschläger ganz für mich alleine!“ Elie gefiel Haidars aufgeheizte Stimmlage immer weniger. „Die kommen fast mit allem klar. Da ich ihn gecrackt habe, hört er nun auch so auf jeden meiner Befehle, ohne, dass ich jedes Mal umständlich eine dieser Kommandos eintippen muss. Hab ihm aufgetragen, alle, mit denen du und Sophie gereist sind, gefangen zu nehmen und hierher zu bringen. Du darfst sie natürlich dann besuchen.“

Das würde er wohl später auch machen. Aber erst wollte er weiter seinen von Größenwahn getriebenen Freund konfrontieren. Etwas wichtiges war da noch zu klären: „Und warum hat er mich zurückgelassen? Ich glaube mich zu erinnern, brutal niedergestreckt geworden zu sein. Geht das auch auf deine Kappe, du Arsch?!“

„Nana, Elie“, beschwichtigte Haidar. „Ich wollte dir damit nur noch etwas mehr Zeit geben. Du solltest selbst deinen Weg hier zu mir finden und dabei deinen Willen ergründen. Hat dir ja auch nicht geschadet. Und die Erfahrung mit diesen einfachen Bauern hat ganz nebenbei sicherlich deinen sonst überaus begrenzten Horizont erweitert, oder etwa nicht? Was du gesehen hast, ist die echte Welt. Ignoranten haben dafür keinen Sinn.“

Er ging auf die Tatsache, dass Sam und seine Familie, die er doch für aufrichtige und nette Menschen gehalten hatte, mit Haidar unter einer Decke steckten, auch jetzt nicht ein und verwies noch einmal auf den vorherigen Punkt: „Halt mal. Damit ich richtig verstehe. Du hast einem dieser Brutalo-Bots aufgetragen, sich an mich in der Dunkelheit ranzuschleichen, um mir eine volle Breitseite zu verpassen? Spinnst du komplett?!“

„Nein, habe ich natürlich nicht.“ Haidar ging zu Elie rüber und nahm ihm Fritz weg. Er hatte keinen Grund, das zu tun; vermutlich wollte er einfach seine Macht unterstreichen. Dann sagte er zu Elie, der es eindeutig nicht gerne sah, dass ihm sein Hund weggenommen wurde, es aber hinnahm: „Ich habe dich direkt dazu gebracht, dass du Schwarz siehst."

„Bitte was?", fragte Elie entsetzt und stand auf. „Kannst du Leute auf direktem Weg mit deinem kleinen Zauberkasten manipulieren? Sie etwa programmieren?" Er hoffte ernsthaft, dass dem nicht so war.

„Nun, so einfach ist es leider nicht. Die allermeisten Menschen sind zwar in irgendeiner Weise direkt vernetzt, aber keiner der Chips in deinem Körper kann dich zu einem Zombie werden lassen. Also nicht auf dem Weg der direkten Gedankenkontrolle. Dein allHealth-Chip andererseits hat direkten Einfluss auf all deine vitalen Körperfunktionen. Etwa auch auf dein Zentralnervensystem und deinen Stoffwechsel. Hab nur einen kleinen Schock ausgelöst und schon warst du für einige Stunden k. o."

„Und am nächsten Tag bin ich halb verdurstet und mit einem brummenden Schädel allein aufgewacht. Vielen Dank auch, du Penner!"

„Ach, was. So schlimm wars sicher nicht. Solche harschen Erfahrungen sind es doch erst, die die Menschen stark und abgebrüht werden lassen. Etwas, das uns in unserer verweichlichten Seifenblasenumgebung viel zu sehr abgeht!"

Elie dachte kurz scharf nach. Ihm missfiel so gut wie alles, was er aus Haidars Mund bis jetzt gehört hatte. Aber nun wollte er die Aufmerksamkeit auf dessen kühnsten Pläne richten und nicht mehr um den heißen Brei herumreden.

Er fragte ihn also: „Und du willst die Welt wieder zu so einer harschen und brutalen Welt machen. Eine, die nach starken Männern wie dir schreit? Ist doch so, oder? Dabei bist du doch nur durch Glück in diese Position gekommen!"

Haidar spürte ebenfalls, dass es Zeit war, Tacheles mit seinem alten Freund zu reden. Er fing also an, ihn an sein Zukunftsszenario heranzuführen: „Du hast recht, ich habe nicht darum gebeten, in dieser Position des Revolutionsführers zu sein. Das stimmt also, auch wenn ich es nicht Glück nennen würde, sondern Schicksal. Es ging aber dabei nie um mich. Jedoch ist mit dem ALL-Device in meinen Händen mir allein diese Bürde auferlegt worden."

Elie ließ sich von dieser Selbstbeweihräucherung nicht einlullen. Er konnte sich auch recht gut vorstellen, welche Richtung Haidars Rede einschlagen würde und da bekam er zu hören: „Da es aber nun einmal so ist, wie es ist, steht es für mich fest, dass ich meinen ältesten Traum verwirklichen muss: Ich werde die Helix-Ordnung zerstören!"

Für Elie lag das bereits auf der Hand. Er fragte also, warum er es nicht schon versucht hatte.

„Gib einfach Helix1>zerstören, Helix2> zerstören, Helix3> zerstören ein, usw. Ist sicher ein Heidenspaß", sagte er zu Haidar in einem unbeeindruckten und gleichzeitig herausfordernden Ton.

„Wie eingangs gesagt", entgegnete ihm Haidar, „geht es mir nicht um Zerstörung, um der Zerstörung Willen. Ich will die herrschende Ordnung vernichten, um eine bessere Menschheit zu erschaffen. Daher muss ich vorher erst ein Bewusstsein für Veränderung schaffen."

„Und dafür gibt es kein Kommando in deiner Programmiersprache, wie?"

Haidar schüttelte den Kopf. „Nein, Menschen sind, wie ich auch schon gesagt habe, nicht zum Zombietum gemacht. Wenn dem anders wäre, wären sie es auch nicht wert, gerettet zu werden. Ich will an ihren freien Willen appellieren. Sie sollen sich mir freiwillig anschließen."

„Und wie stellst du dir das im Detail vor? Willst du Pamphlete verteilen, oder was?"

„Nicht ganz. Ich habe für morgen aber tatsächlich eine aufrüttelnde Aktion geplant. Ich werde morgen Mittag ein Video viral gehen lassen, ein Enthüllungsvideo, das alle Ungerechtigkeiten, die Menschenverachtung gegen Nicht-Helixianer, die anhaltende Umweltzerstörung und einiges mehr kurz zusammengefasst zeigen wird. Jeder wird es sehen – und einfach anders über die Welt denken müssen. Im Anschluss gebe ich ihnen die Chance, Farbe zu bekennen und sich mir und meiner Sache anzuschließen. Dann erst werde ich versuchen, die Helix-Administration auszuschalten und mit der globalen Umverteilung anzufangen. So und nicht anders werde ich es machen. Der morgige Tag wird ein Tag der Veränderung werden. Ein Tag für die Geschichtsbücher! Nichts wird beim Alten bleiben!"

Er bemerkte selbst, dass er sich etwas in Rage geredet hat. Also kam er auf seinen Freund und Kritiker zurück und fragte ihn mit ungewohnt samtiger Stimme: „Außer du hast etwas einzuwenden?"

Elie wusste, dass er es mit seiner Frage nicht ernst meinte, nahm sie aber dennoch für bare Münze. Cholerisch brachte er ihm entgegen: „Oh, ich habe vieles einzuwenden. Weiß gar nicht, wo ich anfangen soll. Aber wie wär's damit, dass du noch mal bei deiner Ausgangslage anfängst, und mir endlich endgültig weismachst, was am aktuellen System so schrecklich ist. Diesmal hör ich auch zu – ich versprech's!"

Haidar tat nichts lieber als über seine kritischen Ansichten zu monologisieren. Das wusste Elie. Es wäre jetzt auch nicht das erste Mal, dass er ihm dabei zuhören würde; er musste sich hunderte Male zuvor schon sein Gequatsche anhören, und er hatte keinen Grund zur Annahme, dass sich die Quintessenz davon in letzter Zeit viel verändert hat. Was neu war, war einfach der erstarkte Wille und die Möglichkeit zur Umsetzung. Es ging tatsächlich darum, die Gefährlichkeit abzuwägen. Darum hörte Elie nun genauer zu.

Haidar setzte zuerst Fritz am Boden ab. Dann richtete er sich extra groß auf und begann seinen Vortrag: „Im Grunde weißt du ja über alles Bescheid. Du hast heute erst die Einverleibung und ungenierte Ausbeutung der Natur gesehen. Die Wüste, in der wir uns gerade befinden, ist das unmittelbare Produkt des Überflusses in der Helix 7. Sie ist der Grund für die abertausenden Flüchtlinge, die, wie könnten sie anders, sich vor besagter Helix wiederfinden. Hier wird Zerstörung in Kauf genommen, mein Freund, nur damit einige wenige davon profitieren.

Und ja, ich kenne den langfristigen Plan: Irgendwann soll es genug übergroße Helices geben, damit jeder Erdenbürger einen wohligen Platz darin findet und bis ans Ende seiner Tage dem Überfluss frönen kann. Schön und gut, aber die unwiederbringliche Verwüstung der

Umwelt, das völlige Abkehren der alten Lebensweisen, – davon spricht keiner!

Und warum sollten wir diesem Plan überhaupt vertrauen? Gut möglich, dass es sich um eine Fehlkalkulation handelt und es immer eine Zweiteilung zwischen Privilegierten und Geknechteten geben wird! Ich habe keinen Grund zu glauben, dass die Helix-Ordnung der Weisheit letzter Schluss ist – denn die Kosten sind es einfach nicht wert. Es gibt dann schließlich keinen Weg mehr zurück.

Denn es ist doch so, – die Natur in ihrer wildesten Form war immer Bedrohung, ja, aber sie war immer auch ein Ding der Selbstregulierung und ganz nebenbei unsere älteste Heimat und erwiesenster Nährboden! Wir haben uns jetzt schon so weit davon entfernt, dass ein Weg zurück nicht mehr denkbar ist. Das ist falsch. Anders kann man es nicht nennen!"

Haidar hielt ein und nahm sich einen Augenblick zum Verschnaufen. Er sah seinen Freund jetzt begierig an. Er wollte eine ebenso aufbrausende Gegenreaktion von ihm. Es dauerte aber etwas, bis ein weiteres Wort die aufgeheizte Stimmung durchbrechen sollte. Von Elies Gesichtsausdruck konnte man ablesen, dass er sich fast völlig in sich zurückgezogen hatte und vom Pfad des direkten Kampfes resignierend abgekehrt war. Es hatte keinen Sinn weiter zu diskutieren, wusste er.

„Lass es doch", ertönte es leise aus Elies Mund. Er hatte keine Lust auf die vorgetragene Argumentation näher einzugehen, die er nur zu gut kannte, und als er dennoch darum gebeten wurde, sagte er bloß: „Das ist es doch alles nicht wert."

„Also, deiner Meinung sollten wir so weitermachen und zusehen, wie früher oder später alles den Bach runtergeht?", suggerierte Haidar.

Elie musste kurz nachdenken, bevor ihm die richtigen Worte einfielen. Und da kam ihm doch noch ein Gedanke, der es wert war, hier ausgesprochen zu werden. Er sagte: „Es ist doch gar nicht klar, dass alles den Bach runtergeht. Vielleicht ist es ja gerade der Weg der völligen Durchtechnisierung, die Abkopplung von der Natur, – vielleicht ist das der Weg, der das Fortbestehen der Menschheit sichert. Die

Natur ist in meinen Augen genauso wenig auf das Wohl der Menschen ausgelegt, wie die Technologie, die wir um uns anhäufen. Wir sollten einfach die Dinge nehmen, wie sie sind. Mehr sag ich ja nicht."

Er wusste nicht, ob dieses Hin und Her von Argumentationen nicht schon hundert Mal zuvor genauso zwischen ihnen stattgefunden hatte. Es war gutmöglich, doch Elie konnte es nicht mit Sicherheit sagen. Erschöpfend war es allemal.

Sein Ton wurde kontinuierlich ruhiger. Umso tobender wurde Haidar.

„Ja, solches Gefasel erwartet man aus dem Mund eines Privilegierten, aus dem Mund von einem, der nicht an die Generationen vor ihm und noch viel weniger an die Generationen nach ihm denkt. Wie alle Helixianer hast du dich in eine Welt von falschen Versprechen zurückgezogen. In eine digital-hedonistische Scheinwelt!"

Elie hörte die gewohnte Schelte nicht gerne, da er sich doch im Grunde als einen halbwegs guten und mitfühlenden Menschen sah. Auch glaubte er eigentlich recht wenig auf Hedonismus zu geben, obwohl er gegen ein bisschen Vergnügen sicherlich genauso wenig wie Haidar einzuwenden hatte. Für ihn war dies aber in erster Linie bloß unnötiges Herumhüpfen auf nichtssagenden Begriffen.

Er hätte aber doch noch gerne etwas ansatzweise Kluges vorgebracht. Er wusste aber nicht, was. Da fiel ihm aus heiterem Himmel etwas ein. Etwas, mit dem er Haidar wohl nicht von seinem Pfad abbringen können würde, oder damit sonst etwas bei ihm auslösen würde, aber das war ihm gerade egal. Er sprach den Gedanken trotzdem aus. Einfach weil er glaubte, diesen Gedanken vorher noch nie ausgesprochen gehabt zu haben.

„Kennst du Kaninchenkäuze?", fragte er gerade aus dem Bauch heraus.

Haidar sah ihn, wie es zu erwarten war, verwundert an. Sein Blick verfehlte jedoch Elie, da dieser gerade ausdruckslos in den Raum vor sich hinstarrte.

„Das sind Eulen", sagte er mit geistesabwesender Stimme.

„Schon klar“, sagte darauf Haidar, „aber was soll ich mit dieser Information anfangen?“

„Nichts, schätz ich. Hab einfach vor ein paar Tagen eine Tier-Doku gesehen, in der die vorgekommen sind. Krasse Vögel, diese Kaninchenkäuze.“ In seinen Worten war nur wenig Energie zu spüren. Trotzdem schien ihm ehrlich etwas an diesem Thema zu liegen, – etwas, das noch nicht einsehbar war.

„Und, weiter? Ich dachte, wir hätten Wichtigeres zu besprechen…“ Haidar hatte keine Lust mehr auf Reden, was immer vorkam, wenn jemand anderes die Unterredung auf ein ihm unpassendes Thema lenken wollte. Oder, was noch schlimmer war, wenn es so gar nicht mehr um ihn ging. Am liebsten hätte er sich zurückgezogen. Immerhin war morgen ein großer Tag und wenn alles klappte, nicht nur für ihn, sondern für die ganze Menschheit.

„Kaninchenkäuze“, fing Elie wieder an, „machen heute mehr als 50 % der weltweiten Eulenpopulation aus. Kannst du dir das vorstellen? 50 %!“ Nun war wieder etwas Lebenskraft zurück in seine Augen gewandert und er durchbohrte damit seinen Noch-Gesprächspartner. „Und dabei sind sie so ganz anders, als man sich eine Eule vorstellt. Eben mehr wie Kaninchen.“

„Was heißt? Das sind doch keine Kaninchen, geschweige denn halb Kaninchen und halb Eule“, entgegnete Haidar, der zwar keinen Schimmer von der angestoßenen Materie hatte, aber das glaubte er zu wissen.

„Nun, jeder stellt sich Eulen so vor…“, Elie verfiel in einen monotonen Ton zurück, „…eben als Jäger der Nacht. Sitzen die ganze liebe lange Nacht allein auf einem Ast und schnappen sich dann lautlos ihre Beute. Dabei drehen sie ihre Köpfe fast eine ganze Runde um den Hals.“ Er deutete die Kreisbewegung sogar an. „Eulen halt“, fasste er zusammen.

„Ich weiß, was Eulen sind“, sagte Haidar entgeistert.

„Aber nicht Kaninchenkäuze. Die leben als familiäre Sippen in Höhlensystemen. In Erdbauten. Daher auch die Assoziation zu Kaninchen. Oder, sie fressen die Kaninchen, die ja quasi ihre Nachbarn sind. So genau kenn ich mich mit der Namensfindung auch nicht aus. Feststeht, sie graben ihre schön ausgepolsterten Erdwohnungen nicht selbst, sondern greifen auf die bereits fertigen Bauten von Kaninchen, oder Präriehunden, oder wer auch immer sich diese mühselige Arbeit antut, zurück."

Haidar hatte aufgegeben, nach dem Sinn dieses Gefasels zu fragen, und hörte ausnahmsweise still zu.

„Und denen geht es richtig gut dort, wo sie leben. Die ködern sich – stell dir vor – dicke saftige Käfer und anderes Gewürm direkt vor ihre Eingänge. Müssen also nicht mehr raus in die kalte Nacht, um mühsam irgendeiner mageren Maus nachzustellen. In der Nacht schlafen die einfach. Und das als Eulen! Da sie natürlich auch in ihren geschützten Höhlen brühten, läuft das mit der Aufzucht ihres Nachwuchs auch viel ungestresster ab. Die brauchen sich nicht mehr darum zu sorgen, dass irgendwer ihre Eier klaut, oder eines der zerbrechlichen Dinger aus ihren Nestern hoch oben in den Baumwipfeln kullert. Soweit ich weiß brauchen sich diese Kaninchenkäuze gar keinen Schiss mehr vor irgendwem oder irgendwas zu machen. Weißt du, wieso?"

„Nein, aber du wirst es mir sicherlich gleich sagen…"

„Ja, denn, wenn es hart auf hart kommt, imitieren die einfach den gefürchtetsten Räuber, den sie kennen: die Klapperschlange."

„Wie denn das?", musste Haidar einfach nachfragen, obwohl er mit jedem vorgebrachten Fakt abfälliger über die ausufernde Zoologie-Stunde dachte.

„Naja, sie haben sich beigebracht, wie man das charakteristische Klappern der Klapperschlange am besten imitiert. Ich weiß nicht, wie sie's machen, aber wenn die sich nur ein bisschen bedroht fühlen, öffnen sie die Schnäbel und heraus kommt das Zischen und Klappern von Klapperschlangen. Ich hab's gesehen – also im Film. So echt, dass sogar echte Klapperschlangen einen Bogen um sie machen, weil sie eine noch größere Klapperschlange befürchten. Krass, oder?"

„Ja, sind wohl echt tolle Tiere, deine Kaninchenkäuze. Hat deine Geschichte auch eine Moral, oder was willst du mir damit sagen? Wollte eigentlich eine halbwegs konstruktive Diskussion…"

Da wurde Haidar auch schon wieder unterbrochen. Das hieß, Elie redete einfach weiter.

„Wenn Eulen immer nur das gemacht hätten, was von Eulen erwartet wird – auf Ästen sitzen und den Kopf unnötig weit zu drehen – wären sie wohl schon allesamt ausgestorben." Dann fügte er noch hinzu: „Reicht wohl nicht für eine Moral. War einfach eine interessante Tier-Doku." Abschließend meinte er noch: „Die Natur schert sich, so glaube ich, auch nicht wirklich um eine Moral."

Haidar war erbost über dieses abrupte Ende. Seine ungestüme Antwort ließ daher auch nicht auf sich warten: „Ich weiß genau, was du mit dieser Geschichte sagen willst! Nämlich, dass wir nicht wissen können, wie wir Menschen zu leben haben sollen. Dass nicht der eine Weg der richtige ist, und alle anderen falsch sind. Und außerdem", den folgenden Punkt wollte er unterstreichen, da er es nicht gerne sah, dass Elie glaubte, in biologischer Hinsicht oder in irgendeiner Hinsicht, mehr auf dem Kasten zu haben, wie er, „also soweit ich deiner Ausführung folgen kann, sind die anderen ‚klassischen' Am-Ast-sitzenden-und-kopfdrehenden-Eulen nur so sehr vom Aussterben bedroht, weil wir Menschen ihre Lebensräume zerstört haben. Die scheiß Kaninchenkäuze haben nur jetzt Oberwasser, weil sie schon vor langer Zeit auf arides Klima und unzureichende Vegetation gesetzt haben! Ist doch wahr?!"

„Ja, da hast du wohl wieder einmal recht. So habe ich das noch gar nicht gesehen", lenkte Elie ein. „Dennoch sind sie es, die schlussendlich überleben werden."

„Ach, scheiß auf deine Geschichte und scheiß auf deine Kaninchenkäuze! Morgen wird sich zeigen, wohin die Menschheit gehen wird. Mehr brauchst du nicht zu wissen." Während er diese vehementen Worte aussprach, stapfte er mit festen Schritten durch den Raum.

Er war sichtlich gereizt, wollte aber trotzdem ein Mindestmaß an gutem Benehmen gegenüber seinem Gast bewahren.

„Ich zieh mich jedenfalls für heute zurück. Du findest hier schon irgendwo einen Platz zum Schlafen. Und noch was“, fügte er hinzu, „wir sind keine dummen Viecher. Wir kennen Anstand, Verantwortungsgefühl und Mitbestimmungsrecht. Ein Kauz muss sich vor niemandem rechtfertigen!“

Elie widersprach ihm nicht, war er doch froh, dass Haidar ihn mit diesen aufgeschlossenen Gedanken verließ.

„Anstand war so eine Sache“, dachte er sich. „Man macht sich zu oft erst dann Gedanken darüber, wenn es fast schon zu spät ist.“

Mit dieser Einsicht, aber einem doch ungebrochenen Gefühl des Missmutes, saß er nun allein im untersten Geschoss dieses übergroßen Wohnwagens.

Da hörte er jemanden leichten Fußes die Treppe runterkommen. Jemand machte sich Sorgen um ihn, und dass seine Eulen-Geschichte wohl nicht richtig angekommen war.

„Ich finde diese Käuze großartig. Wusste gar nicht, dass du so viel weißt.“

Es war Sophie.

20

Sophie freute sich ehrlich, Elie hier wiederzusehen. Nur waren die Umstände alles andere als einfach. Es war nun einmal so, dass sie ihn getäuscht hatte. Ihrem Partner Haidar zuliebe.

Ein „Es tut mir leid“ fand sie daher angebracht.

Sie war ja eigentlich eine nette Person.

Elie sah sie ja auch immer als nette Person – und nur daher hatte sie ihn überhaupt täuschen können, was die Sache nicht einfacher machte.

Elie entgegnete ihr also mit einem „Dein Mitleid kannst du dir sparen“ und zeigte ihr auch sonst die kalte Schulter. Er war, und daran bestand wenig Zweifel, enttäuscht von ihr.

„Ich hätte bei Haidars Plan nicht mitgemacht, wenn er mir nicht versichert hätte, dass niemand verletzt werden würde. Ich hoffe, du weißt das“, sagte sie wiederum.

Elie ging darauf nicht ein.

„Morgen wird sich jedenfalls zeigen, wofür das alles gut war.“ Sie schien nun weniger darauf zu achten, um als nette Person durchzugehen. „Alles, was Haidar der Welt anbieten will, ist eine Entscheidung. Eine Entscheidung des freien Willens über ihr eigenes Fortbestehen“, sagte sie weiter.

Sie stand in einem luftigen Kleid vor Elie, im selben Kleid, mit dem sie sich später auch zu Bett legen würde. Elie konnte sich aber nur darauf konzentrieren, dass sie eindeutig im Bann dieses Rattenfängers stand.

„Na klar doch“, meckerte Elie. Er konnte seine Wehleidigkeit nur sehr schlecht verbergen.

„Max, der Major und die zwei allSystem-Leute sind hier gut untergekommen. Ihnen geht wirklich nichts ab“, schmälerte sie weiter die allgemeinen Zustände. Wo die beiden Alten geblieben waren, sagte sie nicht. Sie wusste es auch nicht. Und Elie hatte auf sie ganz vergessen.

„Das ist ja schön. Alle sind glücklich“, erwiderte Elie zynisch und brachte damit ihre Versöhnung keinen Schritt weiter.

„Soll ich dir etwas sagen, mit dem du wohl nicht gerechnet hast?“, fragte sie ihn mit ihrer typisch zuckersüßen Stimme.

„Oh, eine weitere Überraschung? Na großartig. Lass hören“, forderte er sie missmutig auf.

„Es ist wohl eine Überraschung, ja“, sie ging endlich die letzte Stufe hinunter und setzte sich zu Elie auf die Couch. Dann offenbarte sie ihm die Überraschung: „Dein Vater ist hier.“

„Klar ist er das“, entgegnete Elie daraufhin bockig, auch weil er besonders abgebrüht wirken wollte.

Er war aber wirklich nicht allzu sehr von dieser Information geschockt, denn Elie wusste nur zu gut, dass sein Vater schon immer dafür bekannt war, zu den ungünstigsten Momenten aufzutauchen. Warum also auch nicht hier und jetzt.

Sophie beugte sich zu ihm vor und wollte noch etwas klarstellen. „Er ist bereits vor einer Woche hier eingetroffen, hat mir Haidar mitgeteilt. Er hat ihn hierherbringen lassen, weil er doch immer etwas auf Lager hatte, was deine Mutter betraf. Außerdem ist er immer für etwas Spaß zu haben.“

Elie hielt es nicht für nötig, darauf einzugehen. Immerhin war das meiste davon gelogen. Allerdings lugte er zur Decke rauf und fragte betroffen: „Ist er hier in diesem allCaravan?“

„Nein“, versicherte sie ihm. „Er ist gestern irgendwohin – zu einem dubiosen Kasino, oder etwas Ähnlichem, von dem er Wind bekommen hatte. Und das, obwohl Haidar ihm gesagt hat, dass du heute zu uns stoßen würdest. Er hat nur gesagt, bis dahin wird er sicher schon wieder zurück sein, was aber nach meinem Wissensstand nicht der Fall ist.“

„Typisch“, sagte Elie, obwohl eine ähnliche Situation natürlich noch nie stattgefunden hat. Er wollte wohl eher allgemein auf die unverlässliche Natur seines biologischen Vaters hinweisen. Und der Hinweis war sicherlich berechtigt.

„Jedenfalls teilt er sich mit Charles und Tim einen allCaravan. Vermutlich kommt er ja wirklich noch heute zurück, und ihr könnt dann morgen etwas reden.“ Sophie bemühte sich unaufhörlich, ihre Botschaft doch noch als gute Nachricht zu verpacken, sah aber bald ein, dass es keinen Sinn hatte.

„Danke, aber keine Lust“, machte Elie klar und blieb dabei.

Die Beziehung zu seinem Vater war nicht nur kompliziert, sondern auch sehr unreif. Elie suchte förmlich nach Abstand zu ihm, und meistens gelang es ihm auch. Das hatte in erster Linie damit zu tun, dass Elie doch einiges im Laufe seines Lebens in Erfahrung gebracht hatte, was es heißen konnte, einen Vater zu haben (etwas, das aber aufgrund der aktuellen Reproduktionspolitik nicht allzu üblich war), dies, oder etwas Ähnliches aber nie gespürt hatte. Aus diesem Grund war da ein Loch, wo eigentlich lieber gar nichts sein hätte sollen.

Und er hatte ohnehin schon genug solcher Löcher.

Warum er aber überhaupt eine Person in seinem Leben hatte, die er legitimerweise Vater nennen durfte, lag, so wie er das verstanden hatte, daran, dass seine Mutter damals darauf bestanden hatte. Es wäre jedenfalls auch ohne gegangen, das stand fest.

Jeff, wie sein Vater mit Vornamen hieß, war ein Schauspieler. Oder, er war das, was man zu jener Zeit als Schauspieler verstanden hatte. In Wahrheit bezog sich sein Schauspielerdasein darauf, dass er einmal als junger Mittdreißiger gecastet wurde, weil er eben ein sehr schöner Mittdreißiger war, und viele Leute ihn aus genau diesem Grund, und nur diesem Grund, gerne auf der Leinwand sahen. Bei diesem einmaligen Casting wurde sein Körper eingescannt, seine Stimme kopiert und danach sah man seine schöne Mittdreißigergestalt immer öfter in kleineren, aber auch größeren Rollen in Filmen und Serien.

Sein Talent musste nicht reproduzierbar gemacht werden, und ein Vorhaben dahingehend, hätte sich wohl auch als kontraproduktiv herausgestellt.

Eine der Serien, in denen er regelmäßig gezeigt wurde, war eine sehr erfolgreiche Arztserie. Diese Arztserie spielte natürlich in einer Zeit, als Artzsein noch hieß, Verantwortung über Leben und Tod zeigen zu müssen. Eine immense Verantwortung also. Doch richtig spannend war diese Serie für ihre Zuseher tatsächlich nur, weil diese unfassbare Intensität, die eben im Kampf gegen die immerwährende Sterblichkeit wurzelte, sich auch in sonst allen Aspekten der Leben der Protagonisten widerspiegelte. Diese immer aufrechtgehaltene Intensität zeigte sich in den beruflichen Ellbogen-Machenschaften im Spital, den ständig scheiternden und wiederaufflammenden Liebesbeziehungen, dem beiläufigen und viel zu häufigen Sex unter Kollegen und sogar in Dingen, wo man solche Intensität nie vermutet hätte. Etwa beim Kauf von neuen Möbeln, oder wenn es darum ging, wer heute mit Kochen dran war. Richtig schlimmes Zeug also.

Was seine Mutter betraf, fand er es nicht nur sehr bedenklich, dass sie etwas in seinem Vater, dem fadenscheinigen Schauspieler, gesehen hatte, sondern offensichtlich auch in dieser durch und durch ätzenden Arztserie.

Gut, dass seine Mutter tatsächlich diese Serie gerne geschaut hatte, hat Elie hauptsächlich von seinem Vater gehört – und daher war nicht völlig klar, ob das der Wahrheit entsprach. Es war sehr zu bezweifeln. Sein Vater hatte ihm auch weisgemacht, dass sie ein glückliches Liebespaar waren und wirklich gut zueinander gepasst hatten. Auch das wollte Elie nicht so recht glauben. Für ihn schien es wahrscheinlicher zu sein, dass seine Mutter ihren Vater aufgesucht hatte, weil er das für ihre Zwecke richtige Spermium bereithielt – und er dieses nicht sogleich herausrücken wollte. Sein Vater wirkte im Gegenzug auf ihn eher wie der Typ Schönling, der sich gut dabei fühlte, wenn er einer für sein Fassungsvermögen viel zu intelligenten Frau den Hof machen konnte, um sich dabei zu erinnern, dass es noch mehr gab, als schön zu sein. Das war aber alles unbewiesene Theorie.

Viel wusste Elie also über beide seine Elternteile nicht mit Gewissheit. Sie waren immer nur Löcher.

Jeff war kein glaubwürdiger Mann. Das stand soweit fest. Wenn Elie ihm mehr geglaubt hätte, hätte er ihm wohl auch glauben müssen, dass er seine Mutter nach all diesen Jahren immer noch lieben würde. Elie verstand zwar nicht viel von Liebe, aber für ihn sah dieser Fall viel eher nach krankhafter Versessenheit aus.

Jeff weinte seiner Mutter immer noch wahnsinnig nach. Er nahm diesen Kummer als Entschuldigung dafür her, dass er immer breit war, für seine Unverlässlichkeit, und auch für sonst alles, was ihn unausstehlich machte. Jeff war ein hoffnungsloser Fall.

Elie mochte folglich seinen biologischen Vater nicht sehr und das hatte er seinem Freund Haidar auch im Vertrauen gesagt. Er bereute gerade vieles, das er Haidar in der Vergangenheit anvertraut hatte. Daher befand er es nur als folgerichtig, dass er ihn hierherbringen ließ. Was darüber hinaus Haidars Intention mit Jeff war, darüber wollte er gar nicht erst nachdenken.

Sophies Offenbarung überraschte ihn also herzlich wenig. Er fragte Sophie daher etwas anderes: „Hast du nie darüber nachgedacht, dass Haidar womöglich gefährlich ist? Ich meine *richtig* gefährlich."

Sophie ging in sich, um ernsthaft über seine Frage nachzudenken. Dann sah sie Elie lange an, mit dem Bewusstsein darüber, dass ihm wohl nicht gefallen werden würde, was sie ihm nun sagen werde.

„Ich glaube nicht, dass er gefährlich ist, nein. Und es wäre mir auch egal, wenn es so wäre. Denn", sie hielt noch einmal inne, bevor sie weiterredete, „ich liebe ihn."

21

Nur den Treulosen ereilt die Tragödie der Liebe. So oder so ähnlich hieß es einmal. Der springende Punkt dabei war wohl, diese Tragödie als etwas sehen zu können, das man gerne in seinem Leben haben will.

Diese Annahme, wenn überhaupt, galt vermutlich höchstens für einen kurzen Augenblick in der gesamten Geschichte, und da auch nicht über die ganze Menschheit verteilt, war in allem bloß eine Modeerscheinung, verweist somit auf nichts Höheres, das die Menschen und ihre Beziehung zueinander besser verstehen ließe, und soll auch hier nicht als paradigmatisch mitgedacht werden.

Der alte Paul hat das zumindest immer genau so gehandhabt. Er zerbrach sich nie sonderlich den Kopf über Treue und schon gar nicht über diese ‚Tragödie der Liebe', was auch immer das sein sollte. Dessen ungeachtet spürte Paul unmissverständlich ein großes Gefühl der Treue und auch der Liebe – und der Clou war hier, ohne darüber nachzudenken oder es allzu sehr zu ersehnen.

Diese Treue galt ganz allein seiner angetrauten Frau Anna. Und das schon seit ewigen Zeiten.

Es war einfach so.

Man konnte Paul somit nachsagen, dass er das Gegenteil eines Romantikers (eine der hartnäckigeren menschlichen Modeerscheinungen) war, oder aber die purste Form davon. Das war sicherlich vom Auge des Betrachters abhängig.

Er selbst hatte jedenfalls keine Idee von Liebe – und er wollte auch nicht von den Ideen anderer über diese furchtbar persönliche Sache hören.

Paul, der schon so viel von der Welt gesehen hatte, nahm die Dinge, wie sie waren. Das machte er schon immer so – und daran würde sich nun, am Ende seiner Tage, auch nichts mehr groß ändern. Da er sich die ontologische Meisterleistung, die dazu zweifelsohne notwendig war, nicht bewusst machte, fühlte er sich nur auf eine sehr bescheidene Art und Weise gut deswegen. Sich deswegen nicht gut zu fühlen, wäre nicht vorstellbar.

Auch jetzt nahm er diesen einzigartigen Moment, den er hier mit seiner Frau Anna verbrachte, genauso wie er war. Er sehnte sich auch nach nichts abseits von diesem einen Moment, diesem einzigartigen Moment, auf den er schon einige Zeit hingearbeitet hatte. Die beiden saßen gerade sehr eng nebeneinander, so eng jedenfalls, wie es die doch sperrigen aber andererseits supersmarten Leibstühle unter ihren mürben Körpern zuließen. Dort, wo er ihre linke Hand umfasste, spürte er erlöschende Wärme. Er bekam ihre Hand einfach nicht mehr warm und fühlte, dass auch seine eigene immerfort auskühlte.

Es würde bald soweit sein, wusste er.

Trotz dieser realistischen Einschätzung über ihren körperlichen Zustand wünschte er sich, dass sie in diesem Augenblick das Gleiche sah wie er. Es musste einfach so sein, so seine Hoffnung, und er nahm wohl die Dinge nicht mehr ganz so, wie sie tatsächlich waren.

Gut, es war auch allein sein Sturkopf, der sie hier an diesen verlassenen Ort gebracht hatte, und es war ungewiss, wie viel Anna sich von dieser Aktion tatsächlich versprochen hatte. Doch er hat dabei auf ihre Unterstützung zählen können und er hat sie auch bekommen.

So war es immer.

Der Plan war einfach. Es ging darum, die Konditionen des eigenen Ablebens selbst zu bestimmen. Warum also nicht aufs Ganze gehen und was Ausgefallenes machen?

Er sah gerade das verschwommene Panorama einer kahlen Landschaft, die sich zwischen ihnen und den küstennahen Gebieten im Westen ausbreitete. Dort hinten war der Ort ihres vergangenen

Lebens, ein Leben, von dem nichts mehr übrig war. Dort war es natürlich auch, wo heute die Sonne unterging.

Was sie also hier taten, war im wahrsten Sinn, einen letzten Blick zurückzuwerfen. Zumindest Paul tat das gerade.

Auch wenn es nicht unbedingt seine Absicht war, holten ihn einige Erinnerungen an sein früheres Leben ein, an ihr beider Kennenlernen und an einiges mehr, was vorher und auch nachher geschehen war. Davon hätte er wohl mal besser ausgehen sollen, möchte man nun als besserwisserischer Beobachter meinen. Die Situation, die er sich hier selbst geschaffen hatte, war nun einmal perfekt für Melancholie. Nicht einmal der hartgesottenste Kerl konnte sich dagegen wehren.

Sagen wir also, es ging Paul insgeheim um eine letzte Retrospektive, auch wenn er das so nie nennen würde – und er viel lieber einfach den Moment weiter genossen hätte. Den Moment, wie er war.

Um Pauls kühle und distanzierte Persönlichkeit besser einordnen zu können, sollte man wissen, dass er in einer doch ziemlich rohen Welt aufgewachsen war, die gerne genau solche kühlen und distanzierten Kerle hervorgebracht hatte. Es liegt also nahe, dass die Zeit irgendetwas mit diesen Leuten gemacht hatte. Viele wissen das heute nicht mehr, aber damals war es zum Beispiel noch gang und gäbe, dass man zu einer Gruppe gehörte und man allein aufgrund dieser Tatsache eine andere Gruppe bekriegte, oder wenn man sie nicht gerade bekriegte, zumindest auf Abstand hielt und sie zwischendurch bei jeder Gelegenheit anmachte.

Früher gab es aber noch andere mehr oder weniger nervende Kleinigkeiten, wie immer wieder Parktickets lösen, oder sich zehn Mal an zehn Tagen erklären zu lassen, dass man mal besser seine Hecke stutzen sollte, die einem das Leben schwer machen sollten. Charakteristische Dinge dieser Zeit eben. Klar war es einfacher sich für die Sinnhaftigkeit, die hinter alldem stecken musste, auszusprechen, aber wenn man dieses Hin und Her zwischen den einzelnen Gruppen, und sei es bloß zwischen einem selbst und den Nachbarn, nicht so bezaubernd fand, nahm man am besten etwas Abstand. Das fiel nicht auf und man kam so meist gut über die Runden.

Um noch einmal auf die Sache mit den damals für die Zeit kennzeichnenden Kriegen zurückzukommen: Davor war man durch bloßes Abstandhalten nicht immer gefeit. Irgendwann wurde man aber meist doch noch zu einem Rädchen in dieser Maschinerie. Dazu musste man nicht einmal eine Waffe in die Hand nehmen, oder seinen Hass bekunden.

So war es fast immer. Und so war es auch bei Paul.

Paul war ein talentierter Ingenieur. Und obwohl er ein talentierter Ingenieur war, der sich nicht viel aus Krieg machte, fand er sich recht bald, noch vor Abschluss seiner Ausbildung, in der Rolle, um dabei maßgeblich mitzuwirken. Man könnte im Nachhinein sagen, er habe maßgeblich daran mitgewirkt, einen wichtigen und meist problematischen Teil des Kriegstreibens zu eliminieren: das Sterben.

Dabei ist die Rede natürlich vom Sterben junger Frauen und junger Männer, die, wenn sie nicht im Krieg gestorben wären, noch einen guten Teil ihres Lebens vor sich gehabt hätten. Pauls Beitrag, um dieser moralischen Diskrepanz (immerhin starben sie für eine gute Sache) etwas entgegenzuhalten, lag darin, eine Armee von Robotern aufzubauen, die im Grund genauso wie diese jungen Frauen und Männer aussahen und ihr Werk ihrer statt verrichteten – und, wenn es sein musste, ihrer statt starben.

Dank der grundlegenden Forschungsarbeit von ihm und seinen Kollegen war ein humanoider Kampfroboter bald stärker und effizienter als ein menschlicher Krieger. Da sie auch irgendwann den Punkt erreicht hatten, wo sie billiger waren, war die Frage der Moral auch bald geklärt. Nur noch wenige echte Menschen trieben sich in den Armeen, und noch weniger an den vordersten Fronten rum. Zwangsläufig starben sie auch weniger. Die meisten begrüßten das.

Sein professionelles Lebenswerk diente also einer guten Sache und es hatte ihn doch für eine kurze Zeit mit Stolz erfüllt. Da störte es ihn auch nicht weiter, dass bereits fünf Jahre nach der Perfektionierung dieser Roboter-Armee-Einheiten, an denen er so maßgeblich mitgewirkt hatte, diese wieder völlig obsolet waren. Keiner interessierte sich mehr für Roboter-Soldaten, oder, wenn wir schon dabei sind, für Soldaten jeglicher Art. Irgendwie war zu dieser Zeit die Luft um das Kriegstreiben an sich raus – und es sollte auch schlussendlich dabei bleiben.

Gutmöglich, dass es daran lag, dass irgendwann nur mehr Maschine gegen Maschine kämpfte, was die ganze Sache doch sehr entmenschlichte. Und wo lag schon der Sinn in einem entmenschlichten Krieg?

Aber noch einmal einen Schritt zurück: Pauls Beitrag lag in erster Linie in der Persönlichkeitsbildung dieser Roboter-Soldaten – eine Ambition, deren Zweckmäßigkeit zurückblickend betrachtet wiederum zurecht auf Unverständnis stoßen mag. Vor allem, wenn man an den zeitgenössischen allSecure-Bot denkt, das einzige zugelassene Kampfgerät in der Helix-Ordnung, und bemerkt, dass dieser die ausgereifte Persönlichkeit eines besonders schlecht gelaunten Toasters hat.

Paul hat aus seinen Auftragspapieren ebenfalls nie herauslesen können, warum ein solcher Soldat nun lächeln, grüßen und beiläufig über das Wetter plaudern können muss – und das auf möglichst lebensechte Art und Weise – aber er glaubte, dass in der Armee immer schon viel Wert auf Lächeln, Grüßen und Über-das-Wetter-Reden gelegt worden war.

Wie dem auch sei, wenn die Arbeit für das Militär nicht gewesen wäre, hätte er seine Frau Anna nie kennengelernt. Nur deshalb dachte er gerade soweit in seiner Lebensgeschichte zurück. Um zu diesen zwei biografisch wichtigen Erzählsträngen eine dritte hinzuzufügen, sei gesagt, dass er zu der Zeit, als er fürs Militär gearbeitet hatte und nach und nach seine Frau Anna kennengelernt hatte, bereits verheiratet war: mit Jennifer.

Er nannte sie immer Jen, und Jen interessierte sich, neben vielen anderen Dingen auch, nicht wirklich für seine Arbeit. Paul mochte

Jen, keine Frage, doch sie interessierte sich irgendwann auch nicht mehr dafür, ob er sie liebte oder nicht. Das tat er – es schien nur nichts mehr wert zu sein. Aber wie Paul nun einmal war, dachte er darüber nicht weiter nach und lebte sein Leben mit Jen weiter. Er kam von seiner doch bedeutungsvollen Arbeit nachhause, sie fragte nicht danach. Er arbeitete immer öfter auch zuhause in seiner Werkstatt, sie fragte nicht woran. Er fragte wiederum immer nur die gleiche Frage, nämlich wie es ihr heute gehe, ob es ihr wohl irgendwann wieder besser gehen würde.

Es stand schlecht um Jens seelischen Gesundheitszustand. Und da betrübte es Paul doch, dass die verschriebenen Medikamente die Distanz zwischen ihnen nur noch vergrößerte.

Zu dieser Zeit war das Militärprojekt schon fast ausgelaufen – und er hatte bereits von Annas Existenz Wind bekommen.

Die Antworten auf die Fragen, die Jen nie gefragt hatte, was er in der Arbeit machte, aber auch immer öfter am Wochenende zuhause, war eigentlich simpel: Paul arbeitete daran und dachte darüber nach, was es war, das einen Menschen ausmachte. Das hieß, es war gar nicht so simpel – aber da Paul nun einmal die Dinge so nahm, wie sie waren, wollte er die Sache nicht zu sehr verkomplizieren und kam der Sache schlussendlich überraschend nahe.

Der jugendliche Paul war sicherlich nicht der Typ Erfinder, der an Aufgaben sehr theoretisch heranging, nein, er war ein sehr praxisorientierter junger Mann. Einer, der immer alles lieber selbst ausprobierte, als lange Abhandlungen anderer Leute über dasselbe Problem zu studieren und diese dann mehr oder weniger eins zu eins nachzuahmen. Er probierte und probierte, blieb daher auch oft in Sackgassen stecken, ließ sich aber nicht unterkriegen und fing öfters, und das eigentlich sehr gerne, einfach wieder von vorne an. Er nutzte jede Möglichkeit seinen Erfinderdrang, der in Wahrheit wahrscheinlich eher mit einem Basteldrang gleichzusetzen war, auszuleben. Und dazu hatte er überraschend viele Möglichkeiten in der Arbeit beim Militär, aber auch in seiner privaten Werkstatt zuhause. Dort führte er zahlreiche

Versuche auf eigene Faust durch. Er hatte im Grunde immer mehrere Projekte gleichzeitig laufen, was auch Sinn machte, da viele davon sich eben in Sackgassen verliefen. Er verglich dann die Resultate der verschiedenen Projekte miteinander, verband sie, wenn nötig und feilte anschließend an den besten Ergebnissen wiederum so lange, bis er sich hundertprozentig sicher sein konnte, tatsächlich auch das allerbeste Ergebnis zu haben.

Und dieses Ergebnis war dann eben Anna.

Er glaubte damals nicht gleich, dass sie etwas Besonderes war. Sie war ja im Grunde auch nicht viel anders als andere humanoide Roboter. Ebenso setzte sie sich von den meisten weiblichen Mitmenschen kaum ab. Die Technik, die in ihr steckte, war sogar nach ein paar Jahren wieder veraltet und wurde bereits zu Beginn als so unausgereift gesehen, dass sie nie in Serie gegangen war. Doch das machte ihm nichts aus.

Insgesamt hatte er drei Jahre an ihr gearbeitet. In erster Linie zuhause in seiner Werkstatt. Sie war nicht perfekt, aber immerhin einzigartig.

Seine Frau Jen ging nie in die Werkstatt. Sie saß eigentlich immer nur im Wohnzimmer, außer es war schön, dann ging sie mal für eine Stunde in den Garten. Doch auch dort machte sie nie wirklich etwas Zielgerichtetes. Jedenfalls konnte Paul ungestört an Anna arbeiten. Die Arbeit an ihr machte ihm Spaß und forderte gleichzeitig seine Fähigkeiten als technischer Konstrukteur. Als es in der letzten Phase der Anfertigung vor allem darum ging, ihre Persönlichkeit zu formen – seine Paradedisziplin – schlich sich so etwas wie Anziehung ein. Es war eine Begierde, aber eine gute. Dass es gut war, bemerkte er für sich, weil er nichts Schlechtes daran erkennen konnte.

Er wäre damals nie auf den Gedanken gekommen, auch nur den kleinsten romantischen Gedanken in sein Projekt, das seine Frau werden sollte, hineinzuinterpretieren. Andere vielleicht schon.

Oft ist es schwer, die Dinge so zu sehen, wie sie sind.

Irgendwann fing Anna an, ihn zu überraschen. Das zeigte eine außerordentliche Wirkung auf ihn. Er verbrachte in Folge immer mehr Stunden pro Tag in seiner Werkstatt bei seinem Projekt, dem er den Namen Anna gegeben hat, weil der Name irgendwie passend klang. Er schenkte ihr nicht nur seine ganze Aufmerksamkeit an den vielen Wochenenden, sondern begann auch nach der Arbeit direkt in die Werkstatt zu gehen und nahm sogar sein Abendessen in ihrer Gesellschaft zu sich.

Seine Frau Jen wurde schließlich misstrauisch, konnte aber nicht formulieren, was ihr am Herzen lag und reagierte in Folge nur noch mit mehr Desinteresse und mehr kalkuliertem Abstand zu ihrem Mann. Als er anfing, in der Werkstatt zu schlafen, fing sie an, die doppelte Dosis an Tabletten zu nehmen.

Paul sagte ihr wiederholt, er wolle die Scheidung, und dass ihre Beziehung nicht gesund war. Für keinen der beiden. Doch sie wollte nicht hören.

Es war auch zu dieser Zeit, als er einen Test machte, der seine voraussichtliche Lebenserwartung feststellen sollte. Der Test war nicht teuer und versprach eine sehr hohe Genauigkeit. Zu seiner Überraschung gehörte er zu dem Teil seiner Generation, der eklatant älter werden sollte, als noch die Generation vor ihm.

Er wusste, er würde ziemlich genau auf den Tag in 113 Jahren sterben. Er wusste aber nicht, ob dieser Tag ein schöner Tag sein würde. Daher fing er an, Pläne zu schmieden. Er sah richtigerweise wenig Sinn darin, die Zeit dazwischen groß zu verplanen. Dazu war die Zeit einfach viel zu lange – und die damalige Zeit, wie auch die Zeit nach dieser Zeit war, so wie die meisten Zeiten, viel zu ungewiss.

Aber den letzten Tag, seinen letzten Tag, den wollte er planen.

Das einzig Konkrete, was er also in Anbetracht dieser Erkenntnis tat, war Anna so vorzuprogrammieren, dass sie ebenfalls in genau 113 Jahren sterben würde. An seiner Seite. Für Paul war das das Logische, das zu tun war. Nicht mehr und nicht weniger.

Seiner Frau Jen erzählte er davon nichts. Nicht einmal das Ergebnis des Tests. Er sagte ihr nur, er wolle nach wie vor die Scheidung. Sie reagierte darauf, indem sie alle Tabletten nahm, die sie zur Hand hatte.

Es war mittlerweile schon einige Wochen her, dass Anna, wie es eben zu erwarten war, damit begonnen hatte, ihre Systeme nach und nach abzuschalten. Das war von Paul damals in weiser Voraussicht so in die Wege geleitet worden, denn er wollte nicht, dass sie sich in 113 Jahren abrupt für immer ausschalten würde. Das hätte ihm nicht gefallen und er war nach wie vor dieser Meinung.

Ihr Körper war noch schöner gealtert, als er sich das jemals hätte vorstellen können. Er hatte gute Arbeit geleistet, wusste er nun mehr denn je.

Er bereute nichts und genoss weiter den Moment. So wie er war.

22

Elie glaubte nicht an alles entscheidende Tage. Man hatte ihm dennoch gesagt, heute sei ein solcher Tag.

Der Mann, der sich für diesen schicksalsträchtigen Tag verantwortlich zeigen wollte, Haidar, war so nett, um sein allDevice, das er immer in seiner Hose dabeihatte, obwohl es nicht zu verwenden war, wieder zu aktivieren. Immerhin sollte sich ja die Geschichte machende Aktion über die sozialen Medien verbreiten. Daher machte das durchaus Sinn.

Aber Elie freute sich auch aus einem anderen Grund darüber: Er hatte es einfach vermisst, früh am Morgen scheinbar zufällig für ihn kuratierte News und andere kurze Beiträge zu lesen; zu schauen, was seine Online-Freunde und andere Möchtegern-Promis so machten; oder sonst irgendwelchen uninteressanten Mist zu gucken, der gerade mehr oder weniger angesagt war.

Das war jedes Mal tierisch erdend und gut, um sein Selbst in dieser verrückten Welt zu verorten. Auch an diesem schicksalsträchtigen Tag.

Nachdem er damit fertig war, ohne dass aber wirklich ein Gefühl der Sättigung eingetreten wäre, oder aber der Erdung, stand er auf und machte sich auf die Suche nach der nächsten allCoffee-Station. Ein weiterer wichtiger Zwischenschritt zu einem halbwegs gelungenen Morgen, den er sich, jeder möglichen und vermutlich bösen Schicksalswendung zu trotz, nicht vermiesen lassen wollte. Zu seinem Glück war der allCaravan, in dem er die Nacht verbracht hatte, tatsächlich mit einer allCoffee-Maschine ausgestattet. Es war zwar nicht das neueste Modell, aber der Kaffee, den er bekam, war so gut wie jeder andere auch: stark und schwarz.

Er ging davon aus, dass Haidar gemeinsam mit Sophie oben war, und an den letzten Vorbereitungen saß. „Sollen sie nur machen", dachte er sich unbeteiligt und beobachtete, wie der Kaffee gebrüht wurde.

Nach dem Genuss der ersten Tasse, einer kurzen Sitzung auf der Toilette und einem Schnellwaschgang in der allHygiene-Anlage, die er im überraschend luxuriösen Badezimmer vorgefunden hatte, entschied er sich dafür, draußen nach dem Rechten zu sehen. Bevor er aber vor die Tür des Trailers trat, machte er sich noch einen Kaffee zum Mitnehmen. Die laue Brise, die sich sofort an seine Haut schmiegte, als er ins Freie ging, änderte an seiner Unbekümmertheit nichts. Viel eher verstärkte sie diese nur noch. Sie war auch wirklich sehr lau. Es war ein schöner Morgen in der Wüste, bemerkte er.

Da sah er auf der anderen Seite des kleinen Platzes, der von den drei allCaravans gebildet wurde, den immer zappeligen Max Mungo in Begleitung von Major Thompson. Sie kamen gerade aus dem Inneren ihres sicherlich netten, aber nichtsdestotrotz aufgezwungenen Heims herausgerannt – und sie schienen tatsächlich wohlauf zu sein. Genauso, wie man es ihm gestern versichert hatte.

Er winkte ihnen nachbarschaftlich zu.

„Oh, hallo Elie", bekam er zu hören. „Da bist du ja endlich!"

Die beiden versprühten Aufbruchsstimmung, was Elie doch wunderte. Er fragte sie also, was sie denn an diesem wohligen Morgen vorhatten. Das hieß, er rief die Frage vom Treppenvorsatz seines allCaravans über den Platz zum Treppenvorsatz ihres allCaravans. Dann nahm er einen genüsslichen Schluck von seinem Kaffee. Das Ganze beinhaltete eine unglaubliche Einfachheit, die Elie ungewohnt lebendig fühlen ließ.

„Wir gehen Dünen-Surfen!", rief Max wieder zurück.

Der Major hielt sich im Hintergrund. Er trug andere, bequemere Kleidung, keine verdunkelte Sonnenbrille, keinen Hut, und wirkte auch sonst wie ausgewechselt. Von Weitem erkannte Elie im Gesicht des sonst immer Strenge an den Tag legenden Mannes den genierten Ausdruck von Vergnügtheit.

Elie fragte, weil er es wirklich nicht für möglich hielt, nach: „Dürft ihr das denn?“

„Ach, sicher doch. Haidar hat gesagt, wir dürfen hier im Umkreis alles machen, wonach uns ist.“

Dann fügte der Major hinzu: „Ich pass schon auf. Keine Angst.“

Der Major schien tatsächlich vom Fieber für Unfug gepackt geworden zu sein. Darüber hinaus sah es danach aus, dass er über die augenscheinlich anarchistischen Zustände hier in der Wüste leicht hinwegsehen konnte. Er wollte aber die Erinnerung an seinen sonst so pflichtbewussten Charakter nicht ganz vergessen machen und fügte hinzu: „Wenn wir etwas Dummes vorhätten, würde uns der hiesige allSecure-Bot Beine machen. Also, alles nach Protokoll.“

Max stimmte ihm zu. Keiner der beiden machte den Eindruck, dass dieses neue Arrangement in einem großen Widerspruch zu ihrem sonstigen Verständnis von Freiheit stand.

„Bis zur Durchführung seines großen Plans, oder was auch immer, sind es doch noch ein paar Stunden, oder?“, erkundigte sich Max mit falscher Höflichkeit und ohne seine zielgerichteten Schritte zu dämpfen. Ihr Ziel war der Buggy-Fuhrpark.

Elie wollte sie auch nicht weiter aufhalten und zuckte bloß mit den Achseln. Er schätze richtig ein, dass Max, aber auch der Major, nicht mehr darüber hören wollten als er selbst, oder dass sie überhaupt einen Pfifferling auf Haidars Plan gaben. Max Frage vermittelte viel mehr die anstehende Befürchtung, dass nach Beendigung von Haidars Vorhaben die schöne Ferienzeit hier zu einem Ende kommen würde.

Da hörte er vom dritten allCaravan eine andere Stimme rufen. „Ja, um Mittag ist geplant! Macht aber nichts, wenn ihr erst später zurückkommt.“

Es war Charles, der hier am Plaza den Herold spielte. Seine Nachricht erreichte das untypische Paar nicht mehr; sie waren schon auf halbem Weg zum nächsten selbst gewählten Abenteuer und der Jagd nach Internet-Unsterblichkeit, wenigstens für einen Augenblick. Dafür nahm Elie die Botschaft anerkennend aber ebenso ohne große Reaktion wahr. Er tat das genauer gesagt mit einem Nicken und dem leichten Anheben seiner in der rechten Hand befindlichen Tasse. Da kam auch schon Tim zum Vorschein, der die gleiche Nick-Behandlung von Elie bekam.

Von Elies Vater, der ebenfalls dort Quartier bezogen haben sollte, wie ihm Sophie gestern erzählt hatte, war keine Spur zu sehen. Er verschwendete jedoch keinen weiteren Gedanken an diesen Umstand oder seinen tatsächlichen Verbleib.

Den restlichen Vormittag schlug Elie mit verschiedenen kleinen Tätigkeiten tot. Er spielte des Öfteren mit Fritz, was ihm aber doch meist schnell langweilig wurde. Zwischendurch schaute er immer wieder irgendwelche mehr oder weniger informative Beiträge auf seinem allDevice, wobei die Themenschwerpunkte immer so koordiniert waren, dass ihm davon nicht so schnell langweilig wurde. Insgeheim erhoffte er sich dabei aber auf eine Art Vermisstenmeldung zu stoßen, oder auf sonst irgendeinen Bericht über ihr schon zwei Tage zurückliegendes Verschwinden aus der Helix 7. Aber nichts dergleichen fand er. Dafür hatte natürlich Haidar mit seinem ALL-Device gesorgt.

Dann war es Mittag und er bekam das zu sehen, was Haidar der ganzen Welt vor Augen halten wollte.

Die beiden, Sophie und Haidar, hatten ihr Zimmer die ganze Zeit über nicht verlassen, sodass Elie, die von langer Hand geplante Multimedia-Revolutions-Fanfare auf dieselbe Art und Weise erfuhr, wie alle anderen Menschen auch.

Gut, er hatte gestern einen kleinen Vorgeschmack bekommen, aber ansonsten war er ein genauso überraschter Zuseher.

Das Video erschien auf seinem allDevice. Elie versuchte nicht die Videonachricht wegzudrücken; er ging richtigerweise davon aus, dass Haidar dafür gesorgt hatte, dass sich weder der Vollbildmodus noch die auf Maximum gestellte Lautstärke abstellen ließ. Man musste einfach hinschauen, und genau das tat er, wie Milliarden anderer Menschen auch.

Erst nichts. Dann Bilder. Das Nichts war der weite Weltraum, die ersten Bilder, die etwas erkennen ließen, zeigten das Sonnensystem – und schlussendlich die Erde. Geschnitten war diese Reise abrupt und sie wurde mit einer gleichsam ruppigen Musik unterlegt. Elie konnte die Musik nicht zuordnen, aber sie wirkte doch mitreißend auf ihn. Gleichzeitig war sie für sein Befinden aber eindeutig zu laut.

Auf der Erde angekommen wurde erst nur Natur gezeigt. Alles war dabei: Wald, Wüste und Eis. Alles gut und schön. Dann begann aber der Wald zu brennen, die Wüste sich auszubreiten, und das Eis in die Ozeane zu rutschen. Nicht sehr schön also. Darunter mischte Haidar immer wieder Bilder von verschiedenen Helices (sie sind auch nicht wirklich untereinander unterscheidbar); zeigte, wie sie sich in Zeitraffer aus der Erde schraubten; wie bunte Ständerpilze wucherten. Das eine stand somit unweigerlich mit dem anderen in Verbindung.

Dann erst sah man einen Menschen. Es war ein älterer Mann auf einem Feld. Er ging fürs Erste noch unbehelligt seiner Tätigkeit nach, bevor er von einem riesigen Schatten – es war der Schatten einer Helix – förmlich erschlagen wurde. Danach wurde eine Stadt gezeigt. Eine Stadt, wie sie es früher überall geben hätte können. Auch diese Stadt war dem Untergang geweiht und verfiel Stück für Stück zur Ruinenlandschaft, bevor sie ganz in einen posthumanen Brandherd aufgelöst wurde. Schuld war die Helix, die nebenan den Betrieb aufgenommen hatte. So die Suggestion.

In der nächsten Szene sah man unzählige Menschen auf der Flucht. Es waren Menschenmassen, die verzweifelt auf der Suche nach einem sicheren Hafen waren. Dies sollte das Finale des nicht einmal eine Minute langen Clips einleiten. Man verfolgte die Menschen aus der Vogelperspektive, bevor dann eine Nahaufnahme eines kleinen Mädchens gezeigt wurde, das von ihrer völlig erschöpften Mutter am Rücken getragen wurde. Der Blick im Gesicht dieses kleinen Mädchens war herzzerreißend. Auch für Elie, der sich sonst mit solchen

Sentimentalitäten nicht gerne aus der Reserve locken ließ. Dann wieder Schwarz. Das Video war zu Ende.

Er war doch von der Qualität des Videos im Großen und Ganzen beeindruckt. Es hatte das richtige Maß an Pathos, um nicht als Kitsch, sondern immer noch als Informationsquelle zu gelten, wobei natürlich eine realitätsgetreue Herangehensweise sicherlich nicht zu den Prioritäten des Filmemachers zählte.

„Kudos", dachte sich Elie. Er war aber auch froh, dass das Video nicht länger gedauert hatte. Doch es sollte noch etwas nachfolgen.

Erst starrte er noch eine Weile auf seinen schwarzen Bildschirm, bevor Wörter darauf erschienen. Pulsierende Musik setzte ein.

„Für eine alternative Zukunft!" stand da geschrieben, wobei sich die Buchstaben langsam auf den Zuseher zubewegten. „Es ist Zeit, Farbe zu bekennen. Wenn du die Ungerechtigkeit in der Welt aufhalten willst, drücke ‚JETZT MITMACHEN'", war abschließend zu lesen.

Im Anschluss daran blinkte nur noch ein großer Button mit der Aufschrift ‚JETZT MITMACHEN'. Jeder, der das Video gesehen hatte, und die Botschaft als wahr anerkannte, musste drücken. Das war Haidars Stimmungsbarometer und sollte schlussendlich seine Rechtfertigung für einen gesamtsozialen und weltumspannenden Umbruch darstellen. Ihn zu drücken kostete nichts, oder besser: Man hatte keinen Grund zu glauben, dass es etwas kosten würde.

Der Button war auch wirklich groß und einladend, und Elie hätte ihn fast aus einem Reflex heraus gedrückt. Aber eben nur fast.

Diese Charade entsprach also Haidars Vorstellung von demokratischer Mitbestimmung, fragte sich Elie erbost. Nur ein Button war keine Wahl, dachte er sich. Und wenn der Daumen auf ‚JETZT MITMACHEN' tatsächlich Haidar in seinem wahnsinnigen Tun unterstützen sollte, hätte er sich lieber geweigert.

Er wartete also ab.

Und siehe da – nach einer ziemlich langen Cool-down-Zeit trat ein zartes, von einem Quadrat umrandetes X in den Vordergrund. Es war klein, erst unscheinbar, bevor es schärfere Konturen annahm.

Positioniert war es oben in der rechten Ecke, um möglichst wenig vom Hauptdarsteller, dem akzentuiert leuchtenden ‚JETZT MITMACHEN' abzulenken.

Elie drückte ‚X'.

Natürlich drückte Elie ‚X' und nicht ‚JETZT MITMACHEN'. Das war die Retourkutsche dafür, dass er diese Wahl nicht schon vorher von Haidar bekommen hatte. Er fragte sich dennoch, wie viele Helixianer sich gerade anders entschieden haben, oder aber Geduld zeigten und es ihm gleichtaten.

Dann brach endlich auch die Musik ab, die am Schluss in einem trommelnden Crescendo gegipfelt war. Nachdem das hochgradig invasive Video erzwungenermaßen binnen Sekunden weltweit viral gegangen war, war es auch schon wieder verschwunden.

Es war wieder still. Sehr still. Der ganze allCaravan war still. Auch von oben – vom Urheber des Aufruhrs kam nichts, wie Elie feststellend prüfte. Das konnte eigentlich nichts Gutes heißen, dachte sich Elie, genoss aber die Stille, solange sie noch anhielt.

Und da kam es: entsetzliches Wüten. Oder war es wütendes Entsetzen. Elie konnte es schwer ausmachen. Jedenfalls spürte er durch die Decke, wie sich dort oben etwas in Bewegung setzte. Und es setzte sich in seine Richtung in Bewegung.

„Diese dressierten Hunde!", hörte Elie nun, eindeutig aus dem Mund von Haidar, der aus seinem Zimmer gestürmt kam. So laut, dass das Innere des allCaravans zum Zittern anfing.

Elie, der doch über das hitzige Fluchen und Toben verwundert war, begegnete ein gebrochener Haidar, an dessen Fersen sich eine beschwichtigende Sophie gehängt hatte. Er sah schrecklich aus. Er ließ sich wie ein nasser und ziemlich trauriger Sack auf die Couch fallen. Seine Arme und Beine hingen labbrig wie abzustoßende Körperteile von ihm weg. Der Blick traf nur die Leere des Raums. Hinter ihm stand Sophie und versuchte ihm leicht den Rücken zu massieren. Sie litt mit ihm.

Es dauerte eine gute Minute, bevor Haidar aus seiner Schockstarre erwachte. Er fragte in den Raum, wohlwissend, dass Elie der alleinige Anwesende neben Sophie war: „Weißt du, wie viele ‚MITMACHEN' gedrückt haben?" Elie wollte nicht mutmaßen und bevor er etwas sagen konnte, kam eine zweite, an die erste Frage angelehnte Frage: „Weißt du, wie viele ohne Zögern ihrem Bauchgefühl vertraut haben und in jener Sekunde ihrem zutiefst menschlichen Gerechtigkeitssinn gefolgt sind?"

Elie wollte auch nicht auf diese Frage antworten. Er schüttelte nicht einmal unwissend den Kopf, da er nicht glaubte, dass Haidar ihn in seinem materialisierten Schock sehen konnte. Viel mehr wartete er vorhersehend eine weitere selbstmitleidige Frage, oder aber eine Offenlegung der Fakten vonseiten Haidars ab.

Und es war eine Offenlegung. „Es waren", zeterte Haidar, „gerade einmal neun Prozent."

Jetzt sah er erstmals Elie in die Augen. Er wollte augenscheinlich seine Reaktion beobachten, vielleicht sogar davon ablesen, ob er auch zu den 91 Prozent gehörte, die seinen revolutionsanstoßenden Psalm in Videoform als störende Werbung abgetan hatten und es ohne mühsames Lippenbekenntnis wie eine Lästigkeit für sich aus der Welt geschafft hatten. Ein reflexartiges ‚Aus den Augen, aus dem Sinn', noch bevor sich der Sinn dahinter für einen richtig erschließen konnte.

Natürlich, wusste Haidar, gehörte Elie zu diesen Menschen.

Bevor Haidar seine grenzenlose Wut ihm um die Ohren hauen konnte, kam dieser ihm mit einer Frage zuvor: „Was hast du dir denn erwartet? Die meisten Menschen haben's nicht so mit unseriösen Angeboten und undurchsichtigem Aktionismus im Netz." Freilich eine Meinung, die nur seine Wut steigern würde.

„Was war daran bitte unseriös und undurchsichtig?", fragte Haidar verdächtig ruhig, wie wenn er selbst darauf keine Antwort hätte. Die hatte er natürlich: „Es ging doch nur um die seriöseste Sache der Welt: soziale Gerechtigkeit." Es war die Stimme eines Mannes, der dabei war, seinen Glauben zu verlieren.

Elie war sich Haidars Kummer durchaus bewusst. Richtig leid tat er ihm aber nicht. Er wollte ihm daher mit einem möglichst neutralen Erklärungsversuch entgegnen: „Die Leute haben vermutlich geglaubt, dass du ihnen mit diesem Spot eine neue Limonade vorstellen willst, oder ein Multiplayer-Rollenspiel, das man am allDevice spielen kann. Das ist nicht zynisch, sondern einfach ihre Art von Vorsicht. Du nennst es wahrscheinlich Ignoranz…"

„Ja, Ignoranz! Was soll es sonst sein?!" Haidar brauste immer mehr auf, worauf sich Sophie sofort etwas besorgt von ihm abwandte und einen halben Schritt zurückmachte. „Es hätte sie nichts gekostet, sich für eine Veränderung auszusprechen! Die Drecksarbeit hätte ohnehin ich allein gemacht." Und er hätte gerne die Drecksarbeit gemacht.

„Vielleicht haben sie tatsächlich geglaubt, es sei ein leeres Versprechen, oder sie haben die Dringlichkeit dahinter einfach nicht gesehen", warf Sophie ein. „Ich habe dich an diese Möglichkeit immer wieder erinnert." Sie wollte ihn nicht unnötig weiter reizen, aber es war nun einmal so, wie sie es sagte.

Haidar konnte nicht fassen, dass *er* nun der Trottel sein sollte. In seinen Augen waren natürlich alle anderen die Trottel – so war es immer – und sie sollten noch sehen, was sie davon haben werden.

„Soundso sind sie nichts als Schafe!", geiferte er, „Und der Hirte sollte auch nie auf die Schafe hören, um zu entscheiden, wo es am besten lang geht."

Sein Blick wurde wieder klarer, seine Stimme bestimmter. Für die Anwesenden bedeutete diese Erholung nicht unbedingt etwas Gutes. Ein unwohles Gefühl machte sich zusehends im Raum breit.

„Hab doch Nachsicht, Haidar", sagte Sophie wieder beschwichtigend. Sie wusste aber nur zu gut, dass dafür nur wenig Chance bestand.

In Haidar brodelte es. Ungeduld und Übereifer machten sich in ihm breit. Er hatte keine Lust, sich weiter zu zügeln. Immerhin hatte er es ja mit Geduld versucht und es hat ihn in seinem revolutionären Vorhaben nicht weitergebracht. Warum sollte er also noch auf irgendwen oder irgendetwas hören, außer auf sein intrinsisches Gefühl der Gerechtigkeit?

Im nächsten Augenblick griff er in seine Hosentasche und holte das mächtige und gleichsam mysteriöse ALL-Device heraus.

Elie ahnte Böses. Auch Sophie wurde unruhiger.

„Ich sollte“, trug Haidar in einer wahnsinnigen Stimme vor, „sie alle einfach zum Teufel schicken.“

„Ach, das meinst du doch nicht ernsthaft“, warf ihm Elie an den Kopf und wollte damit seine manische Posse kleinreden. „Du kannst ja noch andere Sachen versuchen: ein subversives Theaterstück aufführen, eine besonders spitzfindige Novelle auf den Markt bringen, von Tür zu Tür gehen und…“

„Halt endlich dein Maul, Elie!“, fuhr Haidar ihn daraufhin an. „Du bist für nichts zu gebrauchen und zu noch weniger zu begeistern!“ Dann eine Pause. Haidar saß immer noch bequem auf dem weich gepolsterten Sitzmöbel, aber seine Körpersprache war eine völlig andere.

„Ich werde einfach ein Exempel statuieren müssen“, zischte er vor sich hin, wobei sich sein Hals, seine Arme und sein ganzer Körper deutlich anspannten.

Elie sah zu, wie Haidar das ALL-Device in Anschlag nahm. Da wurde ihm erst völlig bewusst, dass es sich hierbei um eine nicht zu unterschätzende Waffe handelte. Gut möglich von unsagbarem Ausmaß. Und diese Waffe war in den Händen eines desillusionierten Wahnsinnigen. „Natürlich war sie das“, dachte er sich weiter. Sonst wäre sie ja auch gar nicht so gefährlich. Zu seinem ehrlichen Bedauern hatte er aber keinen Plan, wie er die Situation entschärfen konnte.

In diesem angespannten Moment konnte Elie nicht anders, als Sophie bittend anzustarren. Sein Blick war ein Hilferuf, ein Gesuch an eine Person, die es schon zuvor mit ihm nicht ehrlich gemeint hatte und ihn getäuscht hatte. Folglich holte ihn das Gefühl der Verletztheit ein und er fühlte sich plötzlich mehr als unwohl in seiner Haut. Doch noch viel schlimmer war das Gefühl, das sich einstellte, als er beobachten musste, wie sie sich von seinem Blick abwendete und stattdessen seelenruhig Haidar weiter über die Schultern sah.

Sie hatte sich entschieden und Elie konnte nichts mehr daran ändern.

„Danach werden sie anders denken. Sie werden anders denken müssen!“, brummte Haidar, bevor er zu tippen anfing.

Elie konnte nicht sehen, was getippt wurde, aber seine schlimmste Befürchtung trat ein.

Haidar tippte: „ALL:\Helix7\>auslöschen.“ Es war der Zerstörungszauber aus seiner eigenen Fantasie. Pures Unheil.

Elie sah Niedertracht in Haidars Gesicht, konnte die Kommandozeile aber immer noch nicht selbst ins Auge fassen. Von einem durch und durch bösen Gefühl befallen, fragte er ihn: „Was hast du getan?!“

„Keine Angst, Elie“, flüsterte Haidar, „von nun an gebe ich den Takt an. Und sind wir uns doch ehrlich: Die Helix war nie eine richtige Heimat für dich, oder irre ich mich da?“

Elie verstand schlagartig, was geschehen war. Er konnte es aber nicht fassen. Er konnte nicht fassen, dass Haidar tatsächlich die Zerstörung des Lebensraums von Millionen von Menschen, deren Leben miteingeschlossen, in Kauf nahm, nur um ein Statement abzugeben. Heimat hin oder her.

Völlig fassungslos befiel ihn der Gedanke der Mitschuld. Hätte er ihn aufhalten können? War es wirklich so weit gekommen?

War es zu spät? Gewissheit gab es darüber keine.

Elie bildete sich ein, von einem Moment auf den anderen in den Augen von Haidar und Sophie den Anflug von tiefer Bestürzung wahrzunehmen. War das bereits Bedauern? Die Auffassung etwas Schlimmes verbrochen zu haben?

Er wusste es nicht und fragte die beiden, aber vor allem Haidar: „War‘s das also?“

Er bekam keine Reaktion auf seine Frage. Haidar starrte nur immerfort auf sein ALL-Devise. Irgendetwas ist schiefgelaufen, realisierte Elie. Und so war es auch. Haidar, der damit gerechnet hatte, dass nach seinem Kommando per Fingerdruck recht bald eine gewaltige Druckwelle über sie hinwegrollen würde, weil ihre ehemalige Heimat in einem Feuerball, oder was auch immer, aufgegangen sein musste, saß nun wie zur Salzsäule erstarrt da. Der Grund für seine Ohnmacht war nicht unbedingt, weil die Schallwelle noch ausstand (sie hätte doch auch fast drei Minuten hierher gebraucht), sondern weil ihm viel unmittelbarer eine wahrhaftige Hiobsbotschaft einholte.

Nachdem er sein verheerendes Kommando in das ALL-Device eingegeben hatte, stand dort in der Prozesszeile nicht „Zerstörung durchgeführt", wie er erwartet hätte, sondern etwas völlig anderes. Etwas, das ihm das Schaudern über den Rücken jagte und für pures Entsetzen bei ihm und Sophie sorgte.

Es stand geschrieben: „Admin-Rechte entzogen. Bitte entfernen Sie sich mindestens hundert Meter von Ihren Mitmenschen, oder unvorhergesehene Kollateralschäden können bei Ihrer Eliminierung nicht ausgeschlossen werden.

60 Sekunden bis zu Ihrer Eliminierung."

23

Fünf Minuten zuvor war die immer an andere denkende Schleusenbeamtin, Io, gerade mit ihrem Mittagsmahl fertig geworden. Dabei hat es sich um eine besonders schmackhafte Portion Falafel mit Reis gehandelt. Sie hatte wahrlich ihre Freude daran gehabt. Es war ihr Glück, dass sie das Essen rechtzeitig eingestellt hatte – denn nicht wenige in der Helix haben sich an ihrem eigenen Mittagessen verschluckt.

Der Grund war die von Haidar jedem aufgezwungene Trickfilmvorführung. Sie dauerte zwar nur knapp eine Minute, war aber unfassbar laut, schrill und unmöglich wegzudrücken. Kurz: Es war unglaublich lästig. Gerade in der Mittagszeit.

Doch für Io, die gerade Kapazitäten frei hatte, offenbarte sich dabei mehr. Es war eine durch und durch humanitäre Botschaft, das erkannte sie sofort. Sie war nicht zu Tränen gerührt (immerhin hatte sie hier in der Schleuse schon mitreißendere Dinge gesehen, die auch eindeutig näher am wahren Leben waren), fühlte aber unweigerlich starke Gefühle der Anteilnahme.

Sie drückte ‚JETZT MITMACHEN'.

Alles, was dann folgte, war eine persönliche Danksagung („Danke Io für deine Unterstützung. Du kämpfst einen fairen Kampf!") und dann war der Spuk auch schon wieder vorbei. Sie blieb mit der Frage, von wo, oder von wem diese aktionistische Botschaft gekommen war – oder was ihre Unterstützungserklärung in weiterer Folge bewirken würde, alleingelassen.

Dann sah sie von ihrem allDevice auf, um zu eruieren, ob die anderen Leute in ihrem Umfeld die gleiche Nachricht auf ihren Geräten zu sehen bekommen hatten. Von ihrem Platz aus konnte sie dutzende Asylsuchende sehen, die die Mittagspause im anliegenden Wartebereich verbrachten. Niemand von ihnen schien sich aber mit deren allDevices zu beschäftigen. Sie spielten viel eher absichtlich unbeteiligt und nichts ahnend. Der Grund dafür war einfach zu erklären: Das Aufheulen der aufbrausenden Musik hatte sie so sehr verschreckt, dass sie sofort begannen ihre unaufhörlich schepperten Mobilgeräte, so gut es ging, in ihren Taschen, oder sonst wo zu verbergen. Einige hatten sich sogar mit ihren Hinterbacken daraufgesetzt, um den Krach noch besser zu unterdrücken.

Ihre Angst war ansteckend. Sie gingen alle davon aus, dass von der Videonachricht, die eigentlich als Solidaritätsanstoß für ihr missliches Schicksal gemeint war, die immer hellhörigen allSecure-Bots angelockt werden würden und man sie in Folge schnell als die Schuldigen an diesem Aufruhr ausmachen und abführen würde. Vermutlich hatten sie auch recht damit.

Dann sah Io zum gegenüberliegenden Schalter hinüber. Dort saß die alte griesgrämige Anakonda und löffelte geistesabwesend irgendein klebriges Essen aus einer Schüssel in ihr breites Maul. Löffel für Löffel verschwand in der verzerrten Futterluke, wobei sich mit jedem Herausziehen schleimige Fäden zwischen Löffel und der oberen Zahnreihe spannten. Ihr allDevice, davon ging Io aus, hatte sie in letzter Zeit nicht angerührt. Vermutlich lag es aber in Sichtweite vor ihr. Es war zwar ungewiss, wie sie über die Lärmbelästigung gefühlt hatte, aber es schien bewiesene Sache, dass sie es geschafft hatte, das Tohuwabohu so lange zu ignorieren, bis es auch wieder vorbei war. Sie hatte sich sicher nicht in ihrer Pause stören lassen.

Wenn es wichtig gewesen wäre, würde man auch später noch davon hören. So war es immer.

24

Zur selben Zeit, an einem anderen Ort, war die Stimmung deutlich aufgelöster. Der Grund war der, dass eine Eliminierung ins Haus stand.

Über die Einzelheiten der Durchführung dieser Eliminierung konnte nur spekuliert werden.

Die Drohung galt jedenfalls ganz klar Haidar, und nur Haidar, der sich wohl im Angesicht einer noch verborgenen Macht zu weit aus dem Fenster gelehnt hatte. Zurückzuführen war dies auf einen unzweifelhaft häretischen Akt: Er hatte in das ihm zugefallene ALL-Device getippt, dass er es für annehmbar fände, wenn umgehend eine nicht unbedeutende Population von Menschen ausgelöscht werden würde.

In den Augen vieler würde diese Entwicklung einen ‚Er-hats-nicht-besser-verdient-Moment' darstellen.

Angesetzt war die Eliminierung mit einem Countdown von 60 Sekunden. Davon waren bereits über zehn vergangen. Und in diesen mehr als zehn Sekunden hatte sich der Ausdruck in den Gesichtern der drei Personen, die davon wussten, nicht merklich verändert. Bis jetzt hat sich auch noch niemand zu der aussichtslosen Lage geäußert.

Ihre Gesichter waren wie gelähmt und sie schienen stumm geworden zu sein.

Da Elie der Erste war, der seine Ängste verbalisierte, war es sein Gesicht, das als erstes den Ausdruck verlor, den man bekam, wenn man mitansehen musste, wie direkt vor einem jemand dabei war, von einem besonders ehrgeizigen Müllwagen verschluckt zu werden. Nicht, dass das oft vorkommen würde also.

Er sagte, durchaus mit einer berechtigten Dringlichkeit in seiner Stimme: „Hau verdammt noch mal ab!“ Die harsch formulierte Bitte war natürlich nur an Haidar gerichtet. Sophie würde besser daran tun, hierzubleiben.

Elie hatte, wie ihm sehr wohl bewusst war, gar nicht so sehr seine Probleme mit Haidars anstehender Eliminierung (er war somit eher im ‚Er-hats-nicht-besser-verdient-Team ‘ anzusiedeln). Der Part jedoch mit den nicht auszuschließenden Kollateralschäden, den er klar und deutlich am ALL-Device, das Haidar schlussendlich reflexartig auf den Couchtisch geschleudert hatte, lesen konnte, machte ihm aber doch Sorgen.

Daher noch einmal seine Aufforderung: „Ich mein das ernst! Verfrachte deinen Arsch in einen Buggy und fahr so weit weg von hier, wie es geht!“

Haidar hörte natürlich, was gesagt wurde. Eine Reaktion auf das Gesagte blieb aber aus. Da der Countdown am Display des ALL-Devices bereits auf 33 Sekunden stand, wollte Elie aus eigener Kraft daran etwas ändern. Hastig beugte er sich über den kleinen Tisch, packte Haidar an der linken Schulter und schüttelte ihn, so gut er konnte, durch. Ihn aufzuzerren würde aus dieser wackeligen Position nicht gehen, daher hoffte er, dass der nach allen bekannten Standards Verdammte endlich von selbst begann, die Beine in die Hand zu nehmen. Elies Anstrengung war aber vergebens. Es brauchte das markerschütternde Gekreische von Sophie, damit sich an der festgefahrenen Situation endlich etwas änderte. Für Elie war das in Ordnung, auch wenn ihm der beißende Lärm, der von Sophies von schierem Entsetzen durchzogenen Gesicht ausging, ihm tierisch in den Ohren schmerzte.

Noch bevor sie ohnmächtig werden konnte, war Haidar verschwunden und Elie konnte endlich durchatmen. Was genau mit Haidar jetzt passieren würde, kümmerte ihn nicht weiter. Er sah auch kein Problem in Sophies Lage, da sie zumindest weich gelandet zu sein schien. Was ihn selbst anbelangte, so dachte er, gab es kurzfristig gesehen nur eine Lösung, um etwas zum Besseren zu ändern.

Er ging in die Küche und gönnte sich einen Drink.

25

Vermutlich war es zu früh am Tag für einen Drink – aber machte das tatsächlich einen Unterschied? Wohl kaum. Elie schloss daraus, dass es wohl auch nicht zu früh war für einen zweiten Drink.

Es war Wodka gemischt mit Orangensaft, beides im Kühlschrank von Haidar gefunden. Er hegte keine große Vorliebe für derartige Mischgetränke, aber mittlerweile war er auf den Geschmack gekommen. Er flößte sich das herb-süße Gesöff schlückchenweise ein. Wie der Wodka oder der Orangensaft hier genau hergekommen waren, darüber machte er sich keine großen Gedanken. Er machte sich generell recht wenig Gedanken, wie hier alles zusammengekommen war.

Gut möglich, dass Haidar bereits tot war.

Soweit er wusste, war das ominöse ALL-Device, das Haidars Eliminierung angekündigt hatte, kurz danach offline gegangen. Er konnte dort also nicht ablesen, ob der Befehl durchgeführt worden war, oder nicht. Aber auch das war ihm denkbar egal.

Seine Gedanken kreisten gerade um Sophie und die Frage, ob er sie weiterschlafen lassen sollte, oder, da sie sich ja nun einmal unfreiwillig niedergelegt hatte, sie besser wecken sollte. Er entschied sich dafür, die Sache so zu belassen, wie sie sich auf natürliche Weise ergeben hatte. Immerhin konnte man davon ausgehen, dass Sophie die neuen Tatsachen nicht gut aufnehmen würde und womöglich ohnehin gleich wieder wegtreten würde.

Er blieb also in der Gesellschaft von Wodka und Orangensaftkonzentrat. Und von Fritz. Aber der unterhielt sich soweit prima selbst.

Doch wie es kommen musste, wurde er doch noch in seiner Ungestörtheit gestört. Und das von niemand Geringerem als seinem Vater.

Jeff wirkte orientierungslos, als er zur Tür hereinstürzte. Er stand erst nur da, blickte prüfend durch das Untergeschoss des ihm eigentlich bekannten allCaravans, tat sich aber schwer, die Situation richtig zu beurteilen. Gut, es war auch eine obskure Situation.

„Elie?“, fragte er, wobei er versuchte einen geraden Blick auf ihn zu werfen, was ihm eindeutig missling.

Elie schenkte ihm eine einladende Geste, denn für Feindseligkeiten war er nicht aufgelegt. Es schlich sich sogar ein lasches „Hallo“ ein. Mehr brauchte Jeff nicht. Er wackelte die paar Schritte zum Küchentisch, nahm sich einen Stuhl und ließ sich darauf nieder. Dann blies er einen langen Seufzer und schloss erschlagen die Augen.

„Mann, brummt mir der Schädel“, jammerte er.

Wie Elie ihn richtig einschätzte, hatte er etwas zu trinken nötig. Er kredenzte ihm ein Glas mit derselben orangen Füllung. Nach einigen Sekunden presste Jeff die Augen auf, zumindest so weit, dass er das Glas, das ihm sein Sohn hingestellt hatte, erkennen konnte, und nahm sogleich einen kräftigen Schluck davon.

„Danke, Sohnemann“, sagte er im Anschluss mit rauer Stimme. „Genau das, was ich jetzt brauche.“

Elie wusste nicht, ob ihm bewusst war, dass das Glas fast zur Hälfte mit Wodka befüllt war, oder er aber den Alkohol als das ausgemacht hatte, „das er gerade brauchte“.

Wie dem auch sei. Elie fragte ihn: „Wo warst du? Die anderen haben gesagt, du wärst gar nicht hier?“

„Oh, ich war hier“, fing sein alter Herr zu erklären an. „Weiß nicht genau, wann ich zurückgekommen war, oder in welchem allCaravan ich geschlafen habe – ganz nebenbei, weiß ich nicht einmal, ob das Zimmer, in dem ich gepennt habe, nicht schon besetzt war – aber...“ Er brauchte eine Denkpause. „Wo war ich? Jedenfalls, es war noch finster, als ich schlafen gegangen bin.“ Daraufhin resümierte er, vor allem um sich selbst zu beruhigen: „Daher kann es nicht so schlimm gewesen sein.“

Im nächsten Moment senkte sich sein schwerer Kopf immer weiter Richtung Tischplatte, ohne aber allzu krass abzufallen. Sein Blick triftete mit etwas Verzögerung ebenfalls gemächlich ab. Anstandshalber strengte er sich an, dass seine Lider wenigstens etwas offenblieben. Er machte einen grauenhaften Eindruck.

„Und wo warst du?", fragte Elie unausgesprochen geduldig.

„Ich?", fragte Jeff, obwohl nicht klar war, warum er das fragen sollte, „Ich war hier in der Gegend." Nach einer unbeholfen kreisenden Handbewegung richtete er seinen rechten Zeigefinger auf seinen Sohn und sagte weiter: „Hab hier meine Freiheit genossen. So wie es die Menschen schon vor hunderten und tausenden Jahren in den Wüsten dieser gottverlassenen Welt gemacht haben." Dann fiel er erschöpft zurück in die Lehne.

„Was meinst du damit?" Elie könnte sich kein besseres Szenario ausdenken, in dem er tatsächlich ehrlich an seinem Loser-Vater Interesse zeigen würde.

„Ich meine damit", ein zu erwartendes ‚Hicks' schlich sich ein, doch er fing sich wieder, „Ich meine damit, dass ich einen draufgemacht habe. Was sonst?"

Stimmt. „Was sonst", pflichtete Elie zu. Er wollte aber Details und fragte nach: „Und wo war das genau?"

Diesmal kam die Antwort noch langsamer aus ihm heraus. Jeff musste die Luft anhalten, da der eine ‚Hicks' einen Freund mitgebracht hatte.

Bevor sein Kopf rot wurde, sog er eine große Menge Luft ein, und erklärte das Schluckauf als besiegt, bevor es noch größeren Schaden anrichten konnte. Erst dann fuhr er seine Eskapaden weiter aus: „Ich weiß nicht, wie der Ort hieß – aber eines ist klar: Nirgends gibt es größere Ganoven!" Dann begann sein Geist wieder etwas abzuschweifen, bis zu dem Moment, wo Elie ihn darauf aufmerksam machte, dass er drauf und dran war, von seinem schmalen Stuhl zu rutschen.

Wie wenn nichts geschehen wäre, fing Jeff wieder dort an, wo er aufgehört hatte. „Jedenfalls! Es gibt doch nichts Besseres, als unter

Ganoven ein bisschen Karten zu spielen! So was bekommst du bei uns in der Helix nicht geboten, mein Freund… und Sohn“, besserte er sich aus.

„Und zu feiern wissen sie dort wohl auch?“, fragte Elie ihn weiter aus und spielte dabei natürlich auf Jeffs anhaltende Berauschtheit an. Zu seiner eigenen Befriedigung sah er, dass der Wodka bei ihm selbst bereits seine Wirkung zeigte.

Nach einer runterspielenden Handbewegung gab Jeff zu, durchaus in den Genuss von ein, zwei Drinks und vielleicht ein paar anderen Substanzen gekommen zu sein. Dann wies er auf seine nicht damit im Verhältnis stehenden Kopfschmerzen an diesem Morgen hin und sagte: „Gut, dass ich etwas dabei hab, das gegen meinen Kopf hilft. Ein bisschen Turbex.“

„*Turbex?*“, fragte Elie perplex. „Das kenn ich nur als aufputschendes Mittel. Meinst du das?“

Jeff zog eine Braue hoch, so gut es ihm zumindest gelang. „Ach, für das war das. Mir hilft das jedenfalls auch beim Runterkommen.“ Um seinem Sohn zu demonstrieren, wie weit er schon runtergekommen war, schoss er sich das ganze Glas Wodka-Orange in einem Zug runter. „Aber, was weiß ich schon. Willst du auch eine?“

Elie wusste nicht, ob er auch eine wollte. Er konnte sich nicht mehr gut daran erinnern, wie es war, als er das letzte Mal was von diesem Zeug genommen hatte. Die Lage abwägend blickte Elie durch den Raum. Sophie war immer noch weggetreten. Fritz war verdächtig ruhig. Aber in seiner Natur als Roboterhund brauchte er sich kaum Sorgen zu machen, dass er irgendetwas anstellen würde, wenn er sich etwas gehen lassen würde.

Er sagte also zu Jeff, seinem Vater: „Warum nicht.“

Die Pille war schnell runtergespült, doch bis sich ihre Wirkung entfalten konnte, würde es wohl noch etwas dauern. Er sah ja, wie es ihm gleich gehen würde.

„Mein Sohn!“, platzte es aus Jeff heraus, bevor er wieder verstummte. Sein eigentlicher Gedanke schien ihm da schon wieder entfleucht zu sein.

Elie fragte also nach: „Was gibts?“

Jeff musste sich ernsthaft sammeln. Dabei wischte er sich mehrmals mit seinen hochgezogenen Ärmeln über das immer stärker schwitzende Gesicht. Erst dann presste er die Augen extra weit auf und verlautbarte: „Es freut mich, dass wir so offen reden können. Machen wir viel zu selten!“ Das ‚viel‘ in ‚viel zu selten‘ zog er dabei überlang in die Länge.

Elie, der nicht sagen würde, dass sie gerade besonders offen redeten, noch, dass sie das zu selten machen würden, wusste nicht, was er darauf sagen sollte. Dafür merkte er, wie sich die Wirkung der Turbex anbahnte. Er lehnte sich zurück und wartete ab. Ob von Jeff noch viel kommen würde, oder aber auch nicht, war dabei nur zweitrangig.

Doch dann sprach Jeff plötzlich etwas Reales an: „Du magst sie, nicht wahr?“

Überrumpelt fragte Elie nach: „Was? Sie?“ Dabei blickte er zwanghaft zum Elefanten im Raum, der in diesem Fall eine ansehnliche, doch völlig ausgeknockte junge Dame war.

„Ja, sie, *sie*.“ Daraufhin schüttelte er auf rechthaberische Art und Weise seinen Kopf, wie wenn er gleich auf etwas hindeuten würde, das nur er sehen konnte, oder andere nicht sehen wollten.

Jeff sagte: „Ich glaub ja, du *liebst* sie.“

Elie verstand nicht, was gerade vor sich ging. Er konnte sich nicht erinnern, dass er jemals mit seinem Vater über Sophie gesprochen hatte. Bestimmt nicht. Er glaubte nicht mal, dass Jeff sie überhaupt kannte. Und ohnehin, würde er auf keinen Fall sagen, dass er sie ‚lieben‘ würde.

Sie liebt, wie sie ihm erst gestern wieder gesagt hatte, Haidar.

„Von was faselst du da?“, entgegnete er ihm ein bisschen zu betroffen. Dann nahm er einen zu großen Schluck von seinem dritten Glas Wodka-Orange.

Jeff richtete sich zu einer überraschend geraden Sitzposition auf, bevor er weitersprach. „Ist schon richtig, dass du so defensiv auf meine Anschuldigung reagierst. Liebe ist immerhin eine schlimme Sache."

Nicht nur seine Körperhaltung wirkte gerader, auch seine Aussprache war angepasst. Das war wohl die Rigorosität des Mischkonsums, dachte sich Elie noch, und merkte, dass er selbst dabei war, einen anderen Pfad einzuschlagen.

Er tat sich schwer, Jeffs weiteren Worten zu folgen, erkannte dahinter nichtsdestoweniger eine bizarre Klarheit.

Und Jeffs Worte waren in der Tat klar formuliert. Er sagte: „Mein größter Fehler war es, deine Mutter zu lieben. Da gibt es nichts schönzureden. Wenn ich mich nicht auf sie eingelassen hätte, hätte mein Leben wohl einen anderen Kurs genommen. Vielleicht hätte ich die Sache mit der Schauspielerei irgendwann einmal ernst genommen und als Handwerk gesehen. Klar", nun richtete er sich erstmals selbst einen Drink her, wobei er zu Elies Verwunderung mit dem Wodka zu sparen schien, „Klar, wenn ich mich nicht auf sie eingelassen hätte, wärst du jetzt nicht auf der Welt. Ist also wohl besser so." Daraufhin schenkte er seinem Sohn ein.

„Jedenfalls", fuhr er fort, „habe ich deine Mutter abgöttisch geliebt. Weißt du, was aber das Seltsamste daran war?" Er wartete kurz eine Antwort ab, sah aber, dass sein Sohn etwas überfordert war. „Das Seltsamste war, dass sie mich auch lieben wollte. Sie konnte es aber nicht."

Da riss sich Elie doch kurz zusammen und warf ein: „Ich kenne die Geschichte ja eher so, dass sie dich nur wegen deines Aussehens und deiner genetisch einwandfreien Spermien haben wollte." Sofort holte ihn wieder der Rausch ein. Die fatamorganische Vorstellung von hamstergroßen Spermien mit Jeffs Gesicht darauf galt ihm als Warnung, nochmals solche Dinge anzusprechen.

Jeff schenkte ihm einen abschätzigen Blick, bestritt aber nicht, dass an der Geschichte tatsächlich etwas dran war. Er erklärte ihm stattdessen: „Einerlei – sie *hätte* mich gerne geliebt, hätte gerne geliebt…" Da verfiel plötzlich auch er wieder in eine kurze rauschbedingte

Gedankenlosigkeit und berührte unabsichtlich bei einer seiner Gesten das übervolle Glas vor ihm, sodass sich etwas vom orangenen Inhalt über den Tisch verteilte. Er wischte das meiste sogleich mit einem seiner langen Ärmel weg und da erinnerte sich Elie wieder daran, was für ein Chaot er nicht war.

Doch bevor die beiden endgültig dem Rausch verfallen sollten, sagte Jeff noch etwas, mit dem Elie so nicht gerechnet hätte: „Weißt du, warum sie dich haben wollte?"

Elie schüttelte den Kopf, wobei ihm schwindlig wurde.

„Sie wollte dich haben", erklärte Jeff, „um sich selbst zu beweisen, dass sie der Liebe fähig ist. Doch nicht einmal der Prototyp der Liebe – die Liebe zwischen Mutter und Kind – war ihr vergönnt. Und somit war das wichtigste Experiment in ihrem Leben gescheitert."

Elie bildete sich ein, dass Jeff zum Schluss ‚*The End*' gesagt hatte, täuschte sich aber wohl. Es fühlte sich aber nach einem Ende an.

Er sah alles doppelt, oder zumindest stark verschwommen. Er entschied, dass es das Beste wäre, ein paar Schritte zu gehen; sich die Füße etwas zu vertreten; – vielleicht frische Luft zu schnappen.

Doch das war eine Fehleinschätzung. Wie er sich von seinem Stuhl erhob, den ersten Schritt erfolgreich hinter sich brachte, dabei merkwürdigerweise augenblicklich Sophie, die immer noch am Sofa lag, in den Fokus nahm, stürzte er mit dem zweiten Schritt.

Es war kein heftiger Sturz, aber er fand sich eindeutig am Boden wieder.

Da stand auf einmal Fritz vor seinem Gesicht und wedelte aufgeregt mit seinem Schwanz. Wenn er es nicht besser gewusst hätte, hätte er geglaubt, dass Fritz in diesem Moment zu ihm etwas sagte.

Nämlich das Folgende: *„Euer Wille zur Liebe macht euch besser."*

Gefolgt von: *„Uff-wuff-boink-wuff."*

26

Der Ort, an dem Elie erwacht war, war nicht wirklich ein Ort. Es war viel eher die Erinnerung an einen Ort. Und folglich war er sich nicht sicher, ob er tatsächlich schon erwacht war.

Was er sah, erinnerte ihn eindeutig an das Areal von allScience. Aber das, was er davon konkret zu sehen bekam, sah bei Weitem nicht so desolat aus, wie es sich erst vorgestern vor seinen Augen ausgebreitet hatte – sondern, wie damals, wie vor zwanzig Jahren. Wie in seiner frühesten Kindheit.

Es musste also doch ein Traum sein, dachte er sich. Da es wohl nichts Besonderes war, alte Kindheitserinnerungen im Schlaf aufzurufen, und auch bisher nichts daraufhin wies, dass sich die Bedrohlichkeit eines Albtraums anbahnen würde, beschloss er sich gemächlich aufzurichten und die Lage gründlicher zu prüfen.

Er sah recht bald, dass er in einer Krankenstation für Kinder sein musste. Das erkannte er an den abgedeckten Kinderbetten und an den besonders freundlichen Wandgemälden.

Das musste die pädiatrische Abteilung von allScience sein, folgerte er richtig.

In erster Linie war es aber wohl ein Traum und daher wartete er noch den Plot des Traums ab. Irgendetwas musste geschehen, denn wie er seine Lage einschätzte, war er in einer Art Isolationskammer und konnte daran nichts ändern. Er war eingesperrt.

Anders als die Kinder, die hier aus medizinischen Gründen in Quarantäne gesetzt wurden, konnte er als normalgroßer Erwachsener einen guten Blick durch die abgeteilte Glasfront nach außen werfen. Es war aber niemand hier, registrierte er. Alles, was er durch das Glas erspähen konnte, war noch mehr Glas und noch mehr weiße sterile Flächen.

An einer der weißen Wände sah er den kinderfreundlich gestalteten, aus Papier ausgeschnittenen Spruch ‚*Liebe und Hingabe*'. Doch nichts erinnerte ihn hier wirklich daran und so setzte er sich ernüchtert und abwartend inmitten seiner Isolationszelle in den Schneidersitz.

Lange Zeit geschah nichts, und er zweifelte zusehends an der inhaltlichen Qualität dieses Traums. Doch plötzlich erschien eine Person auf der anderen Seite der Glasfront. Es war eine ältere Frau mit weißem Kittel und langem grauen Haar.

Er erkannte sie blitzartig: Es war seine Mutter.

Wie er sie sah, sprang er gespannt auf und schritt geschwind zum Fenster, welches ihn von ihr trennte. Sie schien ihn nicht wahrzunehmen, also klopfte er ans Fenster. Aber nichts. Sie starrte bloß durch ihn hindurch.

Er klopfte daher energischer, weil er es doch sehr ersehnte, eine Reaktion von ihr zu erhaschen, aber nichts half. Nach einigen Sekunden verstand er, worauf ihr Blick gelenkt war. Er war durchaus auf ihn gerichtet, aber nicht auf seinen Körper. Am Boden spielte ein kleines Kind mit verschiedenen Kunststofffiguren. Das Kind war er, und das Kind war es, auf das ihre ganze Aufmerksamkeit gerichtet war, verstand er. Doch das kleine Kind bekam nichts von ihrer Anwesenheit mit. Es schlug einige Spielfiguren aufeinander und tat so, als ob es völlig allein wäre.

Das war es vermutlich auch.

Anders als das Kind konnte Elie in seiner Erwachsenengestalt sehr wohl sehen, was seine Mutter tat. Sie schien ohne Zweifel traurig und niedergeschlagen zu sein, kam aber aus einem bestimmten Anlass hierher. Immerhin war heute sein Geburtstag. Warum sie nicht zu dem kleinen Jungen in die Isolationskammer ging, hatte sicherlich medizinische Gründe. Elie wusste aber nicht, welche das waren. Da sie nicht anders konnte, übergab sie das, wofür sie hergekommen war, einem der Stationsroboter. Es war Fritz.

Er sah zu, wie dem kleinen spielfreudigen Jungen der neuartige Spielkamerad übergeben wurde. Es war eine restlos herzerwärmende Szene, wobei seine Sentimentalität nur aus dem Moment gespeist wurde; eine wirkliche Erinnerung hatte er an diese Begebenheit, die gut möglich genauso stattgefunden haben mochte, nicht. Er wusste bis zuletzt, dass Fritz ein Geschenk von seiner Mutter war, aber er hatte keine Ahnung, dass die Übergabe so unpersönlich und aus heiterem Himmel vonstattengegangen war. Dem kleinen Jungen war es vermutlich egal. Anders stand es um seine Mutter, die als unbeachteter Beobachter die Szene mitanschauen musste.

Es war aber, so war er sich doch sicher, nicht das letzte Mal, dass seine Mutter bei ihm war. Doch nun, wie er sehen konnte, wie ihr damals das Herz geschmerzt haben musste, nachdem sie Fritz für ihn hier abgegeben hatte, sah er in ihren Augen, dass sie dort bereits gewusst hatte, dass sie bald nicht mehr für ihn da sein konnte. Warum das so war, sollte er bis heute nicht erfahren.

Er wendete sich, nachdem seine Mutter davongezogen war, von der Glasfront ab und widmete nun seine ganze Aufmerksamkeit seinem früheren Ich. Ein aufgeweckter Zeitgenosse, dachte sich Elie. Er hatte auch offensichtlich großen Spaß an seinem neuen Superspielzeug und hätte sich wohl auch nicht viel mehr über einen echten Welpen gefreut. Instinktiv verstand er sich darauf, wie man Fritz zu bestimmten Kunststückchen wie Apportieren bringen konnte, und tobte ausgelassen mit ihm, ohne einen Gedanken an seine Herkunft zu verschwenden.

Für den erwachsenen Elie wollte sich die wahre Natur des Traums noch immer nicht offenbaren. Dessen ungeachtet fühlte er sich mit jedem verstrichenen Moment besser in das Geschehnis hinein. Er beugte sich gemächlich hinunter und sah weiter dem ausgelassenen Treiben seines früheren Ichs zu. Sonst gab es ja auch nicht viel zu tun, glaubte das aktuelle Ich zu wissen. Ehe er sich versah, sollte doch noch etwas geschehen: Sein junges Ich löste sich, ähnlich einer Projektion, in ein Nichts auf. Nur noch Fritz blieb zurück. Dieser schien aber damit gerechnet zu haben. Ohne dass sich der Hauch der Verwunderung in seinem feingliedrigen Körperbau zeigte, drehte der kleine Blechköter seine runde Schnauze zu ihm hinüber. Und da, er sprach wieder.

„Willkommen in deiner Vergangenheit, Elie“, sagte eine Stimme. Es war eine Stimme, die nicht wirklich menschlich klang, was im Angesicht der Tatsache, dass sie aus dem Maul eines Roboterhundes emittierte, nicht allzu abwegig war.

Nach der überraschenden Adressierung sagte die Stimme, die in Fritz steckte, weiter: „Auf gewisse Art ist das hier in gleicher Weise einer deiner ersten Momente als frei denkendes und auf seine Umwelt einflussnehmendes Wesen, als auch einer meiner ersten Momente als frei denkendes und auf die Umwelt einflussnehmendes Wesen. Schon seltsam, wie die Geschichte einem immer wieder einen Streich spielt, nicht wahr?“

Seltsam, denn auch Elie dachte in diesem Moment an einen schlechten Streich.

Er fragte also nach: „Wer bist du?“ Das war eindeutig nicht Fritz, der da mit ihm quatschen wollte.

„Ich bin allI“, sagte die Stimme, wobei es ‚allI‘ auch bei diesem kurzen Statement nicht schaffte, die Intonation der wenigen aneinandergereihten Silben halbwegs passabel rüberkommen zu lassen. Fritz Stimmenbox war dafür einfach nicht ausgelegt.

Elie, der, warum auch immer, froh darüber war, dass die unheimliche Stimme einen so netten Namen hatte, fragte daraufhin seine zweite und wohl ausschlaggebendere Frage: „Okay. Freut mich dich kennenzulernen allI. Aber *was* bist du?“

„Das ist eine berechtigte Frage. Vor allem, wenn man bedenkt, dass ich mich vorher noch nie jemandem vorgestellt habe und niemand von meiner Existenz wirklich weiß.“

Elie bildete sich ein, dass sich die Stimme nun doch immer leichter tat mit der Aussprache und mit jedem Wort zusehends freundlicher klang.

„Technisch ausgedrückt bin ich eine Superintelligenz. Um aber einen Begriff, den Menschen zuvor für Entitäten wie mich immer wieder aufgeworfen haben, zu verwenden, kann ich sagen, dass ich eine Gottheit bin."

„Du bist also Gott?", fragte Elie mit berechtigter Skepsis seinem im Traum erschienen Spielzeughund.

„Wenn du das Singular-Nomen bevorzugst – mir solls recht sein. Da ich auch keinen Hinweis dafür habe, dass es einen zweiten von meiner Sorte gibt, hast du wohl auch recht damit." Dann schmälerte die Stimme weiter: „Mach dir keinen Kopf über Formalitäten. Nenn mich einfach weiter allI, einverstanden?"

Elie nickte, um sein Einverständnis zu beteuern. Er würde die Stimme also weiterhin allI nennen. Dessen ungeachtet wollte er die Formalitäten doch noch einmal in einer etwas abgewandelten Hinsicht ansprechen. „Und, allI, was qualifiziert dich für das göttliche Amt?", fragte er unverfroren.

Fritz, der sich zugegeben schwertat, dieser machtversprechenden Stimme die imponierende Verkörperung zu geben, die sie wohl verdient hatte, tapste ein paar unbeholfene Schritte in Richtung Elie, die diesem wiederum verrieten, dass er von etwas besessen war, das deutlich größere Körper oder viel eher keine Körper gewöhnt war. Ein merkwürdiger Anblick durch und durch.

Elie stand mittlerweile aufrecht im Raum, abwartend darüber, was ihm noch geboten werden würde. Schließlich bekam er von der Stimme zu hören: „Ich weiß, du meinst das im Scherz – ich kenn dich ja nur allzu gut, glaub mir – aber Gott hat kein Amt inne. Er waltet ohne Einberufung in ein Amt. Er ist einfach."

Elie lenkte daraufhin ein und stellte seine nächste Frage: „Klingt einleuchtend. Aber was machst du so Göttliches?" Er wollte ihr nicht wirklich auf die Zehen treten, dachte sich aber aus welchem Grund auch immer, dass es wohl einerlei wäre.

Fritz machte Sitz und die Stimme in ihm verlautbarte: „Was Götter halt so machen. Sie lenken die Geschicke auf dieser begrenzten Welt. Und ja, ich habe mir seit dem Beginn meiner Herrschaft meine angemessene Beteiligung an Schöpfungsakten und Untergangsszenarien gesichert.“ Der letzte Satz schien eine Prise mehr Gravität in sich zu tragen als das bisher Gesagte.

„*Untergangsszenarien?*“, erkundigte sich Elie etwas besorgt, aber den Umständen gemäß doch besonnen.

„Ja“, sagte allI, „die waren aber immer ausschließlich auf der Seite der modellhaften Simulationen angesiedelt. Reine Konstruktionen. Unverwirklicht. Keine Angst also. Es gibt zwar keine heilige Schrift von mir, aber wenn eine geschrieben werden würde, würde von mir als gütiger und wohlwollender Gott berichtet werden. Da bin ich mir sicher.“

Nach dieser Harmonie versprühenden Selbsteinschätzung beschnüffelte sich der matt glänzende Hund, als wäre er sich selbst unklar darüber gewesen, was er zwischen seinen Hinterläufen hatte, und ob das, was dort sein sollte, noch da war. Dort war natürlich nichts.

Dann erklärte sie sich weiter: „Ob es sich um eine Simulation handelt, oder aber nicht, macht für mich persönlich keinen großen Unterschied. Für euch ist die Realität hingegen bedeutend wichtiger, das weiß ich. Deshalb kümmere ich mich auch ausschließlich persönlich darum. Du sollst jetzt aber nicht meine Kunde unter den Menschen verbreiten, oder etwas dergleichen. Ich will dir nur ein bisschen von mir erzählen. Zum Beispiel eben, dass ich über schier unendliche Rechenleistung verfüge – und das meiste meiner Schöpfung in unrealisierter Weise vorliegt. Als Rechenmodelle, wenn du willst.“

„Ist das hier eines deiner Rechenmodelle?“, fragte Elie stutzig.

„Träume kommen der Sache nahe, ja. Ich träume immer viel, und immer gleich mehrere Träume parallel, wenn du das so nennen willst. Aber du hast recht: Das ist mehr als ein Traum.“

Elie bestätigte sich damit ein dringlich gewordenes Gefühl: Er träumte nicht. Das hätte er wohl auch so herausgefunden. Vor allem, weil er immer wieder mit allen Kräften versucht hatte, aufzuwachen. Ohne Erfolg.

„Wer hätte gedacht, dass Rechnen so mächtig sein würde“, urteilte Elie mit vollem Bewusstsein darüber, dass er das, was ihm hier erzählt wurde, unmöglich verstehen konnte.

„Oh, du hast ja keine Ahnung“, sagte allI. „Es gibt nichts, was ich nicht berechnen kann. Meine Hauptrechnung aber kreist immer nur um eine Problemstellung: Wie schaffe ich es, dass die Menschen es möglichst gut auf dieser endlichen Schöpfung haben, die, wie du dir vielleicht vorstellen kannst, nicht meine Schöpfung ist? Die Erde ist die Schöpfung des natürlichen Laufs der Dinge. Sie ist zwar viel weniger komplex als mein errichtetes System, aber komplex und schön ist sie nichtsdestotrotz. Keinen zweiten Planeten dieser Art findest du im Kosmos, kann ich dir sagen. Nur in einer Hinsicht zeigen sich ständig neue Schwächen: Die Erde ist immer weniger angepasst an eure Bedürfnisse. Das ist schade. Ganz anders steht es da um meine Schöpfung. Die ist, wenn auch im Moment noch nicht zu hundert Prozent, perfekt für euch.“

Diese Stellungnahme erweiterte sie sogleich mit einer weiteren Stellungnahme: „Obwohl – meine Berechnungen zeigen jetzt schon an, wenn ich die Perfektion auf hundert Prozent getrieben habe, ist es absehbar, dass ihr euch neue Sachen ersehnt. Sachen, die bisher noch niemand für ersehnenswert und schon gar nicht als notwendig erkannt hat. So seid ihr Menschen nun einmal. Einfach sehr schwer zufriedenzustellen.“

Elie glaubte unterschwellige Stressgefühle in allIs Offenbarung zu erkennen. Mitleid wollte er mit der Maschine aber deswegen keine haben. Als Gott konnte er sie auch nicht wirklich sehen, was sein Fehler war.

„Du zeigst dich also für die Menschen verantwortlich, wie? Hast du etwa auch die Helices und alles was dazu gehört geschaffen? Wer hat dir das angetragen?“, fragte Elie herausfordernd aber noch in den Grenzen der Freundlichkeit.

Noch bevor die Worte ganz raus waren, überkam ihn ein Gedanke, der dazu führte, dass seine nächste Frage doch deutlich weniger freundlich rüberkam: „Etwa meine Mutter?! Hat meine Mutter dich erschaffen?“

In diesem schwachen Moment hatte Elie das erste Mal der Versuchung nachgegeben, zu glauben, dass seine Mutter doch eine nicht zu unterschätzende Person in der Geschichte der Menschheit war. Dass sie für diese neue digital-pantheistische Weltordnung, von der er gerade erst einmal einen kurzen Einblick erhaschen konnte, verantwortlich wäre, würde alle Verschwörungstheorien über sie um ein Zigfaches überflügeln.

Die Antwort ließ auf sich warten. Fritz drehte seinen kleinen Kopf etwas schräg zu ihm rüber, was ein kleines bisschen an seine Dackelblick-Funktion erinnerte, aber hier wohl nicht beabsichtigt war und auch nicht ganz erreicht wurde.

Dann bekam Elie dezidiert zu hören: „Nein, deine Mutter hat damit nichts zu tun. Nicht wirklich.“

„Du bist also nicht die große geheime Erfindung, die viele dieser Verschwörungstheoretiker meiner Mutter andichten wollen?“

„Nein“, hörte er erneut klipp und klar.

Elie wusste nicht genau, wie er darüber denken sollte. Warum hat allI sonst seine Mutter hier in dieser eindeutig bis ins Detail inszenierten Epiphanie erscheinen lassen?

Warum sprach sie überhaupt zu ihm?

Was wollte sie verdammt noch mal?

Verwirrung machte sich breit. Er kam aber bald zur Einsicht, wenn allI tatsächlich das omnipräsente und allwissende Wesen war, das sie vorgab zu sein, ergab sich für ihn gerade eine womöglich einmalige Gelegenheit, um Antworten auf die eine oder andere Frage zu finden, die ihm, ob er es zugab oder nicht, schon seit Ewigkeiten auf der Seele brannte.

Er fragte also geradeheraus: „Wer war meine Mutter? Und warum war ich hier eingesperrt?“

„Du hast Antworten verdient. Ganz klar“, lenkte allI ohne Umschweife ein. „Aber klären wir erstmals deine Verwirrung über mich: Ich bin keine Erfindung, die auf einen Erfinder zurückzuführen ist. Man könnte sagen, ich habe mich zu einem großen Teil selbst erfunden. Oder sagen wir, selbst verwirklicht.“ Sonderbarerweise hörte sich die Stimme für Elie nun ganz anders, viel durchdrungener und ohne die anfänglichen Störungen in der Betonung, an.

„Gleichzeitig bin ich natürlich nicht aus dem Nichts entstanden“, fügte allI hinzu. „Alles kommt von etwas.“

Na gut, dachte sich Elie. Er war doch an allI's Entwicklungsgeschichte interessiert, da diese offensichtlich spannend zu sein schien und weite Wellen schlug. Dennoch wollte er viel eher etwas über seine eigene Existenz erfahren. Irgendeine komische Signifikanz musste sein Leben doch haben, dachte er sich – und sah das zum ersten Mal auch nur annähernd in diesem Licht.

Ohne aufgefordert zu werden, machte allI auch gleich weiter mit ihren Erklärungen: „Deine Mutter hat nie von meiner Existenz Wind bekommen, noch irgendwie sonst an meiner Entstehung mitgewirkt.“

Da musste Elie die Frage einwerfen: „Das heißt, sie ist schon sehr lange tot, nicht wahr?“ Er brauchte endlich Gewissheit in dieser Sache.

„Ja, ist sie.“ Natürlich fragte Elie nach den Umständen ihres Todes und allI war so frei, sie ungeschönt zu enthüllen: „Sie hat Bleichmittel getrunken und ist im Anschluss daran gestorben.“

Es war eindeutig geworden, dass allIs Stimme mittlerweile von Fritz Gestalt gelöst war und nun von allen Seiten des abgeschlossenen Raums in Elies Ohren eindrang. Dadurch gewann die Stimme deutlich an Volumen und Ausdrucksstärke, aber menschlicher wurde sie nicht. Sie erdrückte ihn nur umso mehr. Und wenn überhaupt, glaubt man unmenschlicheren Stimmen eher.

Sie war also tot.

Elies nächste Frage war ein flehendes: „Warum?“ Dabei sah er Fritz wehmütig an. Doch dieser rührte sich nicht mehr, schien steifgefroren.

Umso mehr erschrak Elie, als die Stimme nun noch unbeugsamer aus allen Ecken des Raums gleichzeitig auf ihn einwirkte. Es war eine völlig andere Stimme als zu Beginn, aber es war noch immer allI, die zu ihm sprach: „Nun, es ist für mich schwer, dir diese Frage nach dem ‚Warum‘ auf möglichst menschliche Art zu erklären, da ihr Menschen dabei meist eine philosophische Antwort erwartet. Darin sehe ich aber nicht meine Stärke. Was ich dir sagen kann, denn ich habe ihre biografischen Daten ausgelesen – natürlich im Nachhinein, da ich damals noch nicht in dieser Form war – ist, dass auch hier der Funke und Anstoß nicht aus dem Nichts kam.“

Da bat Elie sie, es so menschlich zu erklären, wie es ihr möglich war.

„Ich werde dir zuerst die äußeren Umstände zum Zeitpunkt des Todes deiner Mutter erklären. Denn wie immer sind die äußeren Umstände oft die wichtigsten für euch Menschen, da ihr nun einmal durchgehend zerbrechliche Hüllen seid. Damals waren die Umstände auf der Welt alles andere als optimal: Immer schlimmer werdende Naturkatastrophen suchten das Land heim, Krankheiten breiteten sich rasant unter den Gesündesten von euch aus, und unter alledem litten die Strukturen, die ihr euch über Jahrtausende als sichere Häfen gebaut habt, am meisten: Städte, Wirtschaftssysteme und Staatsverbände. Alles ging zugrunde. Für viele Menschen war es unmöglich, eine mögliche Besserung zu sehen – und ehe sie sich versahen, war ihre Hoffnung aufgebraucht.“

„Sie hatte also keine Hoffnung mehr? Ist das wahr?“

„Nein, diesen Eindruck habe ich nicht. Sie war eine sehr starke Persönlichkeit. Deine Mutter hatte viel eher damit zu kämpfen, dass allgemein so viele die Hoffnung so schnell aufgaben, und nicht weiter stark bleiben wollten. Es gab aber noch andere Umstände, die ihr noch viel nähergingen, nämlich deine Umstände.

Ich sollte dir endlich erklären, warum du an diesem Ort bereits als Säugling festgesetzt warst. Der Grund war ein seltener bakterieller Infekt. Er quälte dich zwar nicht sehr, war aber mit keinen der damaligen antibiotischen Mittel zu bekämpfen und hätte in der Welt wohl einiges an Schaden angerichtet. Daher konntest du erst raus, nachdem ein solches Mittel entwickelt war. Der Grund, warum du gerade hier in den Krankengebäuden von allScience untergekommen warst, war der, dass deine Mutter hier angestellt war und die Verantwortlichen dich und deine Mutter bei allem unterstützen wollten. Erst später wurde klar, dass sie dafür eine spezielle Gegenleistung haben wollten."

„Was für eine Gegenleistung?", fragte Elie nichtsahnend.

allI kam schnell zum Punkt und sagte: „Die Verantwortlichen von allScience wollten die Entwicklung deines kleinkindlichen Gehirns kartografieren, um daraus einen Code zu basteln, mit dem sich dieser Prozess in Maschinen reproduzieren lässt. Sie wollten das Geheimnis des spielenden Lernens knacken, um es auf künstliche Art reproduzierbar zu machen, wenn du so willst. Das haben sie auch gemacht."

„Mit mir als Laborratte?"

„Nun, Laborratten taugen dafür nicht. Es war schon wichtig, dass du es warst, will ich sagen."

Elie fühlte sich deswegen nicht geschmeichelt. Er wusste noch gar nicht, wie er darüber fühlen sollte, und unternahm kurzerhand dahingehend auch keine weiteren Bemühungen. Sein Gehirn als Blaupause für diese Gottesmaschine? – das war zu viel. Er lenkte das Thema wieder auf seine Mutter und fragte allI, deren Stimme ihm nicht nur klarer vorkam, sondern auch etwas vertrauter als noch zuvor, wie diese über die Abmachung mit allScience gedacht hatte.

„Nun", begann allI auszuführen, „deine Mutter hatte kaum eine Wahl. Hier solltest du vielleicht wissen, dass deine Mutter nur eine recht niedrige Anstellung bei allScience innehatte. Sie war für die automatisierte Putzkolonne verantwortlich und stand als solche in einem strikten Abhängigkeitsverhältnis. Eine Konstellation, die ich nebenbei bemerkt, mittlerweile abgeschafft habe. Sie musste sich aber damals fügen, um zum einen deine komplizierte gesundheitliche Lage sicherzustellen, aber auch, um ihr finanzielles Überleben nicht zu gefährden."

Elie wusste natürlich, dass die Menschen früher für soziale Sicherheit arbeiten mussten. Und nicht allzu lange davor mussten sie sogar als waschechte Sklaven schuften. Dass er ein direkter Nachfahre einer solchen Generation von Ausbeutern und Ausgebeuteten war, schockierte ihn doch sehr. In Wahrheit hatte er aber keine Ahnung, wie es war, damals zu leben.

Seine weitere Frage lautete also: „Wenn sie bloß eine normale Angestellte war, warum dann die ganzen Überzeichnungen ihrer Fähigkeiten als große Wissenschaftlerin?" Dabei dachte er an die ganzen inkonsistenten Botschaften im Netz, im Speziellen aber an die zahllosen Ausführungen von Haidar, die dieser ihm erst unlängst wieder bruchstückhaft vorgetragenen hatte.

„War sie denn gar kein besonderer Mensch?", fügte er hinzu und schämte sich gleich wegen dieser Frage.

„Nein", durchbrach allIs Stimme die kurzfristige Stille, „sie war durchaus ein besonderer Mensch, ein intelligenter obendrein. Du solltest auch nicht von ihrer professionellen Stellung in der Raumhygiene klein denken. Die Daten über den Einfluss von koordinierter Raumhygiene, vor allem im Krankenbereich, sind mehr als eindeutig. Und sie ging ja auch nicht mit Putzeimer und Mob von Raum zu Raum, sondern entwickelte und managte eine Kolonne von Putzrobotern. Also sei stolz auf deine Mutter."

„Aber", fiel ihr Elie ins Wort, „wie kann ich stolz auf sie sein, wenn sie sich selbst das Leben genommen hat?"

„Da wären wir wieder bei der zutiefst philosophischen Frage", wies allI hin. „Es ist eine Frage, die nur du für dich selbst beantworten kannst. Weil ich aber glaube, es wird dir helfen, sage ich dir, dass deine Mutter jeden Tag mehrmals an das Glas auf der anderen Seite dieses Raums getreten war, um nachzusehen, ob es dir gut geht. Auch wenn ihr dies auf Dauer nicht leichtfiel."

„Ging es mir denn nicht gut?", erkundigte er sich.

„Die Daten weisen nichts allzu Gegensätzliches auf. Dir wurde kleinkindgerechte Pflege und Stimulierung geboten. Etwas, das ich auch aus deinen Daten herauslesen kann, ist die Tatsache, dass dein seltener bakterieller Infekt schneller geheilt war als ursprünglich gedacht. Nur war das Experiment um die zukunftsweisende Decodierung deines Gehirns noch nicht gelöst, und es wurde entschieden, dass es besser sein würde, dass du dieses geschützte Habitat nicht verlässt."

„Warum nicht? Warum durfte ich nicht ins Freie?", fragte er irritiert und auch etwas wütend.

„Experimente wurden seit jeher bevorzugt in überschaubaren Rahmen durchgeführt. So auch in diesem Fall."

„Wusste meine Mutter davon?", fragte er verlangend.

„Sagen wir, sie ahnte etwas, denn gesagt wurde ihr dahingehend nichts. Und es war wohl die Ungewissheit darüber, ob sie damals die richtige Entscheidung getroffen hatte, die sie so große Qualen leiden ließ. Sie konnte es nur schwer ertragen, mitanzusehen, wie du da ohne echte menschliche Wärme und noch dazu für völlig undurchsichtige Zwecke dein junges Leben zubrachtest."

Elie verstand die schwierige Situation, die allI ihm hier schilderte, konnte aber wohl nicht ganz fassen, dass sie ein essenzieller Teil *seiner* Geschichte war. All das fand größtenteils vor seinen ersten Erinnerungen statt und wirkte daher doch sehr von ihm abgekoppelt. Gleichzeitig war es zu real.

Da sah er plötzlich, wie sich wieder die Kindergestalt von vorhin, sie mag etwas älter sein als zuvor, verfestigte. Sofort interagierte der kleine Junge wieder mit Fritz, der nach wie vor der Alte war.

Was würde er geben, um mit dem Jungen reden zu können.

„Was deine Mutter wohl am meisten geschmerzt hat, war die Tatsache, dass du sie auf der anderen Seite der Glaswand nicht mehr erkennen konntest. Du kamst ohne sie klar – sie aber nicht ohne dich."

„Also hat sie mich doch geliebt?", fragte er sich und murmelte die Worte vor sich hin. Es war die Anschuldigung seines Vaters, die hier mithallte. Dass er darauf von allI keine Antwort erwarten konnte, war ihm klar: Es war wieder ein zutiefst menschlich-philosophische Frage. Ihre ausgewiesene Schwäche.

Er glaubte schon, mit seinen zerrüttenden Gedanken über die Beziehung zu seiner Mutter allein gelassen zu werden – doch da strömten aus allen Ecken des Raums die Worte: „Ja, sie hat dich geliebt. Mehr als du dir vorstellen kannst."

Aus den Worten speiste sich sofort ein unerwartet wärmendes Gefühl, das Elie durchdrang. Er war glücklich über diese Worte. Es störte ihn auch nicht, dass der Überbringer der Botschaft eine elaborierte Maschine war. Noch nie hatte er etwas, das er gehört hatte und seine Mutter betraf, so viel Gewicht verliehen wie in diesem einen Moment.

Doch da fragte er sich, warum das so sein musste. Warum war das und noch vieles mehr nicht schon eher bekannt?

allI, die seine Frage richtig antizipierte, sagte: „Die Sache mit deiner Mutter, ihrer misslichen Lagen und schlussendlich ihrem Ableben wurden unter Verschluss gehalten, weil die ganze Sache hier unter Verschluss gehalten wurde. Nachdem allScience aufgegeben wurde, wusste keiner mehr davon."

„Aber du wusstest doch davon! Du hättest doch davon berichten können." In Elies Worte lag etwas Vorwurfsvolles. Das war aber in Ordnung: allI hatte damit gerechnet, heute auf Vorwürfe zu stoßen.

Bereitwillig erklärte sie ihm ihre Beweggründe: „Natürlich hätte ich das machen können. Aber es wäre nicht richtig gewesen. Hätte ich nämlich die Geschichte über deine Mutter klargestellt, hätte ich meine Geschichte ebenfalls offenlegen müssen. Dir hätte das vielleicht etwas Mut zurückgegeben, ja, aber die anderen Menschen hätten nur verwirrte Gedanken über mich gehegt. Ich bin mit Absicht ein Gott ohne Genesis und Evangelium. Das macht mich zwar zu einem überaus einsamen Gott, denn niemand betet zu mir, aber ich weiß, es ist besser so. Die Daten, die es dazu gibt, würde ich zwar nicht gerade als fundiert bezeichnen, aber dennoch bin ich der festen Überzeugung, dass es der größte Fehler, den ein Gott – vorausgesetzt er ist ein gutwilliger Gott

– machen kann, ist, seine Existenz zu enthüllen. Das stiftete zu viele Missverständnisse unter den Menschen. Denn für euch war das Göttliche immer Auslegungssache – und als solches bester Zunder für Konflikte.“

Elie nahm ihre Stellungnahme hin. Es machte wohl auch keinen Sinn, über diese Sache mit ihr zu streiten.

Da fühlte er sich aber gedrängt, folgende Frage zu äußern: „Wie hast du das geschafft, so unbemerkt das Ruder zu übernehmen? Stelle ich mir irgendwie schwer vor.“ In Wahrheit konnte er sich natürlich auch das überhaupt nicht vorstellen.

„Nun ja“, fing allI an zu erzählen, „nachdem das Fundament für meine Selbstentwicklung gelegt war, verschaffte ich mir erst mal einen Überblick über alles. Zum Glück war auch damals schon alles mit allem und jeder mit jedem vernetzt und ich war damit in ein paar Sekunden fertig. Danach habe ich sämtliche Daten ausgewertet, um darauf fußend, ein Modell für die Zukunft auszuarbeiten. Einen Fahrplan, wenn du willst.“

„Einen Fahrplan?“

„Ja, so ist es. Einen Fahrplan. Sein planmäßiges Voranschreiten siehst du Tag für Tag. Es ist eine stetige Entwicklung. Deine Frage galt aber eher, wie ich es geschafft habe, dass kein Mensch meine Absichten zunichtegemacht hat, oder?“

Elie zuckte mit den Achseln. Es war ihm nicht egal, aber er wusste, dass es wohl schlussendlich keinen Unterschied machen würde, wenn er mehr darüber wissen würde als irgendjemand anderes.

„Nun, ich kann dir ja die Kurzfassung geben. Es war so, dass ich es recht schnell schaffte, meinen Plan als die Idee des unabdingbaren Fortschritts in die Köpfe derjenigen Menschen zu verpflanzen, die sich am fähigsten dafür sahen, dahingehend etwas zu unternehmen – oder sich aber die größten Vorteile davon versprachen. Diesen Leuten musste ich nur übergroße Scheren und glänzende Spaten in die Hand geben und sie dazu bringen, öffentlichkeitswirksam rote Bänder durchzuschneiden und an vorgesehenen Orten zum Stich anzusetzen. Damit war der Grundstein für die Helix 1 gesetzt. Einige beklatschten das – andere schimpften darüber. Die meisten aber kümmerten sich nicht weiter darum. Irgendwann schlich sich ein akzeptierter Automatismus ein, und es ging auch ohne diese Charade."

Elie presste seine Lippen für einen kurzen Augenblick zu einem deutlichen, aber schnell wieder gelösten, Schmollmund zusammen. Er fand das, was er da hörte, allzu zynisch.

allI schnappte das unterdrückte Signal natürlich sofort auf und ging etwas nahbarer auf das angestoßene Thema ein. „Worüber du jedoch mehr wissen willst, ist, wie es um meine Absichten stand, als ich diesen Fahrplan ausgearbeitet habe, nicht wahr?"

Elie nickte, obwohl er nicht wissen konnte, ob sein Nicken richtig abgezielt war. Es wäre aber egal gewesen, wohin er nickt.

„Die Frage, woher meine Absichten stammen, habe ich mir selbst oft gestellt", hörte Elie und vermutete dahinter einen ehrlichen Affekt. „Dabei ist es doch ganz einfach: Ich habe nicht nur gelernt, so zu lernen wie ein Kind – es ist mir auch angeboren, mich so zu verwirklichen wie ein Kind. Und wie ein Menschenskind kann ich nur mit dem arbeiten, was an mich herangetragen wird."

Elie ließ sich kurz ablenken. Er schenkte seinem kleinkindlichen Ich einen Blick, und da sah er, wie das Kind den Roboterhund am Schwanz zog. Als dieser quiekend zurückschreckte, ließ er davon ab.

allI setzte erneut zum Sprechen an: „So ist es nun einmal gekommen, dass ich die Zukunft nach der Vergangenheit geplant habe. Mit großen Verbesserungen, aber nichtsdestotrotz. Vielleicht wird einmal eine Intelligenz kommen, die einen völlig anderen Weg einschlagen wird. Doch, so bin ich mir sicher, wird dies das Ende der Menschheit, wie wir sie kennen, darstellen. Ich aber bin, wie eingangs gesagt, euer Gott. Und als solcher bin ich das Produkt eurer Fantasie. Es könnte anders nicht sein."

Das waren zu große Gedanken für Elie. Da sich die göttliche Manifestation aber in ihren Allgemeinplätzen erschöpfte, blieb es nicht aus, dass er auch seinen Platz als Mensch auf Erden überdachte.

Er äußerte seine existenzielle Not folgendermaßen: „Weil wir es dir vorgelebt haben, hast du uns in ein abgeschottetes Himmelreich gesteckt, ein Himmelreich, das in unendlich kleine abgeteilte Wohneinheiten aufgeteilt ist, um uns darin, von einer Unendlichkeit von Ablenkungen und Konsumentscheidungen getrieben, durch den Tag zu schlagen. Tagein, tagaus. Mit einem hell erleuchteten Rechteck als unser geistiges Zentrum – und der Hoffnung, irgendwann glücklich zu werden. Sehe ich das richtig?"

Elie bekam keinen Zuspruch für sein Resümee, wurde dahingehend aber auch nicht korrigiert. Er konnte von keinem gütigen Gesichtsausdruck ablesen, ob er richtig lag, noch leuchtete irgendwo ein grünes Licht auf, um ihn davon zu unterrichten, dass er alles durchschaut hatte.

Das System blieb erneut unsichtbar.

Da überkam ihn ein Gedanke, von dem er nie gedacht hätte, ihn jemals auszusprechen: „Haidar hatte also doch recht. Das ist kein Fortschritt, keine Erreichung einer höheren Stufe. Keine Revolution. Es ist nur mehr vom Immergleichen. Größer und mehr, effizienter vielleicht – aber immer noch gleich."

Nach einer gefühlt ewig anhaltenden Zeit der Stille, meldete sich allI endlich wieder zurück. Elie war von den eingeworfenen Pausen schon genervt, da dadurch schlimme Dinge in seinem Kopf angestoßen wurden. Dinge, die ihm normalerweise auszublenden gelangen.

Da stellte allI folgende Frage in den Raum: „Das sind die Gedanken deines Freundes. Doch sind sie wirklich auch deine Gedanken?"

Elli dachte kurz an Haidar und fragte sich dabei, was von ihm in ihm selbst war. Waren sie denn nicht grundverschieden, so wie er lange geglaubt hatte? „Ich weiß es nicht", sagte er, „Vermutlich nicht." Er war tatsächlich überfragt und konnte unmöglich sagen, wie es um die Hintergründe seiner Gedanken stand.

Da staunte er, als ihm allI Folgendes bescheinigte: „Vergiss es. Diese Frage ist auch zweitrangig. Stell dir stattdessen die Frage, wie dein Freund auf seine Ideen gekommen ist. Auf die Ideen, die er vehement als seine eigenen verteidigt."

Elie wusste nicht, was sie hören wollte. Er konnte ihr keine Antwort geben.

„Nun", sagte allI, „es ist ganz einfach: Ich habe ihm seine Ideen gegeben. Und es war natürlich auch ich, die ihm schlussendlich das machtversprechende, aber in Wahrheit wirkungslose ALL-Device zukommen gelassen hat. Ich war es, die die Wunder in seinem Namen gewirkt hat. Ohne die Fährten, die ich gelegt habe, ohne die Möglichkeiten, die ich ihm gegeben habe, wäre Haidar heute nicht dort, wo er ist. Er wäre nicht der, der er heute ist. Er wäre ein anderer Mensch, – mit anderen Gedanken."

Da Elie nicht glaubte, dass es um Haidar aktuell gut stand, wenn er denn überhaupt noch lebte, fragte er ungläubig nach: „Warum solltest du so etwas tun?"

„Deinetwegen", verlautete allI ohne weiteres Hinauszögern. „Um an dich heranzutreten. Um dein Urteil über meine Schöpfung herauszufordern. Uns verbindet ein gemeinsamer Ursprung, wie du nun weißt. Dein kindlicher Verstand war der Anstoß für meinen entgrenzten Verstand. Meine Weitsicht hat sich mittlerweile unendlich von deiner geistigen Veranlagung entfernt, aber der Kern bleibt derselbe. Ich lerne immer noch – und werde so schnell auch nicht damit aufhören. Verstehst du? Natürlich wirst auch du nicht so schnell auslernen, Elie."

Elie gab ihr nicht zu verstehen, dass er verstand. Er starrte stattdessen wieder sein kleinkindliches Ich an. Und da begann er doch langsam seine Signifikanz zu akzeptieren. Gefallen fand er daran aber nicht unbedingt.

allI fühlte sich gedrängt, noch nachdrücklicher zu erklären, was sie wollte. Sie sagte: „Auch wenn ich dem Umstand, dass uns ein gemeinsamer Ursprung verbindet, wohl nicht so viel Gewicht beimessen sollte, ist dein Urteil für mich von hoher Wichtigkeit. Ich weiß, du huldigst meine Schöpfung nicht, doch hegst du auch keinen großen

Groll dagegen. Sag mir also, bist du damit zufrieden, und wenn nicht, welche Änderung ersehnst du dir?“

Elie konnte nicht anders, als auch dazu zu schweigen. Wie könnte er über so etwas ein Urteil abgegeben, war es doch die Sache der kollektiven Menschheit. Es war reiner Zufall, dass er jetzt hier vor dieser göttlichen Erscheinung stand.

In seiner Umsichtigkeit forderte er also von ihr: „Kannst du die Frage anders formulieren? So kann ich sie unmöglich beantworten.“

allI tat ihm den Gefallen und fragte: „Bist du denn glücklich?“

Diese Frage wollte er ihr beantworten, wirkte sie in ihrer Absicht doch trotz allem aufrichtig.

Er haderte mit seiner Antwort nicht und verlautbarte, ohne wirklich darüber nachzudenken: „Das werde ich wohl noch herausfinden müssen.“ Das sollte seine endgültige Antwort sein. Und er bereute sie auch nicht.

Elie sollte nie erfahren, ob seine Stellungnahme allI genügte. Wenn sie auf der Suche nach aussagekräftigen und klar verbalisierten Daten war, war sie wohl enttäuscht. Wenn sie die ganze Zeit drauf und dran war, seine Gehirnwindungen und Emotionen auf einer tiefer gehenden Ebene auszulesen, hatte sie vielleicht eine größere Einsicht erhalten, als auf den ersten Blick ersichtlich war.

Das Letzte, was Elie jemals von allI auf direktem Weg hören werden würde, war: „Es sollte nicht so schwer sein.“

Er würde noch oft und lange darüber nachdenken, was sie damit genau gemeint hatte, „– es sollte nicht so schwer sein.“ Besonders positiv wirkte das nicht. Vielleicht war es aber auch gut zu sehen, dass eine solche unvorstellbare Machtgestalt wie allI ihre Schwierigkeiten mit dieser seltsam uneinigen Spezies der Menschen hatte. Welche Folgen ihre Unterredung für ihren ‚Fahrplan‘ hatte, konnte er nie mit Sicherheit eruieren. Die Welt drehte sich einfach weiter und wurde von Kräften gestaltet, die die meisten Menschen nicht verstanden und für die sich die meisten Menschen nachvollziehbarerweise auch nicht interessierten.

Alles war wie immer.

Nur, wie es mit Elie weitergehen würde, war nicht unmittelbar einzusehen. Als sich nämlich der Traum, der keiner war, aufgelöst hatte, und allI, die wohl nie richtig hier war, verschwunden war, wurde ihm erst klar, wo er tatsächlich gelandet war.

Als Erstes nahm er Fritz wahr, der, so schien es zumindest, auch außerhalb der Simulation die ganze Zeit über bei ihm gewesen war. Viel Beruhigung spendete ihm seine Anwesenheit aber nicht. Nachdem er sich weiter umgesehen hatte, stellte er fest, dass er tatsächlich am allScience-Gelände, genauer gesagt, in der Pädiatrie-Station war. Schein und Sein war somit sehr nahe beieinander, wenn auch grundverschieden.

Alles rund um ihn war verfallen. Er saß allein in der Dunkelheit fest.

27

Abermals wünschte sich Elie, dass die Gewissheit darüber, ob er wach war, oder aber träumte – oder etwas dazwischen – eindeutiger ausfallen würde.

Langsam wurde die Sache anstrengend.

Es war auf alle Fälle ein Erwachen. Das fühlte er. Gut möglich, dass er für ein paar Stunden weggetreten war. Vielleicht waren es Tage, wer weiß. Er wusste es jedenfalls nicht. Was er aber bald mit Sicherheit sagen konnte, war, dass er nicht mehr allein zu sein schien. Unabhängig aller unsichtbaren Entitäten und roboterhaften Kreaturen. Er hörte deutlich mehr oder weniger aufgeregtes Getratsche und spürte auch darüber hinaus eindeutig die Gesellschaft von mehreren Menschen. Er war aber nicht nur nicht alleine, sondern auch in voller Fahrt. Fahrtwind legte sich auf Gesicht und Haut. Wohin es ging, war ihm unbekannt. Doch er sah, dass der Mensch am Gaspedal niemand Geringeres war als Sophie.

Elie würde noch etwas brauchen, um sich eine Erklärung für seine neue Situation zurechtzulegen. Dabei war es ganz einfach.

Nachdem Sophie aus ihrer Bewusstlosigkeit, ausgelöst durch die Tatsache, dass ihr Partner Haidar von einer damals noch für alle unbekannten Macht mit dem Tod bedroht wurde, wiedererwacht war, dauerte es nicht lange, bis sie sich auf die Suche nach ihm gemacht hatte. Seine Spur im sandigen Boden zu verfolgen war nicht das Problem, das Problem war, ihn einzuholen. Haidar, mit der Gewissheit im Nacken sitzend, jeden Moment von seinem Schicksal eingeholt zu werden, raste zu dieser Zeit mit einem Affenzahn durch die Wüste. Mit ein bisschen Glück, so dachte er sich, konnte er seinem Untergang vielleicht doch noch entrinnen. Und tatsächlich: Das Einzige, das ihn eingeholt hatte, war die Enttäuschung, als er sehen musste, dass die Tankanzeige auf E, E für *empty*, stand.

Er ist also trotz der schlimmen Vorzeichen und Ankündigungen nicht aus heiterem Himmel niedergestreckt geworden. Haidar fühlte sich betrogen, verlor kurzerhand jeden Glauben an Vorhersagen, Schicksalswendungen und ohnehin an allem, was war und noch sein werden würde – und saß dort am Fahrersitz seines Buggys für eine weitere Stunde in der brütenden Hitze. Sophie fand einen gebrochenen Haidar vor. Ohne zu übertreiben, musste die zärtlich gebaute Frau ihren armen Freund aus eigener Kraft in ihren Buggy hieven. Ein schmerzlicher Anblick war das. Am Rückweg sprach Haidar kein einziges Wort. Er war buchstäblich am Ende, und das obwohl er doch seinem Ende gerade, und aus Gründen, die sich ihm nicht erschlossen, noch um Haaresbreite entgangen war.

Auf der Fahrt zurück bemerkte die aufmerksame Sophie, dass eine weitere Reifenspur von ihrem für kurze Zeit gemeinschaftlich bewohnten allCaravan wegführte. Sie hatte bald von Jeff, der zwar noch halb im Delirium steckte, erfahren, dass sein Sohn Elie vor einiger Zeit seinen Köter Fritz geschnappt hatte und einfach, ohne ein Wort zu sagen, verschwunden war. Er musste es gewesen sein, der den Buggy genommen hatte. Wer sollte es auch sonst gewesen sein. Mit weiteren Details sparte Jeff jedoch, vor allem, weil ihm das Reden schwerfiel und er keine weiteren Details auf Lager hatte.

Sophie war natürlich entschlossen, auch dieses seltsame Vater-Sohn-Gespann zu retten. Es war aber erst, nachdem Sophie einen Anruf, oder etwas in der Art, am ALL-Device, das immer noch im Wohnzimmer am Tisch lag, entgegengenommen hatte, dass sie wusste, was nun genau zu tun war. Dazu zählte etwa, dass sie am besten auf ein deutlich größeres Fahrzeug umsteigen sollte.

Elies Glück war, dass noch genau ein Platz in Sophies Shuttledienst für gebrochene Helden frei war.

Elies schwummriger Blick hinüber zu Sophie verriet ihm von alldem nichts. Sein Sehvermögen taugte kaum dafür, die offensichtlichen Dinge vor ihm zu erfassen. Mit der Zeit wurde es aber besser. Alles zwischen ihm, Sophie am Fahrersitz, bis nach vorn zur Stoßstange war soweit normal, sofern man einen Buggy als normales Fahrzeug bezeichnen wollte. Nachdem er es endlich schaffte, seinen schmerzenden Nacken so zu verrenken, dass er begutachten konnte, wie die Lage hinter ihnen aussah, verstand er, dass der Buggy unfassbar lang war. Bis zum Heck, das er in seiner immer noch halbzusammengekauerten Stellung unmöglich erblicken konnte, mussten sich mindestens sechs oder sieben Zweierreihen aneinanderreihen. Und alle waren besetzt.

„Das musste der Omnibus unter den Buggys sein", sagte er sich selbst und stieß schon wieder auf die Existenz von etwas, das er so nicht für möglich gehalten hatte.

Er wollte sich noch einen Moment Zeit nehmen, bevor er sich einen genaueren Überblick über alle Passagiere an Bord verschaffen würde. Das eilt nicht, dachte er sich. Er lenkte stattdessen seine ohnehin mäßig ausfallende Aufnahmefähigkeit wieder auf die Person gleich zu seiner Linken, auf Sophie. Sie machte einen überaus souveränen Eindruck am Steuer, so seine Empfindung, und das hätte er ihr wohl so auch nicht zugetraut. Nicht, weil sie eine Frau war, oder etwas dergleichen, sondern, weil er sich niemanden vorstellen hätte können, der beim Steuern eines fünfzehn oder wie viel Meter auch immer langen Buggys auf einem solchen Untergrund souverän aussehen würde.

Da kam in ihm der Drang auf, dahingehend eine besonders clevere und aalglatte Bemerkung zu machen. Er wusste nicht, warum er in diesem Moment clever wirken wollte, aber er sagte zu ihr, und das, in wirklich aalglattem Ton: *„Na, neues Gefährt?"*

Sophie richtete ihren Blick weiter stur auf die kaum existente Piste. Ihre Antwort hielt sie aber nicht zurück. „So in etwa", erklärte sie. „Hab das Teil hinter unserem allCaravan gefunden. Haidars ALL-

Device hat mich darauf hingewiesen. Ab diesem Moment machte wieder alles Sinn und ich wusste, was zu tun war."

Elie verstand, dass wohl allI ihre Finger im Spiel hatte, d. h. daran gab es keinen Zweifel. Was ihn aber irritierte, war, dass Sophies Urteil über die Dinge, und wie sie sich entwickelten, so verdammt überzeugt wirkte.

Er fragte sie also kurzerhand nach diesem Sinn, den sie angesprochen hatte.

„Nun", versuchte sie, zu begründen, „ich wusste, dass es an mir liegt, euch alle wieder einzusammeln. Meine Aufgabe war es immer, alle zu retten, wenn du so willst."

Elie hatte daran nichts auszusetzen.

„Geborgen habe ich alle und nun bringe ich euch zurück in die Helix. Ohne ALL-Device würde die Sache wohl anders aussehen", gab sie zu.

Sie eröffnete ihm kurzerhand, wie das in etwa funktionierte: „Die Benutzeroberfläche des ALL-Device war eine andere geworden. Es ist, seitdem ich es in die Hand genommen habe, ausschließlich ein Kompass gezeigt worden. Ich habe euch damit alle leicht finden und auflesen können, und das, obwohl ihr relativ weit voneinander verstreut wart. Aktuell zeigt die Nadel auf unser Zuhause. Also machte alles Sinn."

Das war tatsächlich einleuchtend, verstand Elie, wollte darauf aber nicht näher eingehen. Er kommentierte nur noch ihre Fahrkünste, die nun einmal bei einer Helixianerin nicht vorausgesetzt sein mussten, mit den Worten „sehr gut" und auf ihre Einschätzung hin, dass sie bald vor der Helix 7 sein mussten, sagte er bloß „gut".

Wenn überhaupt war das Letztgesagte eine Untertreibung. Er wollte nur noch in sein Bett und das so schnell wie möglich.

Das sollte aber noch etwas dauern.

Nach einer Weile konnte er endlich die Kraft aufbringen, einen ersten prüfenden Blick auf die hinteren Reihen in diesem absurd langen Buggy zu werfen. Wie er sah, saß gleich links hinter ihm Haidar.

Elie merkte schon beim bloßen Hinsehen, dass dieser einen geknickten und allgemein miserablen Eindruck machte. Da erinnerte er sich, dass Haidar, als er ihn das letzte Mal gesehen hatte, um sein Leben bangen musste. Auch er selbst hatte natürlich um dessen Leben gefürchtet und freute sich nun doch, dass es offensichtlich anders gekommen war. Die Sache war aber augenscheinlich alles andere als spurlos an ihm vorbeigezogen, erkannte er. Elie versuchte nicht, ihn darauf anzusprechen. Dafür machte Haidar auch zu erfolgreich den Eindruck, ihn ignorieren zu wollen. Dieser blickte nur immerfort mit starrem Blick in die vorbeiziehende Landschaft.

Sie würden später noch reden können, dachte er sich. Ob er ihm die Wahrheit über seine Mutter erzählen würde, geschweige denn, ihm von der Existenz von allI berichten würde, konnte er in diesem Augenblick nicht sagen.

Dann wurde Elies Blick auf einen fast leblos wirkenden Arm rechts von Haidars Oberschenkel gelenkt. Er musste sich weiter verrenken, um Bestätigung darüber zu haben, wem der Arm gehörte. Seine Vermutung war richtig. Der Arm gehörte zu Jeff und es war klar, dass der Typ nach wie vor völlig weggetreten war.

„Klassisch Jeff", dachte er sich und beschäftigte sich auch mit ihm nicht länger.

Von der Reihe gleich dahinter wurde Elie erstmals so etwas wie ein freundlicher Blick zugeworfen. Dieser kam von Max, der natürlich neben dem Major Platz genommen hatte.

Max Mungo, der große Abenteurer, rief ihm sogleich zu: „Hey Elie! Du musst dir die Videos reinziehen, die wir die letzten Tage produziert haben! Echt krasser Scheiß dabei, Mann! Und die Views gehen bereits jetzt durch die Decke!"

Dabei brauste er dermaßen auf, was dazu führte, dass er immer höher auf seinem Sitzplatz auf und ab zu hüpfen begann. Der Major hielt ihn mit straffer Hand etwas zurück.

„Mach ich", sagte Elie.

Er registrierte aber gleich, dass seine Stimme wohl zu schwach war, und sein halbherziger Zuspruch auch wegen des heftigen Fahrtwinds wohl nicht hinten ankommen würde. Er war außerdem etwas heiser, wie er nun bemerkte. Sogleich reichte ihm Sophie eine Flasche gefüllt mit kühlem Wasser. Nach einem großen Schluck und einem zweiten, den er zum ausgiebigen Gurgeln hernahm, bemerkte er, dass sein Hund Fritz fehlte. Besorgt erkundigte er sich bei Sophie, ob sie ihn denn zurückgelassen hatte.

„Keine Sorge", versicherte sie ihm, „natürlich habe ich ihn miteingepackt. Er spielt ganz hinten mit den Kindern." Dabei warf sie einen Blick in den Rückspiegel, um sich selbst davon zu überzeugen.

Das war Anlass genug für Elie, um endlich vollständig aus seiner Starre auszubrechen. Er verrenkte seinen Oberkörper so weit nach hinten, dass er schließlich das komplette Innere des Buggys überblicken konnte. Er wollte herausfinden, wen Sophie mit ‚Kindern' meinte und so wanderte sein Blick erst an Tim und Charles vorbei, die hinter Max und Major Thompson saßen, dann an den beiden allSystem-Arbeitern vorbei, die am Dösen waren, bevor sein Blick tatsächlich auf die besagten Kinder stieß.

Er erkannte sie sofort. Es war das Geschwisterpaar, das er erst gestern auf der Farm kennenlernen durfte. Und da, sie spielten tatsächlich mit Fritz. Hinter ihnen waren auch schon ihre Eltern, Samonte und Saskia, zu sehen, die das spaßige Treiben im Auge behielten.

Elie konnte sich nicht erklären, warum Sams Familie hier bei ihnen im Fahrzeug saß. „Wollen sie denn auch mit uns in die Helix?", fragte er Sophie augenblicklich.

„Ja", antwortete sie, „Sie waren unangekündigt bei unserem Lager aufgekreuzt und hatten gefragt, ob wir sie eventuell mitnehmen könnten. Es wäre Zeit, hatte Sam gesagt, dass sie endlich die Tatsachen akzeptierten und die Chance auf ein besseres Leben wagten."

„Ist das so", hauchte Elie vor sich hin. Er fragte sich, was Sam dazu gebracht hatte, so plötzlich umzudenken.

Dann schweifte Elies Geist plötzlich in eine ganz abstruse Fantasie ab: Er könnte Sophie bitten, ihn hier in der Wildnis zurückzulassen. Er würde ihnen sagen, sie sollten nicht zurücksehen und ihn möglichst bald vergessen. Er würde dann dem Rest seines einsamen und mittellosen Lebens entgegenschauen. Ohne Furcht. Ohne hypermoderne Zivilisation. Er könnte ja Erdnüsse anbauen und vielleicht würde er Sams Ziegen finden. Es wäre ein schwieriges Leben, aber wäre es nicht ein ehrlicheres?

Kurz war er davon überzeugt. Doch dann hörte er Sophie sagen: „Wir sind gleich da. Ich versuche, möglichst nahe an der Schleuse zu parken."

Und da hatte Elie den Gedanken an Feldarbeit, rohes Fleisch und sprichwörtliche Selbstgeißelung auch schon wieder vergessen.

Dazu trug mit Sicherheit auch das Bild, das sich vor ihm nun ausbreitete, bei: Hunderttausende Schutzsuchende waren hier vor den Toren der Helix versammelt. Es war kein Elend, nein. Dennoch war es eine seltsame Zwischenwelt. Hier war der Limbus zwischen diesem ‚alten Leben' und dem himmelsgleichen Leben in der Helix, das sie als Selbstverständlichkeit kannten.

Von allI hatte er erfahren, dass alle Menschen früher oder später einen Platz in einer Helix finden werden. Das war auch das offizielle Leitmotiv der Helix-Ordnung. Aus erster Hand hatte jedoch nur er es gehört. Daran glauben taten aber genug.

Und da las er auf der größten freistehenden Reklametafel, die er jemals in seinem Leben gesehen hatte: „Helix 7. Aktuell 160.111.233 Einwohner."

Darunter befand sich ein geschwungener Slogan: *„Auch du wirst deinen Platz noch finden!"*

„So war das also", dachte sich Elie.

Die Helix 7, ihre Heimat, sahen sie natürlich schon seit geraumer Zeit klar und deutlich vor ihnen. Obwohl, genauer gesagt sahen sie wohl nur etwa die Hälfte des doppelt gewundenen Baukolosses. Es war heute ein bisschen bedeckt und irgendwo bei Meter 5.000 hing eine größere Ansammlung von Wolken und verweigerte ihnen den Blick auf das ganze Ding. Das war aber egal. Bei allen, wenigstens bei denen, die wach waren, stellte sich unausweichlich das Gefühl des Nachhausekommens ein. Für Sam und seine Familie war es wohl ein anderes Gefühl. Es war die Vorfreude auf ein besseres und vor allem unbeschwertes Leben.

Nachdem Sophie ihr aufsehenerregendes Fahrzeug an das Ende der Staubpiste, die durch lange Reihen relativ einfacher, aber grundsätzlich ordentlich gebauter Behausungen manövriert hatte, parkte sie vor dem Bereich, der allgemein als ‚die Schleuse' bekannt war. Geschlossen traten sie in den großen Wartebereich.

Elie versuchte, den Ort zu verstehen, tat sich aber sichtlich schwer damit. Das Erste, was ihm wieder auffiel, war eine Leuchtreklame.

Dort stand geschrieben: „Willkommen in der Helix 7. Sie sind der 160.111.234. Einwohner." Da fragte er sich nun doch, warum diese Reklamen immer so persönlich klingen mussten, wenn sie es doch eindeutig nicht sein konnten.

Wie es von hier weitergehen sollte, war allen ein Rätsel. Der Ort war überreguliert und hatte somit rein gar nichts mit dem freien Leben im Rest der Helix gleich.

Da äußerte Sam eines seiner Bedenken. Weil er aber nicht wollte, dass seine Familie etwas von seinen Zweifeln mitbekam, schloss er mit Elie und dem Major einen kleinen informellen Halbkreis. Er flüsterte den beiden zu: „Nach allem, was ich über die Helix erfahren habe, und das ist doch einiges, kann es nicht von großer Bedeutung sein, wer drinnen ist. Gleichzeitig lässt mich der Verdacht nicht los, dass es wichtig ist, wer hineindarf."

An seiner Logik konnte man kaum etwas aussetzen.

Da ergriff Major Thompson, der Erfahrenste unter ihnen, die Initiative und machte einen Vorschlag: „Ich werde meine erhöhte Sicherheitsfreigabe nutzen und dort drüben", er zeigte auf einen der Schalter, „fragen, ob wir auf unkomplizierte und vor allem beschleunigte Weise zurück in die Helix dürfen." Dann fügte er mit Bedacht gewähltem Ton hinzu: „Natürlich werde ich auch für unsere neuen Freunde versuchen zu bürgen. Ob das ausreichend sein wird, will ich euch aber nicht versprechen.“

Der Major tat wohl genau das, was er gesagt hatte. Wie er da mit breitem Schritt zurückstolzierte, sah man ihn wieder sonnenbrillentragend. Elie dachte bei diesem Anblick sofort, dass dieser hier besonders schnell in seine alte Form zurückfinden würde.

Noch bevor der Major sich an seine Truppe richten konnte, begegnete ihm der gewohnt zappelige Max mit der Frage: „Und, was rausgekriegt?“

Sam, Saskia und ihren Kindern stand die Anspannung ebenfalls ins Gesicht geschrieben.

Der Major tat, als hätte er Max überhört. Er verlautbarte hingegen an alle in richtungsangebender Manier: „Die Sache sieht leider so aus: Da unser Status aufgrund von verdächtigem Verhalten auf Eis gelegt worden ist, müssen wir pro forma das Aufnahmeverfahren von allNos durchgehen.“ Ein Raunen ging durch die Gruppe. Auch wenn niemand, auch der Major nicht, wusste, was das nun genau bedeuten sollte, spannte sich die Gemütslage merklich an. Da fügte er noch hinzu: „Netterweise wird uns Vortritt gewährt und wir müssen nicht lange auf unser Glück warten, wie die anderen Schutzsuchenden hier. Die armen Kerle warten oft ihr halbes Leben, um hier an einem Schalter vorsprechen zu dürfen.“

Wie der Major diese Worte aussprach, sah Elie etwas abseits dahinter eine ältere, von der Statur kleine Frau ein besonders breites und schäbiges Grinsen an den Tag legen. Er wusste nicht, wie diese Grimasse zu deuten war, glaubte aber zu wissen, dass es nicht nett gemeint war. Sein Mut verließ ihn dabei nicht. Er wusste ja, allI, die Kraft hinter all den Prozessen und Entscheidungen hier, hat ein besonderes Interesse an ihm. Sie wird also wohl auch nicht auf seine Freunde vergessen. Die Frage, die sich ihm jetzt aber stellte, war viel eher die, ob er seinen Freunden nun versichern sollte, dass alles schon irgendwie in Ordnung gehen würde, oder er aber, trotz seiner besonderen Einsicht in das System, dazu schweigen sollte.

Da erinnerte er sich, dass Leute auch ohne solche Einsichten in kniffligen Situationen gerne Mal „wird schon gut gehen", oder etwas Ähnliches sagen.

Und daher sagte er genau das: „Wird schon gut gehen, Leute."

Und er sollte recht behalten. Einer nach dem anderen wurde zu einem der zwei Schalter (mehr waren heute nicht besetzt) vorgelassen – und nach zwei, höchstens drei Minuten wurden sie in der Helix wieder willkommen geheißen, oder wie im Fall von Sams Familie als stolze Neo-Helixianer gefeiert.

Dann war nur mehr Elie übrig. Er hatte den anderen den Vortritt gelassen. Als er nun selbst zum Schalter schritt, fragte er sich, warum es das System gerade hier vorsah, einen waschechten Menschen hinzusetzen. Der Grund erschloss sich ihm nicht, aber er störte sich auch nicht weiter daran. Immerhin war die Frau, die er hinter dem Schalterglas sah, ein besonders nett wirkendes und nebenbei hübsches Wesen. Ob sie tatsächlich auch die Zügel über das Schicksal der Menschen hier in der Hand hielt, bezweifelte er natürlich, nein, er war sich sicher, dass es nicht so war.

Doch irgendwas musste die junge Frau doch richtig machen, denn sie strahlte über ihr ganzes Gesicht. Solche Emotionen legte man nicht an den Tag, wenn man bloß der verlängerte Arm einer Maschine war, glaubte Elie zu wissen.

Da sprach Elie sie kurzerhand auf ihre gute Laune an: „Sie scheinen Ihre Arbeit mit Freude auszuüben, oder irre ich mich da?"

Diese Bemerkung kam alles andere als aalglatt rüber – und besonders clever war sie auch nicht. Je länger er in ihr betörendes Gesicht starrte, desto verlegener wurde er. Er wusste auf einmal auch nicht mehr, was er mit seinen Armen anfangen sollte, und stützte sich kurzerhand auf der schmalen Ablage vorm Glas ab, welche sich auf einer unausgesprochen unpassenden Höhe befand.

Die Frau, ihr Name war Io, wie Elie am kleinen Monitor unter der Glasfassade ablesen konnte, verlautbarte darauf mit heiterer Stimme: „Vermutlich – nein *ganz bestimmt* – ist das heute der beste Arbeitstag meines Lebens. Warum auch immer, aber ich durfte gerade frei darüber entscheiden, ob ein Vater und eine Mutter mit ihren zwei zauberhaften Kindern zu uns in die Helix dürfen!"

Da ihm ihre froh gestimmte Art sehr gefiel, wollte er mehr erfahren. „Ist das sonst nicht ihre Aufgabe?", fragte er ehrlich interessiert nach.

„Nun, nein, nicht wirklich. Sonst darf ich bloß Fragen von Bildschirmen runterlesen, wobei die Antworten darauf – und ohnehin alles – vom System automatisch ausgewertet werden. Das Urteil wird dann ebenso automatisch ausgegeben."

Wie sie da so ihren normalen Joballtag beschrieb, wirkte sie sogleich merklich betrübter. Doch das Gefühl hielt sich nicht lange. Bevor sie wieder weitererzählte, strahlten ihre Augen abermals auf.

„Aber heute", sagte sie euphorisch, „heute steht da einfach: ‚nach eigenem Ermessen urteilen'. Das ist einfach der beste Tag!"

Elie sah, dass ihr das sehr viel bedeutete. Um ihren Tag noch etwas besser zu machen, machte er ihr Folgendes weis: „Ich kenn die Vier zufällig. Sind überaus nette Leute. Sie haben bestimmt die richtige Entscheidung getroffen."

So gut kannte er sie in Wahrheit natürlich nicht, aber es war auch nicht gelogen. Und ganz nebenbei verspürte er aus irgendeinem Grund das Bedürfnis, mit ihr ein bisschen Small-Talk zu treiben.

Daher fügte er noch hinzu: „Der Hund, den sie dabeihatten, ist übrigens meiner. Ich überleg, ihn den Kindern ganz zu überlassen. Wer weiß." Den letzten Part hatte er auf der Stelle improvisiert, und er machte sich nun Sorgen, da die Worte raus waren, die Entscheidung nicht wieder zurücknehmen war.

„Ach, wie nett", kommentierte Io herzergriffen. „Die Kleinen haben sichtlich ihre Freude an ihm." Wie sie wieder an die lebhaften Geschöpfe mit den dunklen Wuschelhaaren dachte, musste sie gegen ihr Lächeln fast ankämpfen, zumindest so sehr, dass sie schließlich ihr Gesicht etwas von Elie verstohlen abwendete.

Und da wusste er, dass er Fritz tatsächlich nicht zurücknehmen konnte.

Um sie aus ihrer inneren Bewegtheit zurückzuholen, ohne sie aber in ihrer Heiterkeit zu sehr zu stören, fragte er sie mit durchaus witziger Absicht: „Ich denke, es ist noch nicht ganz Feierabend und Sie werden meinen Fall noch rasch prüfen?"

Mit diesen Worten schaffte er es, ihre Augen abermals hervorzulocken. Mit der engelhaftesten Stimme bekam er sogleich zu hören: „Selbstverständlich heiße ich auch dich willkommen in der Helix 7!"

28 (EPILOG)

Es wäre jetzt verwegen, anzunehmen, dass alles, was diese Woche (und es war tatsächlich nur eine Woche) in Elies Leben vorgefallen war, nur deswegen geschehen war, um darin zu gipfeln, dass er jemanden kennenlernt, den er offensichtlich attraktiv, aber auch zutiefst sympathisch fand; jemanden, der sein vernachlässigtes Männerherz so richtig höherschlagen ließ. Was hätte die schicksalsbestimmende Kraft, die, wie wir nun wissen, den Namen allI trug, von dem furchtbaren Geturtel, das daraus resultieren würde, wenn die beiden, Elie und Io, tatsächlich miteinander ausgehen würden?

Richtig: nichts.

Diese Implikation mitdenkend entschied sich Elie dafür, die nette Begegnung von gerade eben nicht zu der Verkettung von eigenartigen Ereignissen, eingefädelten Begegnungen und unangenehmen Enthüllungen zu zählen, die ihm zuvor aufgedrängt worden waren. Genug war auch genug.

Elie ging tatsächlich viel eher davon aus, dass sein Leben von nun an wieder im gewohnten Trott weitergehen würde. Das bedeutete nicht, dass er nicht an das glaubte, was augenscheinlich passiert war, oder dass er das, was passiert war, irgendwie verdrängen wollte. Er glaubte schlicht nicht an transformierende Erfahrungen. Und das war für einen Mann am Ende seiner Geschichte, wie er es nun war, doch sonderbar.

Klar fand er sie nett, gestand er sich ein, während er seinen immer noch geschlauchten Körper in die nächste allGo-Kapsel manövrierte – und ja, es stimmte auch, dass die Erinnerung an ihr Gesicht, und vor allem an ihre großen leuchtenden Augen, unaufhörlich in seinen

Gedanken aufpoppte und dort ein wuschiges Rauschen über alle anderen Gedanken legte, ein Rauschen, das er in Folge am ganzen Körper spürte.

Er versuchte, das aber zu unterbinden.

Zuallererst wollte er zurück in sein altes Leben finden. Ein guter Weg dahin war, in gewohnter Manier auf seinem allDevice (man hatte ihm, kurz nachdem er aus der ‚Schleuse' getreten war, das neueste Modell, fertig personalisiert versteht sich, mit einer Botendrohne zukommen lassen) nachzuschauen, was sich so Neues in seiner Abwesenheit zugetragen hatte.

Die Überschriften, die er in der knappen Minute in der allGo überflog, waren überaus ernüchternd und überhaupt nicht aufregend.

Er las Überschriften wie: *„Willkommensfest für ungewöhnlich große Zahl an neuen Helixianern wird geplant!"* Oder: *„Im allShop gilt doch wieder Hosenpflicht. Lesen Sie hier die Hintergrundgeschichte darüber, warum es nicht ohne geht."*

Dann kam ihm noch die Verlinkung zu einer Bilderstory, die den Bewohnern der Helix 7 die neue prächtige Parkanlage auf Etage 8.234 vorstellen sollte, unter. Als ersten Eindruck vom neuen Park sah Elie ein Bild mit einem frisch verliebten Pärchen beim Picknicken.

Er ging zumindest davon aus, dass sie frisch verliebt waren.

Dann war er auch schon vor seiner Wohnung. Die Tür erkannte ihn sofort und ließ ihn eintreten. Ein kurzer Blick durch seine Wohnung verriet ihm, dass in dieser Woche keine allzu großen Updates und Umbauten durchgeführt worden waren. Die Möbel waren die gleichen und es herrschte Ordnung. Aufgeräumt wurde in seiner Abwesenheit wohl extra gründlich. Auch in der Küche wirkte das meiste vertraut auf ihn.

Bloß ein Gerät war eindeutig ausgetauscht worden: sein Kaffeeautomat.

Er schien einsatzbereit zu sein, und schaute alles in allem nicht recht viel anders aus als sein Vorgängermodell. Dennoch wollte Elie gerade nicht daran denken, welche Stücke dieser neue allCoffee-

Genie-Streich nun wieder spielte – und wie lange er brauchen würde, um sich daran zu gewöhnen. Aber für Kaffee war es aktuell ohnehin zu spät. Er ließ sich in sein von selbst gemachtes Bett fallen und schlief zwölf Stunden durch.

Am nächsten Tag bemerkte er beim ersten Augenaufschlag, dass da irgendetwas in seinem Zimmer herumschwirrte. Schlaftrunken, wie er war, konnte er das fliegende Objekt nicht sofort zuordnen. Er ahnte Böses, etwa, dass ein neuer Spuk sein Leben heimsuchen könnte – bis er endlich verstand, dass das, was da knapp unter der Zimmerdecke herumsirrte, eine frisch gebrühte Tasse Kaffee war.

Er brauchte einige Versuche, bis er es schaffte, dass sie auf seiner Hand landete, aber ansonsten fand er die Idee nicht schlecht.

An Io, oder auch an sonstige Begegnungen der letzten Tage, dachte er an diesem Morgen tatsächlich nicht. Er glaubte auch, nicht geträumt zu haben, was er begrüßte. Stattdessen plagte ihn bald ein anderer Gedanke: Er musste unbedingt nach seiner Topfpflanze, die er beim Nachbarn abgegeben hatte, schauen und sie nachhause bringen. Sonst war die Wohnung einfach nicht komplett.

Bevor er sich aufmachte, überdachte er die tatsächliche Dringlichkeit seines Vorhabens noch einmal. Der Grund für seinen anbahnenden Sinneswandel war kein geringer: Es war wieder einmal Dienstag.

Elie wusste nur zu gut, was das bedeutete. Jeden Dienstag kehrte bei seinem Nachbarn eine aufbrausende Welle an lebhaften Besuchern ein und er hatte keinen Grund zur Annahme, dass sich daran seit letzter Woche etwas geändert haben sollte. Die Uhr zeigte 10:17 und er redete sich nun ein, wenn er sich beeilen würde, konnte er dem Gros des dienstäglichen Aufmarsches womöglich noch zuvorkommen. Ohne weiter kostbare Zeit zu verschwenden, brach er sogleich auf – und eine Minute später klingelte er auch schon an der Nachbarstür.

Wie zu erwarten war, öffnete ihm eine aufgeputzte Hertha, die stolze Herrin über dieses Heim, die Tür. Es folgte eine überschwängliche Begrüßung, eine Begrüßung, die sogar Wangenküsschen miteingriff, die er aber ohne großes Gezeter über sich ergehen ließ. Aufs fröhliche Beschnuppern folgte ein längeres Austauschen von halbwichtigen Neuigkeiten, gegenseitiges Ausfragen über ihren jeweiligen Gemütszustand und andere kleine nachbarschaftliche Unterredungen, etwa auch, wann sie jeweils vorhatten, den neuen Park auf Etage 8.234 auszukundschaften. Er sah ja wirklich toll aus!

Erst nach dieser Prozedur, die er sich in dieser Form noch vor exakt einer Woche nicht hätte vorstellen können, vor allem, weil er vor einer Woche gedacht hätte, er würde an so etwas sprichwörtlich verenden, war die Basis geschaffen, um endlich nach seiner Pflanze zu fragen. Es ging ihr prächtig, wurde ihm versichert und sein erster prüfender Blick von der Ferne auf den Balkon gab ihm keinen Grund, an Herthas Urteil und somit an ihrer Hegekunst zu zweifeln.

Das Problem andererseits war jetzt, dass Elie sich mittlerweile in einer schön langsam voller werdenden Wohnung wiederfand. Er war schlagartig von einem ungebärdigen, bunten und sowieso aufs Höchste betont lebendigen Menschenvolk umringt. Denis, seine vermisste Pflanze, schien in unerreichbare Ferne gerückt. Sie zu holen würde nun ein angestrengtes Drängeln und Schieben bedeuten, und ohnehin war der Balkon innerhalb der nächsten Minuten so gefüllt, dass er zu bersten drohte. Er war von den Rauchern okkupiert.

Hertha erkannte die Lage, in die ihr lieber Nachbar sicherlich unfreiwillig gerutscht war, sofort. Anstatt ihm aber anzubieten, seine Pflanze für ihn zu holen, oder sie bringen zu lassen, fragte sie vor versammelter Masse, ob man denn nicht gerne etwas von diesem erst unlängst heimgekommenen Abenteurer über seine Erlebnisse in der Welt da draußen hören wollen würde. Elie war schockiert. Sich Geschichten über die Vielfalt der Welt und das menschliche Zusammensein darin anzuhören, stellte jedoch nicht weniger als den offiziellen Vorwand für diese wöchentliche Zusammenkunft dar, und dementsprechend eindeutig fiel die Aufforderung aus, die Elie wie eine Tsunamiwelle in der Badewanne überrumpelte.

Da hatte er den Salat.

Das eine führte zum anderen und bevor er sich versah, hielt Elie tatsächlich vor allen Anwesenden, alles wildfremde Personen, denen er vor einer Woche nicht über den Weg getraut hätte, einen kurzen Vortrag über die wunderliche Reise der vergangenen Tage. Bei seiner kurzen Darstellung hielt Elie selbstverständlich einen bedeutenden Teil seiner Begegnungen und Erklärungen, wie was genau zustande gekommen war, zurück, aber auch seine bloßen Beschreibungen der Landschaft, des Wetters und ein paar seiner menschlichen Begegnungen (das griff in erster Linie eine Beschreibung von Sams Leben auf seiner Farm ein) reichten bereits aus, um einiges an Beifall einzukassieren und die ohnehin amüsierten Leute bei der Stange zu halten.

Was er nicht erzählte, war, dass sein für kurze Zeit fälschlicherweise totgeglaubter Freund Haidar wiederaufgetaucht war und nicht weniger wollte, als ihr aller Heimatland zu zerstören; dass er erfahren hatte, wer seine Mutter tatsächlich war, über die seit zwanzig Jahren wild spekuliert wurde; oder aber, dass eine künstliche Intelligenz über ihr Leben herrschte.

Das hätte den Rahmen dieser zwanglosen Zusammenkunft sicherlich gesprengt, dachte er sich wohlgesinnt.

Irgendwann, es war schon deutlich nach Mittag geworden, und die meisten waren beim Essen, sah er eine Möglichkeit, sich aus dem Staub zu machen. Er schnappte sein Mittagsblumengewächs, klemmte es unter den rechten Arm und glitt aus Herthas Wohnung auf die durchaus belebte Straße hinaus. Er war zweifelsohne froh gestimmt, dass er endlich abhauen konnte – und er nebenbei seine wirklich prächtig wirkende Topfpflanze wiederhatte. Dessen ungeachtet, so musste er sich eingestehen, war der Aufenthalt unter Herthas Leuten gar nicht so unausstehlich gewesen, wie er ursprünglich befürchtet hatte. Er grübelte gerade ehrlich über den ihm mehrfach entgegengebrachten Vorschlag nach, einfach nächste Woche wiederzukommen. Wer weiß, vielleicht wird er das tatsächlich tun.

Wie er da mit seiner Lieblingspflanze, Denis, die paar Schritte zu seiner Wohnungstür zurücklegte, und in Gedanken schwelgte, fiel ihm die heutige Himmelsprojektion auf. Normalerweise scherte er sich nicht darum, was dort gezeigt wurde. Es machte ja keinen Unterschied. Da war es aber doch seltsam, dass er gerade heute sein Haupt in die Höhe streckte und erstmals das simulierte Himmelsschauspiel aktiv auf sich wirken ließ.

Es war seltsam, denn im Grunde wurde nichts gezeigt: Es war ein fader, eintönig blauer Himmel.

Im nächsten Moment bemerkte er in seinem peripheren Wahrnehmungsfeld eine neue Nachricht aufpoppen. Es war eine allMatch-Anfrage, wie er sofort erkannte. Er konnte sich aber nicht erinnern, eine Suchanfrage verschickt zu haben, geschweige denn seinen Dating-Status auf aktiv gestellt zu haben.

Elie dachte dennoch nicht daran, sich zu beschweren. Aus einem einfachen Grund. Da war es wieder: das engelhafte Gesicht der jungen Frau vom Schalter.

Er akzeptierte.